차오벨라

김미화 지음

어문학사

이태리에 입양된 모든 한국 입양인을 위해 바치는 책

프롤로그

이태리에서 태어나 밀라노 이태리 가정에 입양된 한국인 청년을 만났다. 연극 배우인 그의 일인극을 보러 갔다. 입양아로 자란 스무 살 청년이 친모를 찾아 한국을 찾아 가는 내용이었다. 그의 친모가 그의 연극을 보았으면 좋겠다는 생각이 간절했다.

그와 함께 차를 마실 때 자신이 왜 이태리에서 태어나 입양되었는지 궁금하다고 말했다. 그 만큼은 아니지만 나도 궁금했다. 그 궁금증이 이 소설의 첫 단추가 되어 주었다. 마지막 단추는 이태리에 사는 400여 명의 한국 입양인들에게 이 소설을 바치는 마음으로 채웠다.

■ 차오벨라 □

Ciao Bella

나는 혼자서, 아무것도 가진 것 없이, 낯선 도시에 도착하는 것을 수
없이 꿈꾸었다. …… '비밀'을 간직할 수 있을 것 같았다.

- 장 그르니에

1994년

모든 길은 더 이상 로마로 통하지 않았다. 서울에서 로마까지는 로마제국도 알렉산더 대왕도 징기스칸도 정복을 꿈꾸지 못했을 거리이다. 열여섯 살 래미는 비행기를 두 번이나 갈아타고 9,000킬로미터 저편의 나라에 처음 도착했다.

로마 공항은 벌집이 건드려진 벌들이 날아다니는 것 같이 웅웅거렸다. '나와 너' 보다 '우리'를 좋아하는 이태리 사람들의 시끄러운 활기가 넘쳤다. 가족이나 연인에게는 두 팔을 벌리며 달려가 안아 온 몸짓으로 '너가 얼마나 나의 기쁨' 인지를 보여주었다.

하얀 티셔츠에 청바지를 입은 래미가 키티 캐릭터가 그려진 슈트 케이스를 끌며 입국 게이트를 나왔다. 누군가를 찾는 듯 두리번거렸다. 묶여진 긴 생머리 때문에 길고 가는 목선이 긴장으로 경직되어 있는 게 보였다. 그녀 뒤로 입국 게이트를 빠져나오는 한 무리의 사람들이 걸음을 멈춘 그녀를 지나쳤다. 그녀의 눈동자가 불안하게 떨렸다. 낯선 땅에 도착한 열여섯 소녀를 아무도 기다리고 있지 않았다.

공항이 보이는 차도의 응급 정차 라인에 한 차가 세워져 있었다.

"좀 괜찮은 차를 빌리지. 이런 똥차를 빌렸어?"

■ 차오벨라 □

차를 쳐다보며 팔짱을 낀 성희가 신경질적으로 물었다.

"그러니까 공짜로 빌렸지. 그리고 여자 이미지 똥칠하는 말 좀 안 했으면 좋겠어."

차 바퀴를 낑낑대며 바꾸고 있는 민수가 대답했다.

"공항이 보이는데… 그냥 걸어 갈까봐."

"그럼 넌 걸어가. 난 차 고치시 갈 데니…"

"야, 여자 친구한테 어떻게 이 위험한 길을 걸어가라고 하니?"

"너가 먼저 걸어 가겠다고 한 거잖아."

"그게 그냥 하는 소리지… 넌 어떻게 음악 센스만 있고 대화 센스는…"

"왜, 대화 센스가 똥이라고 하지. 어휴, 자꾸 성질나려 하네. 내가 지금 누구 때문에 친구한테 차 빌려서 운전까지 해주는 거니? 차 고쳐서 그냥 집에 간다!"

"늘 협박으로 타협하려는 습관, 정말 못 됐어."

"난 너가 노래할 때는 좋은데 싸울 때도 소프라노로 싸워서 귀가 괴로워."

"더 열받으면 패티 라벨(Patti Labelle) 톤으로 올라갈 테니 조심해!"

지나가는 차들 소리와 비행기가 뜨고 내려 앉는 소리가 그들의 싸우는 소리와 엉켰다.

■ 차오벨라 □

연락처가 적힌 종이를 들고 래미가 공항 택시 정거장 근처에서 있었다. 택시를 탈까 말까 망설였다. 그때 검은 곱슬머리에 까무잡잡한 피부를 가진 한 남자가 미소를 지으며 래미에게 다가오더니 그녀의 가방을 낚아채 듯 들고 갔다. 래미는 소매치기인 줄 알고 놀라 그를 쫓아가며 소리라도 지르려는데 그 남자가 래미의 가방을 그의 택시 트렁크에 넣는 것이었다. 래미는 자신의 가방이 실려진 택시에 하는 수 없이 올라탔다. 주소가 적힌 종이를 기사에게 보여 주었다. 기사는 이태리 말을 못하는 외국인 소녀가 손님으로 탄 것이 행운이라도 되는 양 구린 웃음을 흘렸다. 살사 음악이 나오는 카세트의 볼륨을 높이며 차를 출발시켰다.

'이태리에 엄마 학교 선배 분이 계셔. 엄마가 너 하숙비 부쳐 주기로 했으니 그 아줌마 집에서 지내...'

귀를 울리는 살사 음악을 들으며 래미는 수진이 이태리로 가라고 했을 때 했던 말을 떠올렸다.

'그 아줌마한테 성악하는 딸이 있으니 언니처럼 널 도와줄 수 있을 거야. 그 언니가 공항에 나와 준다고 했어.'

먼 길을 떠나는 딸의 짐을 싸는 수진의 표정에 슬픔이 보이지 않는 것 같았다. 오히려 자신이 꿈꾸던 유학길에 오르는 것 같이 조금 들떠서 래미의 가방 안에 악보들을 챙겨 넣고 있었다.

■ 차오벨라 ▫

"아줌마가 잘 돌봐주기로 했으니 너는 열심히 학교만 다니고 피아노 연습만 하면 돼."

래미는 방 안 피아노 의자에 앉아 한 손으로 건반을 느리게 두드렸다. 래미는 애써 담담하게 물었다.

"내가 이태리가면, 엄만 그 미국 아저씨하고 결혼 할거야?"

수진은 짐을 싸는 손을 멈추었다. 그리고 짧게 한숨을 쉬었다.

"너 유학비 보내주려면 엄마 피아노 학원만으로는 안 돼. 그 재미 교포 아저씨가 미국에서 사업을 크게 한데."

"그럼, 나를 위해서 결혼하는 거야?"

수진은 짐 싸는 것을 멈추고 피아노 낮은음 쪽 의자에 앉았다. 건반을 살짝 두드려 본다. 무거운 저음이 울렸다.

"엄마, 서른아홉 살이야. 도돌이표로만 사는데 지쳤어."

도돌이표로 살기 싫은 서른아홉 여자가 〈슈베르트 네 손을 위한 환상곡〉의 아랫건반을 치기 시작했다. 새로운 희망을 느끼며 살고 싶다는 고백처럼 들렸다. 곧이어 열여섯의 래미가 윗건반을 치기 시작했다. 엄마의 호소가 이해가지 않는다는 반항 같았다. 슈베르트가 짝사랑한 여자에게 바쳤다는 환상곡, 그리고 같은 해 슈베르트는 세상을 떠났다지.

짝사랑은 환상인가? 사랑의 환상이 사라지면 세상을 떠나게 되나?

래미가 택시 미터기를 보았다. 미터기가 작동이 안 되고 있었다. 창밖을 보니 아까 지나쳤던 곳을 다시 지나가고 있었다. 택시 기사는 살사 음악에 맞춰 머리를 흔들고 있었다. 택시가 아니라 혼자 드라이브 중인 듯 여유롭게 담배를 꺼내 피웠다. 반쯤 열린 운전석 창문으로 들어온 바람이 담배연기와 함께 뒷좌석 래미의 얼굴로 훅 불어왔다. 기사는 한 손으로 담배를 피우고 한 손으로는 운전대 위에서 박자를 따라 두드렸다. 래미는 자신의 배낭 가방을 가슴이 압박될 정도로 꼬옥 껴안았다. 택시가 마침내 한 아파트 건물 앞에서 섰다.

"150,000리라(lira)! 100달러!"

운전 기사는 외국인 래미가 리라가 없을지 모른다고 여겨 달러로도 말했다. 래미는 울상을 지으며 100달러를 내밀었다. 기사가 환하게 웃으며 인사했다.

"웰컴 투 로마(Welcome to Roma)!"

래미는 아파트 건물 입구 입주자 이름들을 손가락으로 훑으며 하나씩 확인했다. 한국인 이름을 찾아내고 벨을 눌렀다. 대답이 없었다. 입구 계단에 주저 앉았다. 피곤한 몸을 가방에 기대었다. 황혼이 지려는 하늘이 한국에서는 보지 못한 오렌지빛으로 물들어있었다. 이태리가 하늘이 아름답구나, 생각했다.

■ 차오벨라 □

한 낡은 차가 털털거리는 소리를 내며 다가 오더니 섰다. 성희가 보조석에서 서둘러 내려 래미에게 다가왔다.

"래미?"

래미가 지치고 금방 울듯한 얼굴로 고개를 끄덕였다.

"공항 거의 도착할 때 하필 차가 고장났어."

성희는 미안하다는 말보다 변명을 먼저 했다. 운전석에 앉은 민수가, 성희의 뒷모습을 보다 눈동자가 반짝하며 커졌다. 성희 앞에 눈물이라도 흘릴듯한 표정으로 서 있는 소녀가 눈길을 사로잡을 만치 맑아 보였다. 바하의 무반주 첼로 1번이 흐르는 것 같은 얼굴이었다.

아파트 좁은 엘리베이터 안에서 세 사람은 서로 밀착해야 했다. 낡은 도르래 소리를 들으며 어색하게 밀착한 세 사람은 말없이 서로의 시선을 피하고 있었다. 민수는 가슴이 불편하게 두근거리는 게 느껴졌다. 가까이에서 래미의 얼굴을 보고 왜 여자의 하얀 피부와 붉은 입술이 백합과 장미로 비유되는지 처음으로 알 것 같았기 때문이었다. 금기의 과일을 생각하는 아담 같아지는 것 같아 눈을 잠시 감았다.

"방이 두 개밖에 없어서 우리가 같이 써야 해."

성희의 방은 작았다. 악보책들이 꽂힌 책꽂이와 콩쿠르에서 입상한 상장들이 작은 방의 가구였고 장식이었다. 싱글

침대는 한국에서 가져왔을 꽃무늬 누비이불로 덮여 있었다.

"잠은 내가 엄마 방에서 자든지 아니면 거실 소파에서 잘 게. 너가 침대에서 자면 돼. 잠 따로 자는거 빼고는 이 방 같이 써야 하고."

성희는 자기가 희생하는 마음으로 래미에게 자신의 침대를 내어주는 거라는 뉘앙스로 말했다. 래미는 어깨 배낭에서 커다란 키티 인형을 꺼내 침대에 올려 놓았다. 배낭에 달랑 인형만 가지고 온 거 같았다.

성희가 방 창문으로 밖의 거리를 내려다 보았다. 검은 연기를 배기통으로 내뿜으며 민수의 차가 막 출발하고 있었다. 성희가 혼잣말로 말했다.

"밥 먹고 가지…"

"밥 먹고 자지…"

성희의 엄마 정미가 라면을 먹으며 래미가 자고 있는 성희 방을 잠시 바라보았다. 퇴근하고 돌아온 정미의 얼굴은 피곤에 지쳐 있었다. 식탁 위에는 포장 김치 봉지가 열려져 있고 파스타용 접시에 김치가 수북히 담겨 있다.

"나도 이태리 처음 왔을 때 며칠 밥도 못 먹었잖아. 시차 때문에 졸립고 외국이 처음이라 긴장되고."

성희가 라면과 김치를 먹으며 말했다.

"너가 공항에서 잘 데려 온 거지?"

"응?… 으응…"

성희는 라면을 일부러 입안에 다시 잔뜩 넣으며 대답을 얼버무렸다. 정미가 피곤한 눈을 손으로 비비고 나서 말했다.

"래미가 한국에서 가져 온 김치를 우리만 먹으면 미안한데…"

"엄마, 래미 가방 안에 한국 음식 많이 있더라구. 덕분에 우리도 맛있는 것 좀 먹어 보겠는데."

성희와 정미가 먹고 얘기할 때 래미는 성희가 쓰던 침대에서 깊은 잠에 빠져있었다. 키티 인형을 꼬옥 껴안은 채.

꿈을 꾸었다. 래미의 아빠 지석이 어린 아이 래미에게 키티 인형을 건네주었다. 수진은 식탁에 놓인 생일 케익을 행복한 미소로 자르고 있었다. 래미는 키티 인형을 한 손에 들고 아빠 지석에게 안겼다. 지석이 래미를 들어 올려 회전 목마처럼 돌렸다. 래미의 빨간 치마가 공중에서 꽃처럼 펄럭이고 래미는 까르르 웃음을 쏟아 내었다.

잠에서 깼다. 방 안도 창밖도 어두웠다. 한국과의 시차 때문에 한밤중에 깬 것이었다. 배가 고픈 것도 같았고 가슴이 저리는 것도 같았다. 어둠 속에서, 낯선 방 낯선 침대 위에서 지석이 주었던 인형을 다시 힘껏 껴안았다.

래미가 서울 유학원을 통해 입학 신청을 한 음악 아카데미를 찾아 갔다. 가는 길을 몰라 택시를 탔다. 이번에도 택시 기사는 미터기를 쓰지 않았다. 한국 택시 기사의 외국인 손님 바가지를 래미가 고스란히 이태리에서 경험하는 것 같았다.

건물에 한국 같은 간판이 없어서 택시가 학교 주소 앞에 내려주었는데도 주변을 두리번거렸다. 건물 안으로 들어서자 악기들 소리가 들렸다. 낯선 땅이지만 래미에게 친숙한 소리들이 래미를 위안하듯 어깨를 토닥여 주는 거 같았다.

래미가 입구 수위에게 학교 입학 신청서를 보여주었다. 수위는 담당 교수가 한 시간쯤 후에 오니 기다리라고 했다. 기다리는 동안 피아노과 교실을 봐도 괜찮냐고 수위에게 물었더니 피아노과 수업이 없는 시간대이니 가서 보라고 했다.

래미는 수위가 알려준 피아노과 교실이라고 생각되는 교실 앞문을 열었다. 빈 교실인 줄 알았는데 작곡 수업 중이었다. 교실에 앉아 있던 학생들이 래미를 쳐다보았다. 당황한 래미는 교수를 향해 한국 선생님께 하듯 고개를 숙여 사과했다. 몸을 숙여 인사하는 모습에 이태리 학생들이 키드득 웃었다. 래미는 붉어진 얼굴로 여전히 고개를 떨구며 조용히 문을 닫았다. 그 모습을 학생 중 한 명인 시모네가 턱을 괸 채 미소를 지으며 바라보았다.

■ 차오벨라 □

래미가 입학 테스트를 받기 위해 세 명의 교수진 앞에 섰다. 한국이나 이태리나 심사하는 이들의 표정과 태도는 비슷했다. '네 인생이 내 점수에 달려있다' 는 지적 권력을 보여주려 했다.

"이름이 도래미?"

심사 교수가 래미의 신상 기록을 보며 재미있다는 표정을 지었다. 래미는 이름 때문에 받는 반응에 익숙해서 아무렇지 않았다. 아빠가 지어준 이름이라 도래미라 불려질 때 아빠가 같이 느껴지기까지해서 좋았다. 음악하는 엄마가 래미를 가졌을 때 시를 쓰는 아빠가 세상에서 가장 음악적인 이름을 지어준 것이었다.

심사 교수가 테크닉을 보여 줄 연주를 먼저 할 건지 테스트를 받으려 준비한 곡을 먼저 하고 싶은지 물었다. 래미는 한국에서 이태리어 학원을 다녔지만 머리로 이해된 게 입으로는 대답이 빨리 나오지 않았다. 교수는 래미가 이태리어를 못 알아 듣나 싶어 손가락 동작으로 피아노 치라는 사인을 보였다.

래미가 피아노 의자에 앉았다. 허둥대며 악보를 건반 받침에 놓다가 떨어트렸다. 악보들이 순서를 찾을 수 없게 바닥에 흩어졌다. 피아니스트의 침착성이 점수에 매겨진다면 래미는 이미 탈락이었다. 래미는 악보 줍는 것을 포기하고 피아노 칠 자세로 앉았다. 악보는 머리에도 그려져 있지 않았다. 손가락이 기억하고 있다. 심호흡을 한 번 한 다음, 건반 위 손가락을 향해 달리라고 속으로 속삭였다.

베토벤 피아노 소나타 월광 3악장

래미가 테크닉을 보여주는 연주로 선택한 곡이었다. 이백 년 전의 천재 음악가가 귀가 들리지 않을 때 지은 곡이었다. 그것도 첫사랑에게 바치기 위해. 그의 첫사랑을 향한 소나타는 사랑할 때의 심장의 박동이 어떻게 숭고한 음악으로 끌어올려지는지 느끼게 해준다.

래미도 이런 첫사랑이 오기를 꿈꾸고 있었다. 첫사랑을 기다리는 마음으로 월광 3악장을 래미의 빛깔로 물들였다. 곡이 마쳐지며 래미의 어깨 근육이 기분 좋은 여운으로 이완되는 게 느껴졌다. 이제 테스트를 받으려 준비한 곡을 연주해야 했다. 래미가 이 음악 아카데미에서 배우려는 것은 오페라 피아노 반주였다.

음악하는 엄마와 시를 쓰는 아빠가 똑같이 좋아한 것이 오페라였다. 오페라가 음악과 시의 만남이었기 때문이었다. 엄마 수진은 오페라 가수가 되는 것이 꿈이었는데 대학 시절 래미를 임신하고 포기할 수밖에 없었다. 대신 딸인 래미가 오페라 음악으로 성공해 주기를 꿈꾸었다. 래미의 집 안에서는 언제나 오페라 아리아가 울렸다. 주말에는 오페라 공연을 보는 가족 나들이가 자주 있었다.

■ 차오벨라 □

수진은 푸치니의 오페라를 가장 좋아했다. 푸치니의 나라 이태리에 가서 성악가가 되고 싶었던 꿈을 접은 걸 가장 슬퍼했다. 래미는 이태리에 온 게 엄마의 꿈 때문이라는 걸 알고 있었다. 하지만 래미는 엄마의 꿈을 이뤄주는 착한 딸이 되고 싶어 온 게 아니었다. 역류할 힘이 없는 물고기처럼 래미보다 힘센 물살에 실려온 것이었다.

푸치니 오페라 〈나비부인〉의 '어느 갠 날'
(Un bel di vedremo)
래미는 수진이 심사곡으로 정해준 곡을 연주하기 시작했다. 수진은 래미와 나비부인 주인공의 동양 이미지가 이태리 심사위원들에게 매력을 줄거라 기대했지만 이태리 심사위원이 그런 얄팍한 의도쯤은 읽을 거라는 건 계산하지 못했다.

3년 동안 돌아오지 않는 첫사랑을 기다리는 '나비' 라 불려지던 여자. 사랑하는 남자가 먼 곳에서 달려오며 '나비야' 라고 불러줄 거라 믿고 기다리던 여자. 그러나 나비는 막상 그가 나타나면 숨을 거라고 노래한다. 그렇지 않으면 너무 반가워 죽을 거 같기에.

기다리다 죽을 거 같고, 만나면 반가워 죽을 거 같은 사랑이 래미는 궁금했다. 죽을 거 같은 사랑을 하고 싶다는 게 이해되지 않았다. 래미는 푸른 청춘이 줄 미래가 궁금했다.

심사하던 교수진은 열여섯 살 소녀의 피아노 연주에서 삶의 비밀을 찾고 싶어하는 호기심 많은 여행자를 느꼈다.

수진은 래미를 위해 로마 이태리어 학원도 한국에서 미리 등록을 해놓았다. 반이 배정되기 전에 간단한 레벨 테스트가 있었다. 래미는 중급반이었다. 래미 클래스를 맡은 여선생은 가슴이 거의 노출되는 옷에 여러 줄의 장식 목걸이를 걸고 있어 가슴도 목걸이도 무거워 보였다. 몸을 숙일 때는 무거운 가슴이 앞으로 너무 쏠렸다. 그녀 가까이 앉은 남학생들이 그녀의 가슴을 슬쩍슬쩍 훔쳐보는 게 당연했다. 첫 수업은 각 학생들의 국적을 물어보는 따분한 질문으로 시작했다. 선생은 래미가 한국에서 왔다고 하니 북한인지 남한인지를 물었다. 이상한 공산주의가 한국 땅 반을 가지고 있는 게 슬펐다. 그 불행한 땅이 아니라 다른 행운의 반쪽에서 온 사람이라는 걸 얘기하는 것도 슬펐다.

두 번째 수업은 학생들의 각 나라 대표 음식을 얘기하게 했다. 입으로 먹어야 즐겨지는 음식을 수업의 주제로 얘기하니 래미는 역시 따분했다. 중국 학생이 이태리 선생과 스파게티를 놓고 입씨름을 할 때는 잠시 흥미로웠다. 기죽지 않는 게 민족성인 것 같은 중국인 학생이 이태리 스파게티가 중국에서 시작한 거라고 말했다. 이태리 선생이 고개를 저었다. 그녀의 가슴도 덩달아 흔들렸다. 마르코 폴로가 중국에서 이태리 돌아온 건 1298년이고 이태리 공문서 문헌에 스파게티는 이미 그 20년 전에 써있다고 했다. 기센 이태리 여자의 본때를 보여 주고 싶은 말투였다. 중국 학생도 작게 찢어진 눈을 꼿꼿이 뜨며, 중국은 기원전 3천 년 경에 국수를 먹기 시작했다고 말했다. 이태리 선생은 큰 눈을 더 크게 부릅뜨고 이태리는 기원전 5천 년경에 에트르스칸족이 파스타를 먹기 시작했다고 턱을 세웠다. 그리고 그 중국 학생이 더 말꼬리를 잡지 못하도록 질문을 바꾸었다.

"중국인은 원숭이골을 먹는다는데 너도 먹어봤니?"

중국 학생은 비웃듯 한쪽 입술 끝을 올리며 원숭이골은 비싸서 못 먹어봤다고 대답했다. 다른 학생들이 웃음을 터트렸다. 이태리 선생은 건방진 중국 학생에게 오히려 휘둘리는 꼴이 된 것 같아 불쾌했다. 그 불쾌감을 풀 공격 대상으로 래미를 쳐다봤고 한국의 대표 음식은 뭐냐고 물었다. 래미는 잠시 생각하다 불고기라고 대답했다. 불고기를 모르는 선생이 래미에게 어떤 요리인지 설명해 달라고 했다. 소고기 바비큐라고 간단하게 말해도 되는 걸 래미는 요리를 어떻게 하는지 설명하고 싶어 뜸들이며 생각했다. 이태리 선생은 짓궂은 미소를 지으며 혹시 한국 사람들이 좋아한다는 개고기가 불고기냐고 물었다. 학생들이 다시 키득대자 래미는 얼굴을 붉혔다. 더

■ 차오벨라 □

이상 언어 학교에 오고 싶지 않아졌다. 개인 레슨을 찾아야겠다고 생각했다.

　정미가 식탁 의자에 앉아 두 다리를 다른 의자 위에 올려 놓았다.

"하루종일 서 있으니 코끼리 다리가 돼."

"어디에서 일하세요?"

　래미는 정미가 요리해 준 김치찌개와 한국식 반찬들을 먹으며 물었다. 수진이 한국에서 여행 가방이 터질 정도로 챙겨 넣어 준 한국 음식들을 가지고 정미가 식사를 준비하는 날이 많았다.

"아동복 가게. 명품이라 아이 옷 한 벌이 우리 집 한 달 생활비야."

"엄마가 아줌마 소프라노 셨다는데 이제 노래 안 하세요?"

"성악가의 길이 물 없이 사막을 걷는 거 같아. 1퍼센트만 오아시스를 만나는 거라구."

　이때 문 열쇠 돌리는 소리가 들리며 성희가 들어 왔다. 한식이 차려진 식탁을 보더니 재빨리 다가와 앉았다.

"마에스트로 쥬세페가 김치 먹은 다음 날은 레슨 받으러 오지 말라고 하더라구. 내일이 레슨인데 안 가고 김치 먹을래."

"먹고 싶은 거 하고 싶은 거 참고 자신의 일에 몰입하는 게 열정이야. 넌 열정이 없어."

"엄마 닮아 재능은 있어서 노래 잘 한다고 박수 받는 게 비극이지."

래미는 정미와 성희가 얘기할 때는 자신이 손님이란 것이 더 느껴졌다. 밥을 먹는데도 배고픈 거 같았다.

래미가 공중전화 부스 안으로 들어가니 전화기에 '고장'(guasto)이라 써 있는 종이가 붙어 있었다. 다음 전화 부스로 갔다. 동전을 집어 넣고 다이얼을 돌리려는데 갑자기 작동이 되지 않았다. 넣었던 동전을 다시 빼려고 했지만 동전은 전화기통 안으로 떨어졌다. 세 번째 부스는 방금 통화를 끝낸 사람이 나오고 있었다. 래미가 다시 그 옆 부스로 들어갔다. 동전을 넣고 쪽지에 적힌 번호를 돌렸다. 신호음이 몇 번 울리더니 메시지를 남겨 달라는 영어 안내가 들렸다.

"엄마"

메시지를 남기려 엄마를 불렀다.

"엄마…"

다시 엄마라고 부르는데 목이 메였다. 한국에 돌아가고 싶다고 말하고 싶은데, 엄마도 한국에 와서 같이 살자고 조르고 싶은데, 엄마라고 부르다가 목이 메여 말을 못하고 수화기를 내려 놓고 말았다.

Ciao Bella

> 고독은 괜찮은 거야.
> 그러나 고독이 괜찮은 거야라고 얘기할 사람이 필요해.
>
> — 발자크

스페인 광장에 아코디언 소리가 울렸다. 광장 계단에 앉아 있는 래미는 얼굴을 무릎 사이에 파묻고 있었다. 《로마의 휴일》 오드리 헵번이 아이스크림을 먹으며 서 있던 계단이었다. 영화는 인생을 아이스크림으로 착각하게 만드는 거 같았다.

아코디언은 경쾌한 폴카풍으로 벨라 차오(Bella ciao)를 연주하고 있었다. 고개를 파묻고 있던 래미에게 한 추억을 떠올리게 했다. 어렸을 때 보았던 만화 영화 《엄마 찾아 삼만리》였다. 첫 회부터 한 번도 놓치지 않고 보았던 만화였다. 지석도 좋아해 같이 보곤했다. 주인공 마르코가 매번 엄마를 찾지 못해 슬퍼할 때마다 래미는 함께 눈물을 흘리곤 했었다. 그 힘든 여정의 어느 날 이 벨라 차오 노래가 불려졌었다. 마르코를 둘러싸고 사람들이 서로를 격려하듯 합창하던 노래였다. 그리고 마르코가 드디어 엄마를 만나 기뻐 춤을 출 때도 불려졌던 노래였다. 래미는 만화가 끝나고도 혼자서 벨라 차오 벨라 차오, 벨라 차오 차오 차오 하는 반복되던 후렴구를 따라했었다. 쉽게 익히게 되는 리듬이라 저절로 흥얼거려졌었다. 그 '벨라 차오' 가 스페인 광장에 연주되고 있는 것이었다.

래미는 파묻고 있던 고개를 들어 아코디언 소리가 나는 곳을 보았다. 한눈에 보아도 집시처럼 보이는 소년이 연주하고 있었다. 아코디언 연주에 이어 소년은 노래하기 시작했다. 거리에 서 있는 소년의 자리가 마치 무대의 중앙인 듯 사람들의 시선을 모았다.

2차 대전 때 자유를 외치던 곡조가 스페인 광장에서 축제 노래처럼 울리고 있었다. 애절한 가락을 이렇게 경쾌하게도 부를 수 있는 거구나.

죽을 준비가 되었다오.
내가 죽으면
나를 산에 묻어 주오.
아름다운 꽃 그늘 아래
그곳을 지나가는 사람들이 말할거야.
오 아름다운 꽃이어라.
자유를 위한 죽음이여.
자유를 위한 꽃이여.

소년의 목소리가 마이크 없이도 극장 무대처럼 넓게 퍼지고 있었다. 광장 계단에 앉아 있던 관광객들의 시선과 마음이 슬픈 노래를 행복하게 노래하는 소년에게 사로 잡혔다. 지갑에서 동전을 미리 준비하는 이들도 있었다.

래미는 소년의 노래를 들으며 눈물이 고였다. 춤추기 좋은 리듬인데도 슬퍼지는 노래가 있다는 걸 처음 알았다. 눈물 고인 눈으로 노래를 부르고 있는 소년을 바라보았다. 열두어 살쯤 되어 보이는 소년이 흑백 영화에서 튀어 나온 것 같은 허름한 복장으로 신나게 아코디언을 접었다 펼치며 노래하고 있었다.

최고가의 명품을 파는 거리에서 소년은 낯선 이방인처럼 보였다. 그래서 소년의 노래가 래미의 마음을 더 흔들었다. 이태리 사람들이 노래 부르기 좋은 성대를 타고 났다는 말이 맞는지도 몰랐다. 저런 거리의 아이 목소리조차 거리에서만 울리기엔 아까울 정도니까.

이태리 노래를 들을수록 이태리어의 아름다움에 빠져드는 것 같았다. 무디게 감추어진 감정을 건드리는 언어 같았다. 슬픔과 기쁨을 자유롭게 표현하는 톤과 울림이 있었다. 래미는 피아노가 이 광장에 있었다면 저 소년의 아코디언에 맞추어 연주해 보고 싶었다. 소년이 말해주는 것 같았다.

이 광장에 쏟아지는 햇볕을 느껴보세요.
광장의 분수 물줄기처럼 마음도 솟아오르지 않나요.
숨을 깊게 들이 쉬고 푸른 하늘도 올려다 보세요.
슬픔이 떠나지 않나요.
내 것이 될 수 없는 아름다움마저도 슬픔과 함께 떠나주오 .
안녕 아름다움이여. 차오 벨라.

■ 차오벨라 □

연주를 끝낸 소년은 쓰고 있던 모자를 벗어 동전을 걷은 후 아코디언을 들고 어디론가 갔다. 래미도 깔고 앉았던 악보를 챙기며 일어났다. 학교 연습실로 발걸음을 옮겼다. 연습실에서 쇼팽 에튀드 〈겨울 바람〉을 쳤다.

살랑이는 바람을 맞기 위해 언덕에 오르는 래미 자신의 모습을 그렸다. 그런데 언덕을 오를수록 바람은 온몸 시리게 차가워졌다. 계절과 상관없이 외로운 사람들의 마음속에는 겨울 바람이 불고 있었다. 격한 파도를 이기려면 그 파도를 타야 한다고 누군가 말한다. 그럼 세찬 겨울 바람을 이기려면 어떻게 해야 하나. 인생이 겨울 바람이지, 라고 말해주며 옆에 있어줄 누군가가 필요할 것 같았다. 발자크가 '고독이 괜찮은 거야, 라고 말해줄 이가 필요하다' 했듯이.

래미가 성희네 집으로 들어가니 성희의 피아노 반주에 맞추어 민수가 노래 부르고 있었다. 오페라 잔니 스키키 '그래, 공증인에게 달려가 봐' (si corre dal notaio)였다.

오페라 잔니 스키키는 시대와 국가와 상관없이 이야기가 풍자적으로 재미있어 지석이 좋아했다. 지석의 시가 삶을 풍자하는 의도로 쓰여지기에 그에게 풍자는 그가 추구하는 예술 표현이기도 했다.

민수가 부르는 노래의 주인공인 잔니 스키키는 가난한 농부였다. 그의 딸 라올레타는 부자인 부루조의 조카 리누치오와 사랑에 빠졌다. 부자인 부루조의 가족은 반대했다. 가난한 리누치오에게 라올레타를 줄 수 없었다. 리누치오가 어떤 내면의 사람인지는 관심없었다. 부루조가 사망하자 가족은 위선적인 슬픔을 잠시 보인 뒤 바로 유산 싸움을 벌였다. 부루조의 가족은 부루조의 재산을 차지하기 위해 유언장을 조작하는 음모를 꾸몄다. 이 음모를 주도한 이가 아이러니하게 잔니 스키키였다. 그 재산을 다시 자신의 것으로 만들려는 이중의 꿍꿍이 속이 있었던 머리 좋은 잔니 스키키의 노래가 '그래 공증인에게 가 봐'였다.

민수가 잔니 스키키 같은 해학적인 표정과 제스처를 하며 노래에 몰입했다. 민수의 바리톤이 잔니 스키키의 목소리에 잘 어울렸다. 코믹 오페라의 활력이 느껴졌다. 사랑의 슬픔과 고통을 느린 템포로 깊고 풍부하게 표현해야 하는 아리아는 그가 어떻게 부를지 궁금했다.

래미가 두 사람의 연주를 방해하지 않으려 조용히 방으로 들어갔고 민수가 잠시 눈으로만 래미를 따라갔다. 방으로 들어간 래미는 연주를 들으며 방 창문 앞에 섰다. 수진이 즐겨 부르는 아리아가 잔니 스키키 〈O mio babbino caro〉였다는 게 떠올랐다. 아버지가 반대하는 남자 리누치오와 결혼하려는 라올레타가 아버지가 계속 반대하면 피렌체 베키오 다리에서 뛰어내리겠다고 노래하는 거였다.

수진의 이야기기도 했다. 수진이 가난한 시인 남자와 결혼하겠다고 했을 때 래미의 할아버지는 불같이 화를 내며 반대했었다. 궁지에 몰린 수진은 아버지에게 결혼 시켜주지 않으면 한강 다리에서 뛰어 내리겠다고 협박했다. 수진은 라올레타의 각본을 이용했다. 자식이 목숨 같은 부모에게 자식이 목숨을 끊겠다는 것만큼 무서운 게 없다는 걸 사랑받는 영악한 자식들은 알고 있었다.

수진에게 이 노래는 이제 세상에 없는 아버지와 남편 모두를 향한 그리움이었다. 래미는 협박할 아버지가 있었으면 좋겠다는 생각이 들었다. 아빠가 싫어할 남자를 가지고 아빠의 사랑을 다시 확인할 수 있다면 얼마나 좋을까.

노래 연습이 끝난 민수가 조개 스파게티를 요리했다. 래미는 부엌 의자에 앉아 지켜 보았다. 앞치마를 두른 민수는 팬에 올리브 기름을 두르고 마늘 고춧가루 파슬리 조개를 넣어 익혔다. 알덴테로 익힌 스파게티면에 조개를 섞으면 조개 스파게티 완성이었다. 래미는 이태리 요리의 심플함이 놀라웠다.

민수가 스파게티 접시를 성희와 래미 앞에 놓아 주었다. 성희가 아이처럼 박수를 쳤다.

"성악가로 성공 못하면 요리사로 성공할 수 있을 거 같아."

민수가 으쓱 자랑했다.

"난 요리해주는 남편은 좋지만 요리사 남편은 별로인데…"

성희가 스파게티 면을 포크에 돌돌 말며 말했다.

"누가 너하고 결혼해 준데?"

민수의 말에 성희가 입을 삐죽였다. 래미는 수진이 해주는 조개 미역국, 해물 조개탕, 조개 칼국수 같은 요리만 먹다가 조개 스파게티를 먹어보니 그 색다름이 짜릿하게 좋았다. 맛있게 먹는 래미를 민수가 미소를 지으며 바라보았다.

"래미라는 이름 누가 지어준거야?"

"아빠가…"

"무슨 뜻인데? 올 래, 아름다울 미. 아름다운 미래, 뭐 그런 뜻?"

"아빠 성이 '도' 라서… 그냥 도래미."

래미는 민수가 웃을거라 예상했는데 웃지 않았다.

"여기 이태리에 유학 온 한국 학생들은 거의 다 이태리어 이름을 쓰거든. 내 이태리 이름은 루치아노야. 루치아노 파바로티를 좋아하니까. 카루소를 좋아하는 애는 카루소라 짓기도 하고. 자기 맘이니까. 근데 도래미 너는 이태리어 이름 만들필요 없이 그냥 도래미로 불려지면 좋을 거 같아. 재미있고 인상적이거든."

래미는 아빠가 지어준 이름에 민수가 따뜻한 미소를 보여줘서 좋았다.

북유럽 게르만족이 땅과 음식을 뺏으려고 로마로 내려왔었지만 그들에게 없는 햇볕을 제일 뺏고 싶었을거 같았다. 래미는 지중해의 햇볕에서 생명력을 느꼈다. 너무 뜨거워 현기증날 때는 이마 위 태양의 타는 소리에 권총 방아쇠를 당기는 카뮈 소설 『이방인』이 떠올랐다. 뫼르소를 이해할 수 있을 거 같았다. 뫼르소는 무죄일지 모른다는 생각이 들었다.

지중해성 기후는 그늘 밑을 시원하게 해주는 친절함이 있었다. 래미는 수업이 없을 때는 공원 나무 그늘에서 이태리어 공부를 하곤 했다. 언어 학교는 그만 두었다. 개인 레슨을 알아보는 중이었다.

이태리어는 매력적이고 발음도 영어에 비해 쉬웠다. 이태리 사람들은 말을 하면서 동시에 수화하듯 바디랭귀지를 하기 때문에 의사소통도 그만큼 더 쉬웠다. 동사 변화는 어려웠다. 한국어의 단순한 동사 변화가 한국말을 배우는 외국인들에게 얼마나 고마울지 생각이 들었다.

"곤니치와."

래미가 학교 근처 야외 테이블 바에서 쥬스를 마시며 이태리어 공부를 하고 있는데 누군가 일본어 인사로 말을 걸었다. 래미가 올려다보니 한 이태리 남학생이 지나가는 길에 래미에게 다가온 모습으로 서 있었다. 래미는 자신이 일본인이 아니라는 것을 알리기 위해 대답하지 않았다.

■ 차오벨라 □

"니하오."

그가 이번엔 중국어로 말을 걸었다. 호객 행위하는 거리 상인처럼 이 나라 저 나라 인사말을 붙여 보는 게 유치했다. 그런데 그에겐 기분 나빠할 수 없는 싱그러운 향기가 풍겼다. 부드러운 웨이브로 어깨까지 내려온 갈색 머리, 바다빛 눈동자로 윙크하듯 꿈벅거리는 눈, 키티 인형을 연상시키는 연한 핑크색 셔츠를 입은 잘생긴 남자의 모습을 보고 기분 나빠 할 여자는 없을 거 같았다. 눈빛은 장난끼가 있었지만 착해 보였다. 래미는 경계심을 풀며 그에게 한국말로 인사를 했다.

"안녕."

"아, 꼬레아! 며칠 전 너가 내 교실 문을 실수로 열었을 때, 난 내 엑스 일본 여자 친구가 다시 돌아 왔나 싶어 순간 깜짝 놀랐어. 너무 닮았거든. 그런데 미안할 때 일본 여자보다는 고개를 덜 숙이더라구. 빨개진 얼굴로 뒷걸음치는 모습은 귀여웠어."

래미는 어떻게 반응해야 될지 몰랐다. 치근덕대는 남학생에게 빨리 눈앞에서 사라져 달라고 쏘아보는 여학생의 표정이 지어지지 않았다.

"이름이 뭐야?"

"래미, 도래미."

"예쁘다. 이름도 너도."

래미는 남자로부터 예쁘다는 말을 처음 들어 보았다.

"내 이름은 시모네야. 우리 다음에 커피 마시자. 난 지금 수업 들어가야해서."

시모네가 한 손을 들어 가볍게 인사한 후 학교를 향해 걸어 갔다. 래미는 그의 뒷모습을 자신도 모르게 한참 쳐다보았다. 래미는 한국에서 남자 친구를 사귄 적이 없었다. 열여섯 살 여학생이 남자 친구를 사귀는 것은 탈선 청소년 취급 당하기 때문이었다. 사귀고 싶다 해도 만날 수 있는 자연스러운 기회들조차 없었다. 대부분의 또래들도 학교 학원 집, 세 동선 안에서만 맴돌기 때문이었다.

래미는 시모네가 말을 걸어 온 것 자체가 새로운 경험이었다. 막연하게 언젠가 찾아올 첫사랑을 꿈꾸는 소녀로서 한 남학생이 다가와 말을 걸어 준 것만으로도 그가 자신의 꿈속에 그렸던 '그' 일까 문득 생각하지 않을 수 없었다. 그래서 학교 쪽으로 멀어져 걸어가는 시모네의 뒷모습을 눈으로 쫓으며 마음이 조금 두근거리는 거 같았다.

시모네는 함께 커피를 마시자고 했던 말을 바로 다음 날 지켰다. 래미가 수업을 마치고 학교를 나오자 기다리고 있었다는 듯 시모네가 다가왔다. 이미 친구라도 되는 듯 자연스레 커피 마시러 가자고 말을 걸었다. 그의 밝은 얼굴이 이태리 햇볕과 닮아 있어서 싫다고 하지 못했다.

시모네가 래미를 데려간 곳은 스페인 광장 근처 바(bar)였다. 얼마 전 래미가 외로워서 광장 계단에서 울었던 기억이 있던 곳이었다. 울었던 장소를 싱글거리며 밝게 웃는 누군가와 같이 가는 게 마음 치료를 받는 듯 상큼한 느낌까지 들었다. 창백해진 차가운 뺨을 누군가 따뜻한 손으로 감싸주는 온기가 우울한 세포들을 재우는 거 같았다.

이백 년 전통을 가진 바는 사람들로 북적거리며 시끄러웠다. 잠 잘 때 외에는 조용해질 수 없는 이태리 문화가 커피숍에서 여실히 드러났다. 도서관 같은 한국 커피숍과 너무 달라 래미에겐 진풍경이었다.

시모네는 아직 에스프레소 커피를 마셔보지 못한 래미에게 카푸치노를 권했다. 컵의 반 이상이 우유 거품으로 채워진 카푸치노의 맛은 부드러웠다. 시모네가 이 바(bar)는 유명한 예술가들이 왔었던 곳이라고 설명했다. 영국 시인 키츠도 이곳에 왔었다며 래미에게 키츠의 시를 읽어 봤냐고 물었다. 래미는 아빠가 시인이었고 키츠를 좋아했다고 말했다.

Beauty is truth, truth beauty, that is all.

Ye Know on earth, and all ye need to know.

래미가 중학교 입학해서 영어를 배우기 시작하자 지석은 래미의 영어 교과서 뒷커버에 쉬운 영어로 된 키츠의 이 시구를 적어 주었었다. 지석은 인생의 아름다움을 시에서 찾았고, 시가 그의 인생이었다. 키츠의 시처럼 그것이 그가 알고 싶은 모든 것이었다. 그래서 가장으로서는 아내에게 힘이 되지 못했다. 수진은 경제적 지출을 혼자 감당해야하는 무거움 때문에 힘들어했었다.

시모네는 키츠의 시 중 「빛나는 별이여」를 가장 좋아한다고 했다. 빛 나는 별이 되어 사랑하는 연인과 영원히 살고 싶다는 시였다. 시모네는 런던에 있는 키츠의 집도 방문한 적이 있었다고 말했다. 키츠가 로마에 왔을 때 머물렀던 집이 지금은 작은 박물관이 되었는데 가보고 싶냐고 물었다. 래미가 카푸치노 우유 거품이 묻은 입술을 닦으며 고개를 끄덕였다. 그것이 그들의 첫 번째 데이트였다.

"내 일본 여자 친구가 이태리어를 이태리 여자보다 더 잘했거든. 비결이 뭐 였을까?"

시모네가 래미를 두 번째 만났을 때 물었다. 래미는 시모네가 옛 여자친구를 얘기하는 게 시모네와의 안전거리를 만들어주는 거 같다는 생각이 들었다. 래미는 그의 여자 친구가 언어에 재능이 있었겠지, 생각하는데 시모네가 말했다.

"이태리 남자하고 연애하면 돼."

래미가 실망하고 짧게 한숨을 쉬었다.

"언어를 가장 재미있게, 가장 열정적이면서 가장 효과적으로 배울 수 있는 게 연애밖에 없어."

"너 몇 살이야?"

"아시아 여자들은 왜 재미없게 나이를 따지려고 하지?"

"한국에선 연애는 대학생부터 시작해야 해."

"왜?"

"응… 그건… 대학이 인생에서 가장 중요하다고 하거든. 중요한 것부터 해야 연애도 할 수 있다는 거지."

"그런 웃기는 말에 한국 사람 모두 따라가고 있다는 게 놀라워. 그럼 너도 대학교를 목표로 피아노 공부하는 거니?"

래미가 대답하지 못했다. 이런 질문을 스스로에게 깊게 던져본 적이 없었다.

"아무튼 너가 연애에 관심없다니 끝내주는 이태리어 개인교사나 소개시켜 줄게. 너가 개인 레슨 교사를 찾는 중이라고 했잖아."

좋은 개인 교사를 소개시켜 준다는 말에 래미가 솔깃해졌다. 내일이라도 당장 레슨을 시작해보고 싶다고 했다. 이태리에서 생활하고 학교 공부를 이해하기 위해 언어 공부가 시급했다.

다음날, 개인 교사를 만나기로 한 학교 근처 노천 카페에서 래미는 약속 시간 전부터 앉아 기다렸다. 그런데 시모네 혼자 나타났다.

"개인 교사하고 같이 온다고 했잖아?"

래미는 인사도 하지 않고 물었다.

"내가 그 소문난 끝내주는 교사야."

래미가 화가 나 이태리어 문법책을 덮었다. 시모네는 아랑곳하지 않고 재미있는 일을 하기 전의 표정으로 미소를 짓더니 자기 가방에서 책 한 권을 꺼내 래미 앞에 놓았다.

"잘했어. 그런 재미없는 문법책으로 공부하는 건 시간 낭비야. 공부가 재미있어야 문법도 문장도 자연스럽게 배우게 돼. 내가 쉽게 설명해 줄테니 같이 해보자."

래미가 책표지를 쳐다보았다.

"이건 작곡 공부하는 교재잖아."

"내가 작곡과 지휘를 공부하고 있거든. 우리 아빠가 오케스트라 지휘자라서 나도 어렸을 때부터 좋아하게 됐어."

시모네가 애교있게 한 눈을 찡긋 해보였다. 아빠를 자랑스러워 하지만 누군가에게 자랑하고 싶은건 아니라는 표정이었다.

"피아노 치는데 작곡 이론이 도움이 되거든. 믿고 따라와 봐."

시모네는 열일곱 살밖에 안 됐는데 자신감이 자연스럽게 배여 있었다. 한국 고등학교 교실에서는 만들어지기 힘든 성격으로 보였다. 가족에게 상처받지 않고 학교에서 스트레스 받지 않은 이만 가질 수 있는 부드러운 자신감이었다. 그런 자신감이어야 오케스트라 앞에서 지휘봉을 휘두를 수 있을 거 같았다.

래미는 시모네가 건네 준 책을 펼쳐 읽어 보았다. 시모네가 어려운 단어와 문장을 쉽게 설명해 주었다. 시모네의 설명을 점점 집중하며 듣기 시작했다. 시모네는 래미가 기대한 개인 교사 이상으로 집중 레슨을 해줬다. 그의 눈을 가까이서 보았다. 맑은 바다색이었다. 햇볕 아래에서 밑이 보일 것 같은 맑은 바다.

"오늘 공부는 여기까지 하고, 이제 수업료 내."

두 시간이 훌쩍 지나갔고, 시모네가 책을 덮으며 말했다.

"얼... 마?"

래미가 어색해서 작게 물었다.

"배고프니 밥 사 줘."

"맥도날드… 괜찮아?"

"맥노날드? 오, 노우." 시모네가 얼굴을 찡그렸다.

"이태리에서 맥도날드 먹자고 하는 건 이태리 음식에 대한 모욕이야."

■ 차오벨라 □

"그럼, 뭐 먹고 싶어?"

고급 레스토랑을 원하는 게 아니길 바라면서 래미가 물었다.

"조금 후에 수업이 있어서 다른 곳에 갈 시간은 없어. 그냥 이 바에서 파는 파니노(panino) 먹자."

시모네의 첫 수업료는 쌌다.

"다음 수업료는 피자로 하자."

그가 모르따델로 파니노를 먹으며 말했다. 시모네는 다음 수업을 오후 시간으로 정했다. 저녁에만 문을 여는 화덕 피자집을 가기 위해서였다.

래미는 시모네가 설명하는 음악 이론이 신기하리만치 이해가 쉬웠다. 시모네가 이렇게만 계속 도와준다면 한 학기가 마쳐질 즈음 래미의 실력이 좋아질 것 같은 확신이 들었다.

두 번째 시모네와의 개인 레슨을 마쳤을 때 시모네는 래미를 화덕 피자집으로 데리고 갔다. 과자처럼 바삭거리는 피자를 잘하는 집으로 알려졌다고 했다. 피자 화덕은 한국의 도자기 굽는 화덕과 비슷해 보였다. 500도 화덕 안에서 3분도 되지 않아 피자가 구워져 나오는 걸 래미는 신기한 듯 보았다. 래미는 마르게리타 피자를 시모네는 엔초비로 토핑한 나폴리 피자를 먹었다. 이태리 마르게리타 여왕에게 바쳐지면서 불려진 마르게리타 피자는 피자의 여왕일 거 같은 맛이었다.

"살 찌겠네."

래미는 한국 친구들과 먹을 때 하는 습관적인 말이 나왔다.

"너희 아시아 여자들은 날씬해도 살 찔 걱정하는 게 좀 정상이 아닌 거 같아."

"살 찐 여자들이 놀림 당하거든. 남자들은 날씬한 여자들만 좋아하고."

"넌 어떤 남자가 좋니?"

"… 우리 아빠 같은 남자."

"그럼 내가 딱이네. 다들 내가 믿음직스럽다고 하거든. 다음에 내가 아빠처럼 아이스크림 사줄게. 로마에서 제일 맛있는 아이스크림으로."

시모네는 아이스크림 같은 달달한 눈빛으로 래미에게 말했다.

로마에서 가장 맛있는 아이스크림을 파는 가게는 한참이나 줄을 서야 했다. 기다리는 게 일상인 듯한 이태리 사람들은 지루한 기다림을 수다로 즐겼다. 예쁜 물감들로 물들인 듯한 많은 종류의 아이스크림은 보기만 해도 빨리 먹고 싶은 조바심을 일으켰다. 래미는 딸기와 피스타치오와 레몬 아이스크림을 주문했고 예쁜 삼색으로 장식된 콘을 맛보았을 때 폴짝 뛰고 싶었다. 달콤함에 빠진 아이 표정이 되어 입 주위에 아이스크림 묻는 걸 아랑곳하지 않고 먹었다. 그러다 어떤 입술이 래미의 뺨에 닿았다 떼어졌다. 래미가 놀라 쳐다보았다.

"우리 아빠는 내가 아이스크림 먹을 때마다 이렇게 뽀뽀 해 주셨거든."

시모네가 장난스럽게 윙크하며 아이스크림을 먹었다. 그의 눈동자 같은 색깔의 민트 아이스크림이었다.

두 개의 시냇물이 만나 자연스레 강을 향해 흐르듯 래미와 시모네는 친구가 되었다. 성희 집에서의 생활도 래미는 조금씩 익숙해지는 듯 했다. 래미는 한국에서처럼 학교 수업에 전념해 보려고 애쓰며 성희네 집을 식사를 해결하고 잠을 자는 곳 이상의 기대를 하지 않았다.

시모네가 옆에 있어주어 래미의 일상은 생기가 돌았다. 그러던 어느 날, 성희가 몸살이 나서 침대에서 일어나지 못했다. 래미는 어느 때와 같이 저녁 식사 전에 들어왔고, 정미는 퇴근해서 죽을 끓이고 있었다.

"성희가 극장 오디션 준비한다면서 좀 무리한 거 같아. 레슨비 벌려고 베이비시터 아르바이트까지 하더니만..."

래미는 걱정하는 정미의 모습을 보고 아플 때 걱정해주는 엄마가 최고의 약이라는 생각이 들었다. 래미는 이태리에 온 이

후 자신도 모르게 '아프면 안 된다'고 최면을 걸면서 살고 있었다. 이곳에 엄마가 없기 때문이었다.

래미가 방에 들어가니 래미의 침대에 성희가 누워있었다. 감기가 정미에게 옮겨질까봐 래미 침대에서 쉬었다. 래미가 한동안 거실 소파에서 자야한다는 얘기였다.

"언니, 많이 아파요?"

래미가 조심스레 물었다.

"다음 주 민수 콩쿠르에 나가는거 반주 못해줘서 어떡하지…"

래미는 성희가 정말 민수를 좋아한다는 걸 처음 느끼는 것 같았다. 자신의 오디션 망친 것보다 민수 콩쿠르 준비를 도와주지 못하는 걸 걱정하는 마음에 온기가 느껴졌다. 좋아한다는 것은 그것 자체로 아름다운 것인가 보다.

"언니가 빨리 나으면 되죠."

"콩쿠르 때까지 매일 연습을 해야 되니까 문제지… 래미, 너가 좀 도와주면 안 될까? 다른 반주자 구하려면 솔직히 돈을 줘야 해서…"

래미는 성희의 속셈이 불쾌하기보다 아픈 성희를 도와주는 게 맞다는 생각이 들었다.

"무슨 곡으로 하는데요?"

성희의 부탁을 들어주기 위해 래미는 다음날 일찍 학교에서 집으로 돌아왔고 거의 같은 시간 민수가 왔다. 성희는 방 침대에서 누워 있고 래미는 민수의 연습곡 〈리골레토〉를 쳤다. 민수는 성량이 큰 장점을 가지고 있지만 이따금 그 성량을 보여주려 필요 이상 힘을 쓸 때가 있다는 걸 래미가 느꼈다. 미세한 예술적 정제가 필요할 거 같은데 어떻게 조언을 해주면 좋을지 몰랐다.

민수가 노래를 마친 후 몰입했던 감정을 정리했다. 래미에게 반주자로서 의견을 물었다. 래미는 잠깐 망설였다. 그냥 잘 부른다고 대답하든지 아니면 잘 모르겠다고 대답하든지 해야 할 것 같은데 갑자기 무슨 용기가 났는지 호소하듯 부르기보다 듣는 사람의 마음을 부드럽게 사로잡는 톤으로 바꾸면 좋을 것 같다고 말해버렸다. 민수는 잘 부른다고 듣고 싶어 래미에게 물어본건데 성악 전공도 아닌 어린 후배한테 지적을 받으니 기분이 안 좋아 볼이 순간 화끈했다. 부자연스럽게 미소를 보인 다음 다시 연습해 보자고 했다.

래미는 거실 소파에서 잠을 잤다. 소파에서 자니 래미가 이 집 손님이라는 게 더 실감났다. 거실에서 잠이 들면 방에 들어가서 자라고 깨워주던 수진이 생각났다.

엄마는 어떻게 지내고 있는 걸까? 래미는 수진이 급속히 재혼을 결정한 게 이해되지 않았다. 수진의 지인을 통해 만난 재미 교포는 한국에서 한 달 정도만 수진과 데이트를 하고 바로 다시 미국으로 돌아갔다. 수진은 한 달 만난 남자와 재혼을 약속했고 래미의 이태리 유학을 준비했다. 수진은 그 남자와의 결혼으로 래미의 유학비와 자신의 새 인생이 동시에 이루어진다고 생각했다. 그리고 정말 래미를 이태리로 보냈고 그녀는 미국으로 갔다.

시만 쓰고 돈만 쓰던 지석에게 지쳤었던 수진을 이해 못하는 것은 아니었다. 시인의 아내가 짊어질 생활고를 자처하고 결혼했음에도 불구하고, 지석이 아내와 아이를 사랑하는 남편과 아빠였음에도 불구하고, 수진은 지석의 경제적 무능에 속이 곪았었다. 지석이 좋아하는 담배도 한 달 지출비에서 만만치 않았었는데 결국 그 담배 때문에 그의 폐가 병들고 말았다. 담뱃진 같은 색깔로 얼굴이 변했고 짓이겨진 담배처럼 앙상해졌다. 지석은 그렇게 가족을 떠났다. 미망인이 된 수진은 피아노를 가르치며 변함없이 가장 역을 해내야 했었다. 여자로서도 외롭고 현실에도 지칠 때 사업하는 재미 교포를 만난 것이었다.

래미는 문득, 이번 달 송금이 왜 아직 오지 않는지 궁금했다. 래미가 이태리로 떠날 때 수진이 쥐어 준 돈이 있기 때문에 정미에게 하숙비를 미루지 않고 줄 수는 있었다. 수진에게 혹시 무슨 일이 있는 건 아닐까, 생각이 들었다. 거실에서 자

는 게 불편하기도 했지만 궁금한 생각들 때문에 래미는 새벽
까지 잠들지 못했다.

　래미는 학교에서 일찍 돌아와 민수의 반주를 도와주었다. 민
수는 세 시간 정도 집중 연습을 했다. 목이 잘 피곤해지지 않
는 튼튼한 성대를 가지고 있었다. 기운을 차려가는 성희가 민
수가 노래할 때 거실 소파에 앉아 한 번씩 민수에게 필요한 조
언을 해주기도 했다.
　래미는 민수의 노래 반주를 해주는 게 귀찮지도 피곤하지도
않았다. 어차피 래미도 매일 피아노 연습을 해야하기 때문에
노래 반주를 해주는 것이 래미에게 오히려 도움이 되기도 했
다. 마음에 걸리는 게 있다면 학교 수업이 끝나고 시간을 함께
보내자고 하는 시모네를 거절해야 하는 거였다.

　콩쿠르를 이틀 앞두고 래미는 민수와의 약속 시간보다 일찍
성희네 집으로 돌아왔다. 학교 오후 수업이 취소되었기 때문
이었다. 이태리는 학교 교사들도 파업을 하는 게 재미있었다.
한국은 데모하는 학생들을 교사들이 철딱서니 없다고 취급하
지 않는가.
　래미가 성희의 아파트 문을 열고 들어섰을 때 민수의 신발이
문 쪽에 있는 게 보였다. 이태리 가정집은 보통 신발을 신고

다니지만 이태리에 사는 한국 사람들은 한국 정서대로 신발을 벗었다. 실내 바닥도 깨끗하게 유지되고 신발 소리도 안 나고 좋다. 민수와 성희의 신발이 있는데도 집 안이 조용해서 두 사람이 방 안에 있을 거라고 짐작했다. 래미가 성희의 방을 노크하려고 손을 들었을 때 방 안으로부터 성희의 웃음소리가 작게 들렸다. 열여섯 살이지만 래미는 그 웃음소리가 들어가면 안 되는 소리로 들렸다. 가장 여자답고 싶을 때 내는 웃음소리였고 남자의 품에 안겨야 낼 수 있는 소리였다.

래미는 아파트 건물 밖으로 나갔다. 아파트 입구에 앉아 거리의 사람들을 바라보았다. 한 노부부가 멋진 옷을 입고 서로의 손을 잡고 여유롭게 걷고 있었다. 노부부가 손을 잡고 걷는 풍경을 인생 말년의 아름다운 풍경으로 생각하는 이들이 많지만 래미는 그 노부부보다 저만치에서 한 젊은 아빠가 어린 딸에게 두발자전거를 가르쳐주는 모습이 더 부러웠다. 딸이 자전거에서 넘어질까봐 균형을 잡아주며 가르쳐주는 아빠의 모습이 지석의 모습과 오버랩되는 거 같았다. 래미도 지석에게 자전거 타는 것을 배웠다. 지석은 래미에게 자전거 타는 것을 가르쳐 준 다음 지석이 앞서 자전거를 타고 래미를 따라오게 했었다. 지석은 천천히 달려줬지만 래미는 전속력으로 쫓아가야 했었다. 아빠, 아빠 행복하게 부르며 뒤쫓았었다.

어릴 적 생각에 미소가 지어질 때 민수의 발성 연습 소리가

046

들렸다. 삼층 성희네 집 모든 창문은 닫혀 있었지만 민수의 소리는 바깥까지 퍼졌다. 그의 발성력은 공연장 객석의 마지막 좌석까지 울릴 거 같았다. 발성 연습이 끝날 때쯤 래미가 성희 집으로 들어갔다. 거실 욕실 문이 열리며 성희가 막 샤워를 끝낸 모습으로 나왔다. 성희가 래미를 보더니 좀 쌀쌀맞은 눈으로 쳐다보고는 방으로 들어갔다. 성희의 눈빛이 까칠해서 래미가 민수에게 물었다.

"언니 화났어요?"

"내 콩쿠르 반주자로 널 데려가겠다고 했어. 삐지길래 달래주느라 애 좀 먹었어."

래미가 민수를 쳐다보았다. 어떻게 애를 먹었는지 물어보는 것처럼. 민수가 눈길을 피하며 어색하게 악보를 피아노 받침대에 올려 놓았다. 래미는 왜 성희와 콩쿠르에 나가지 않냐고 묻지 않았다. 성희보다 래미의 피아노 실력이 더 좋은 걸 래미도 알기 때문이었다. 피아노가 전공이 아닌 성희의 반주는 오페라 반주의 드라마적인 느낌을 미세하지만 제대로 살리지 못하는 부분이 있기 때문이었다. 민수도 래미의 반주로 연습하며 그 차이를 못 느꼈을리가 없었을 것이다.

콩쿠르에서 민수는 연습 때 이상의 실력을 보여줬다. 그러나 래미는 민수가 상을 받지 못할 거라는 걸 결과 발표 전에 짐작할 수 있었다. 민수보다 더 잘 부르는 노래를 들었기 때문이었

■ 차오벨라 □

다. 물론 이태리 사람이었다. 모국어로 부르는 아리아가 자연스럽고 더 호소력이 있는 건 어쩔 수 없었다.

피아노도 그럴까? 피아노는 언어가 아니지만 이태리 사람이 표현하는 소리와 한국 사람이 같은 음악을 표현하는 소리가 다를까? 실력이 다른 게 아니라 국적이 달라서 연주의 느낌도 달라질 수 있겠다는 생각이 들었다.

민수가 샴페인을 터트렸다. 거품이 흘러나오는 샴페인을 글라스에 담아 래미와 성희에게 건네주었다. 세 사람은 고급 레스토랑 테이블에 앉아 있었다.

"건배! 오늘 맛있는 거 많이 먹자."

민수가 과장된 경쾌한 목소리로 분위기를 띄웠다.

"콩쿠르 떨어지고 샴페인 터트리는 사람, 너밖에 없을 거야."

성희가 어이없다는 듯 말했다.

"기죽지 말자는 뜻에서 마시자는 거지, 임마. 그리고 래미, 수고해 주었으니 오빠가 맛있는 거 사주고 싶은 거고."

오빠라는 단어가 래미는 낯설었다. 친오빠도 없었고 오빠라고 부르는 가까운 사람도 없었기 때문이었다. 래미는 보통 여자들이 그렇듯 언젠가 연상의 남자 친구를 사귀게 되면 오빠라 부르려고 생각했었다.

세 사람의 샴페인 잔이 챙, 소리를 내며 부딪쳤다. 샴페인은 달콤했다. 래미는 한 잔을 가볍게 비웠다. 술꾼 지석의 딸이어서 술맛이 달콤하게 느껴지는 건가 싶었다.

"래미, 샴페인의 달콤함에 속아서 알코올이 안 느껴질지 몰라도 조심해."

성희가 래미에게 말했다. 성희는 민수에 대해 얘기하고 싶어했는지도 몰랐다. 남자들은 샴페인 같이 달콤하게 다가와 위험하게 취하게 만들어 버린다고.

"래미, 다음에 준비하는 밀라노 스칼라 극장 오디션도 도와줄 수 있지?"

민수가 불쑥 말해서 래미도 성희도 민수를 쳐다봤다.

"밀라노 마에스트로 레슨 받으러 가야되는 것도 같이 가줘. 물론 경비는 내가 낼거구. 밀라노 구경도 시켜줄게."

성희가 째려보듯 민수를 쳐다봤다.

"성희 너는 다음주부터 새 직장 시작한다고 했잖아."

성희가 로마 한 사립 음악 아카데미에서 비서직 일을 하게 되었다는 걸 래미도 들었다. 불규칙하고 돈도 얼마 주지 않는 베이비시터보다 고정 월급을 받는 비서직 일이 성희에게도 잘된 일이었다. 대신 성희의 자유 시간이 없어졌다.

"두 번이나 떨어졌으면서 다시 도전하려고?"

성희가 삐딱한 표정으로 빈정거리듯 얘기했다.

"이번에 또 떨어지면 한국으로 돌아가야할지 몰라. 부모님이 자꾸 귀국하라고 하셔서. 공부도 마쳤으니 빨리 오라고. 난 한국 안 가고 싶은데 원하는 대로 일이 안 풀리니까 나도 생각이 복잡해."

"한국에 가게 되면 성희 언니는요?"

래미는 민수에게 물어놓고 후회했다. 대답은 성희가 했다.

"민수네 부모님이 우리 엄마 아빠 이혼한 거 아시고 날 며느리감으로 반대해. 웃기지, 한국 부모들. 그래서 민수 한국가면 난, 나 좋다는 이태리 남자 중에서 한 명 고를까 해."

성희가 이렇게 말하는데도 민수가 질투하는 표정을 짓지 않는 게 래미는 이상했다.

"이것봐. 내가 이태리 남자 사귄다고 해도 질투 안 하잖아. 아주 겁쟁이야. 부모가 안 된다고 해도 믿음직한 남자답게 주장도 못 해. 아니지, 아마 나를 그만큼 안 생각한다는 쪽이 맞을 거야."

성희가 화가 나서인지 샴페인 때문인지 얼굴이 상기되어 말했다.

"내가 이태리 극장에 취직해서 이태리에서 살게 되면 얘기가 달라질 수도 있잖아…"

민수가 멋쩍게 어색한 변명을 했다. 래미는 그들의 복잡한 문제에 끼고 싶지 않아 혼자 샴페인 잔을 다시 채워 마셨다.

세 사람은 생선 해물 코스 요리를 먹으며 프레세코 와인 두 병을 다시 비웠다. 취기가 오르자 세 사람은 마치 친한 사이처럼 즐겁게 웃었다. 와인의 위대한 힘인거 같았다. 래미는 민수가 농담할 때 자신이 생글생글 웃는 것을 느끼면서도 자제가 되지 않았다. 민수는 취기가 올라올수록 성회의 눈을 피해 한 번씩 래미 쪽으로 시선을 보냈다. 래미는 생글거리느라 그의 시선이 취중에서도 성회를 배신하고 있다는 것을 느끼지 못했다.

민수가 레스토랑에 있는 피아노를 보더니 갑자기 무슨 생각이 떠오른 듯 일어나 매니저한테 갔다. 뭔가 얘기를 나눈 후 다시 테이블로 돌아왔다.

"우리 셋이서 라이브 무대 한번 가져볼까? 멋진 무대를 보여주면 오늘 저녁 공짜로 해주기로 했어."

세 사람은 취한 상태로 장난스럽게 피아노가 있는 작은 무대로 갔다. 민수가 〈축배의 노래〉를 부르자고 하기 전에 래미와 성회는 그 노래밖에 이런 무대에 어울릴 노래가 없다는 걸 알고 있었다.

래미는 오페라 〈라 트라비아타〉를 알기 전 지석의 서재에서 뒤마피스의 〈춘회〉를 읽었었다. 세로로 써 있고 왼쪽에서 오른쪽으로 읽어야 하는 작은 문고판이었다. 뒤마 피스는 실제로 파리의 창녀를 사랑했었다. 창녀를 비난하는 건 여자이지 남자가 아니다. 남자들은 그저 예쁜 여자에게 끌릴 뿐이다. 그래서 어쩌면 여자는 창녀를 비난하는 게 아니라 질투하는 건지도 모른다.

1850년대의 파리에는 상류층 남자들을 사로잡는 고급 창녀들이 많았고 〈라 트라비아타〉의 비오레타가 그중 한명이었다. 오페라가 시작되는 화려한 파티장에서 비오레타를 사랑하게 된 알프레도가 부르는 노래가 〈축배의 노래〉였다.

민수와 성희 손에는 마시던 와인 잔이 들려 있었고 듀엣으로 노래하기 시작했다. 민수와 성희의 화음이 멋지게 레스토랑 안에 울렸다. 그들의 취기가 노래의 흥을 더 돋구었다. 노래가 마쳐지자 손님들이 환호를 하며 손뼉을 쳤다. 몇몇은 자리에서 일어나 '비스'(Bis)를 외쳤다. 레스토랑 매니저가 민수를 향해 저녁 공짜라는 사인으로 엄지 손가락을 들어 보였다. 그리고 검지 손가락을 가슴 앞에서 돌렸다. 앙코르 곡을 하라는 사인이었다.

시모네가 영국 런던으로 축구 시합을 하러 갔다. 이태리 남학생들은 서로 친해지기 위한 취미 생활로 축구를 즐기는 것 같았다. 시모네가 런던에 가고 없는 동안 래미는 마음에서 바람 소리가 들렸다. 타고 있는 배의 바닥에 작은 구멍이 뚫려 물이 배 안으로 스며들어 오는 것 같은 느낌이었다. 그건 시모네와 이태리어 공부를 하지 못하는 아쉬움이 아니었다.

래미의 속마음을 모르는 민수는 한가해 보이는 래미에게 민수의 개인 교수인 밀라노 마에스트로에게 같이 가자고 했다. 래미의 오페라 피아노 반주에도 도움이 될 거라고 덧붙였다. 밀라노까지 구경할 수 있는 기회를 놓치지 말라며 래미가 생각할 시간도 주고 싶지 않아했다. 민수는 잔니 스키키의 노래를 잘 할 뿐만 아니라 잔니 스키키같이 사람을 다루는 것에 능숙한 것 같았다. 미끼를 주면서 자기 것을 더 챙기는 부류 같은.

성희는 음악 아카데미 비서일로 바빴다. 성희도 아르바이트 하지않고 민수처럼 음악만 하고 싶었다. 하지만 정미의 월급으로 생활비만 유지할 뿐이어서 성희의 개인 레슨비는 벌어야 했다. 래미도 수진이 돈을 아직 부쳐주질 않아 불안해 하고 있었다. 스트레스가 무엇인지 모르는 시모네는 그래서 래미에게 먼 나라 사람 같았다.

런던에서 일주일만에 돌아온 시모네는 더 건강한 생기가 돌았다. 그를 보자 래미는 반가웠지만 환한 웃음 대신 새초롬한 표정이 지어졌다. 마치 자신을 외롭게 놔둔 남자 친구에게 삐진 여학생 같은 표정이었다. 그래서 그가 자기 친구들과 어울려 시간을 보내자고 했을 때 거절했다. 시모네의 친구들과 어울리면 래미가 시모네의 여자 친구로 인식될 것 같아서 겁도 났다. '그의 여자'가 되는 여자가 부러울 거 같은데 그 여자가 래미가 될 수 있다는 생각은 왠지 해서는 안될 거 같았다. 부모와 학교로부터 구속 당하지 않고 청소년기를 자유롭게 보내는 이태리 또래 친구들이 부러웠다.

　래미가 민수와 밀라노행 기차를 타기 전날 시모네에게 거짓말을 했다. 밀라노에 아는 친구를 만나러 간다고 했다. 숨길 이유가 없는데도 숨겼다. 시모네가 지금의 자리에서 뒷걸음칠까 두려웠다. 민수와 래미가 탄 기차는 6개 좌석씩 칸이 나뉘어져 투명한 플라스틱 문으로 복도와 분리되어 있었다. 좌석과 복도와의 소음을 막고 있는 시스템이었다.

　민수와 래미는 지정 좌석 칸을 찾았다. 그 객실 안에는 두 중년 여자가 수화를 하고 있었다. 복도에서 보는 그들의 입 모양은 말을 하는 것 같았지만 손동작이 수화였다. 문을 열자 기관총알 같은 말소리들이 문밖으로 쏟아져 나왔다. 수화가 아니었다.

　두 시간 넘게 이어지는 두 아줌마의 수다에 민수가 끝내 짜증나는 표정을 지었다. 민수가 보던 책을 덮고 시디 플레이어를 꺼내 이어폰을 귀에 꽂았다. 창문 밖을 쳐다보고 있는 래미를 보더니 한쪽 이어폰을 빼어 래미의 귀에 꽂아 주었다. 래미가 민수를 한 번 쳐다 보았고 이어폰으로 음악을 들어 보았다. 베토벤 오페라 〈피델리오〉였다. 베토벤의 유일한 오페라이면서 오페라의 천재적 독창성을 보여준 것으로 유명하다.

"다음 달에 나폴리 산 카를로 극장에서 주빈 메타가 지휘하는 피델리오 오페라 공연이 있어. 같이 갈래?"

주빈 메타. 그 천재 인도 지휘자를 이태리에서 볼 수 있다니! 래미는 민수가 아닌 시모네와 함께 주빈 메타 공연을 보러 가고 싶었다. 지휘를 공부하는 시모네가 주빈 메타의 지휘를 보며 예술적인 자극과 감동을 받는 것을 눈으로 보고 싶었다. 기쁨으로 눈을 반짝 거리면서 주빈 메타의 모습에서 자신의 미래를 그려 볼 그를. 밀라노에 가까워지고 있는 기차에서 래미는 시모네가 보고 싶었다.

밀라노에서 민수가 래미를 데리고 간 첫 장소는 대성당이었다. 민수는 래미가 웅장한 고딕 건축물을 보고 작은 감탄이라도 할 줄 알았는데 래미의 표정은 건조했다. 래미가 시모네를 생각하고 있다는 걸 그가 알리 없었다.

성당에서 스칼라 극장까지는 쇼핑 갤러리아만 지나면 되는 거리였다. 래미는 여자들이 좋아할 것들이 몰려있는 이 갤러리아에도 관심을 보이지 않았다. 천천히 걸어도 5분이면 통과할 수 있는 이 갤러리아를 성희와 함께 걸을 때는 한 시간 넘게 걸렸었다. 민수는 아예 혼자 갤러리아 안 커피숍에서 성희의 호기심 쇼핑이 끝나기를 기다렸었다.

래미는 스칼라 극장의 예상보다 소박한 외관을 보자 몇 분거리의 가까운 대성당에 차라리 오페라 극장 간판을 걸면 좋겠다는 생각이 들었다. 세계 모든 성악가들의 꿈의 장소인 스칼라. 세계 최고들만 설 수 있기에 세계 음악 무대의 러브콜을 받는 보증수표이다.

"저 꿈의 극장에서 노래할 수 있다면 얼마나 행복할까?"

민수가 떨리는 듯 말했다.

"우리 아빠가 얘기해 준 건데요. 음악을 하든 문학을 하든 예술가가 되고 싶다면 죽는 날까지 외로움과 친구처럼 지내야 한데요."

"저 극장에서 노래하는 날에도 지금처럼 외로울 거라는 얘기구나. 그렇다해도 난 성공한 외로운 성악가가 되고 싶어."

민수는 자신의 예술 세계를 성공으로 완성하고 싶은 욕망을 숨기지 않았다.

마에스트로 살바토레와 약속한 레슨 시간에 맞춰 그의 집으로 갔다. 오십 대 초반의 살바토레는 깊은 경지에 도달한 예술가만이 가질 수 있는 위엄을 풍겼다. 특히 그의 눈빛은 무서울 만치 깊어 보였다. 그는 젊었을 때 스칼라 극장에서 활동했던 성악가였다. 한때 세계를 다니며 공연을 하기도 했으나 당뇨에 시달리기 시작하면서 해외 공연 활동은 접었다. 음악 아카데미에서 강의를 하거나 거목이 될 만한 재능을 보이는 학생들에게 개인 레슨을 해주면서 보내고 있었다.

마에스트로 살바토레는 민수의 노래 흐름을 끊지 않으면서 조용하고 위엄있는 목소리로 한 번씩 날카롭게 지적했다. 래미는 민수의 말대로 최고의 마에스트로를 만난 것 같아 피아니스트로서도 사뭇 흥분됐다. 살바토레는 민수의 노래를 지적하면서 피아노를 치는 래미에게는 지휘자처럼 연주의 섬세한 포인트를 손끝으로 알려 주었다. 손가락만으로 음악이 얼마나 다양하게 표현이 달라지는지 느낄 수 있었다. 래미는 살바토레의 수준 높은 세계를 엿보는 황홀감에 빠졌다.

통유리로 된 거실 창문 밖은 어둠이 깔리고 있었다. 바깥 어둠에서 창문 안의 풍경을 바라본다면 노래하고 피아노 치고 가르치는 풍경이 한 폭의 그림 같아 보일 거 같았다. 음악은 신이 인간에게 천상의 아름다움에 대해 소리로 알려주는 선물인거 같다.

연습이 마쳐지자 마에스트로 살바토레의 부인인 엘리사가 저녁 식사를 하고 가라고 권했다. 엘리사는 귀족 가문의 혈통이었고 그 혈통답게 귀족적인 자태를 가지고 있었다. 엘리사는 거실 한쪽의 식탁 테이블에 수가 놓인 하얀 테이블보를 깔고 작은 꽃병을 중앙에 놓았다. 집 정원에서 따온 라벤더 꽃이었다. 라벤더는 로마 시대부터 욕조 안에 넣고 목욕을 했을 정도로 이천 년 동안 사랑받는 향기이다. 엘리사는 호박의 구수한 냄새가 퍼지는 리조토를 앤티크 접시에 담아 식탁에 놓

■ 차오벨라 □

왔다.

"한국 사람들은 쌀 요리를 좋아하니 간단히 리조토를 만들었어. 호박 리조토 괜찮지?"

민수가 물론이죠, 하며 좋아했다. 래미는 미소를 지어보였다. 살바토레가 한 LP판을 턴테이블에 올렸다. 스리 테너 루치아노 파바로티, 플라시도 도밍고, 호세 카레라스 연주가 저녁 식탁 자리에 흐르기 시작했다. 살바토레가 식탁에 앉아 먼저 와인을 따라 주었다. 민수는 한국 술문화처럼 두 손으로 잔을 들어 와인을 받았다.

"마에스트로. 스리 테너 공연 로스엔젤레스에서 보신 거 어떠셨어요?"

"마니피꼬! 굉장했어. 4년 전 1990년, 로마 카라칼라 극장 공연이 더 좋았긴 했지만. 주빈 메타가 지휘했었는데 일 억이 넘는 세계인들이 텔레비전으로 시청했다는군. 그게 영혼으로 부르는 노래의 힘이야."

"저도 노력하면 영혼으로 부르는 세계에 들어갈 수 있을까요?"

민수가 진지하게 물었다.

"물론이지. 그 정도 자신감도 없이 지금까지 노래했나?"

"성악의 세계가 부를수록 갈 길이 멀게만 느껴져요."

"좋은 징조네. 그런 느낌이 들었다면 제대로 길에 들어 선거야. 목표를 루치아노 파바로티같은 사람으로 잡고, 큰 무대와 비싼 몸값으로 잡으면 끊임없이 좌절감에 빠질거야. 그런 값싼 영혼으로는 값싼 노래만 나온다는 거 잊지마."

민수의 표정이 조금 굳어지며 무거워지자 래미가 화제를 바꾸어 보았다.

"마에스트로, 집이 넓은데 두 분만 사시나요?"

"우리 아버지 집이었고 외딸인 내가 유산으로 받게 된 거야."

엘리사가 지적인 목소리로 대답했다.

"두 분 아이들은…?"

래미가 물으니 민수가 래미를 꾸짖듯 쳐다봤다. 뭔가 아는 눈치였다.

"하나님이 우리에게 아이를 허락해 주지 않으셨어."

엘리사가 대답했다. 래미는 순간 자신이 말실수라도 한 것 같아 당황스러웠다. 민수는 미리 얘기해주지 못한 걸 후회하는 눈빛으로 래미를 바라봤다. 살바토레가 말했다.

"가까운 친구 중에 아이가 없는 부부가 있는데 얼마 전 아이를 입양했어. 한국 아이야. 입양 신청도 간단했다고 했어. 이태리는 입양 신청도 복잡하거든. 이태리에서 모든 서류 절차가 복잡하듯."

"한국 아이를 입양했다구요? 전 한국 입양아들이 미국이나

059

북유럽으로 입양되는 줄 알았어요."

민수가 조금 놀라 말했다.

"한국 아이를 입양한 이태리 가정들이 이미 꽤 있어. 그래서 우리도 한국 아이 입양 신청을 생각하고 있는 중이야."

살바토레가 다시 와인 한 모금을 마시고 말했다. 래미는 호박 리소토가 맛있는데도 한국 아이 입양이란 말 때문인지 즐겨지지 않았다.

"어떤 한국 아이가 될지 모르겠지만 마에스트로 집에서 자라게 될 아이는 그래도 행운의 입양아가 될 거 같아요."

래미의 말에 살바토레 부부가 미소를 지으며 서로 바라보았다. 그리고 자연스럽게 입을 살짝 맞추고 떼었다. 서로 신뢰하고 사랑하는 중년 부부의 아름다운 모습이었다.

래미는 그날 밤 기차 소리가 끊임없이 들리는 밀라노 기차역 근처 싸구려 호스텔 침대에서 마에스트로 집에 입양될 한국 아이를 상상해 보았다. 민수는 호스텔 남자들 자는 방에서 코를 골며 자고 있었다.

로마로 다시 돌아 온 래미의 일상은 학교를 다니고 민수의 반주를 도와주거나 학교 피아노 연습실에서 보냈다. 학교에서 자연스레 만나는 시모네와 함께 하는 시간을 제일 좋아했다. 시모네는 햇볕을 느낄 수 있는 장소를 좋아했고 그래서 주로 학교 근처 노천 카페나 공원에서 함께 음료를 마시거나 산책하거나 공부했다. 래미는 시모네의 작곡 이론 공부가 점점 흥미로웠다.

"그래서 많은 피아니스트들이 작곡과 지휘를 배우고 싶어하는거야."

시모네가 함께 걷는 래미의 어깨를 가볍게 감싸면서 말했다.

"너가 피아노를 치니까 작곡과 지휘까지 할 수 있다면 오페라 감독까지 꿈꿔볼 수 있지 않을까?"

"내가 어떻게 감독을?"

래미는 자신이 할 수 있을지 없을지, 하고 싶은지 아닌지를 생각하기도 전에 말이 나왔다.

"너희 아시아 여자들은 겸손한게 아니라 자존감이 낮은 거 같아. 그러니까 악보를 다양하고 창의적으로 해석하지 못하는거야."

래미는 기분이 상해 걸음을 멈췄다. 눈꼬리가 처지며 입이 오리처럼 나왔다.

"이태리 여자 같으면 이럴 때 화가 나 소리 지르던지 손톱으로 얼굴을 긁어 놓는데 너희 아시아 여자들은 화날 때 비바람에 떨어지는 꽃잎 같아. 그래서 사랑스러워."

시모네가 래미의 얼굴을 빤히 보며 미소를 지었다. 그리고 래미의 손을 잡고 어디론가 이끌었다. 시모네가 래미를 데려간 곳은 학교 피아노 연습실이었다.

"지금 제일 치고 싶은 오페라 곡을 쳐봐. 너가 제일 좋아하는 곡 말고."

래미가 잠시 생각했다. 지금 이 순간 제일 치고 싶은 곡이 뭘까? 푸치니 오페라 투란도트 〈공주는 잠 못 이루고〉(Nessun dorma)를 쳤다. 시모네기 래미에게 투란도트 공주같은 수수께끼를 던지고 있는 거 같아서 였다. 전설의 공주 투란도트와 결혼하려는 남자는 세 가지 수수께끼를 풀어야했다. 수수께끼의 첫 번째가 어두운 밤의 무지개빛 환상이 아침이 되면 죽는데 이것이 무엇인가였다. 희망이었다. 푸치니는 희망의 허망한 실체를 잘 알고 있었다. 그는 투란토트를 완성하지 못한 채 죽었다. 그의 희망이었을 투란도트 오페라 완성도, 삶의 그 어떤 환상도 죽음으로 모두 없어졌다.

"넌 피아노를 칠 때도 너의 감정에 솔직하지 않아. 그래서 너의 연주가 자신없고 자꾸 우울하게 들리는 거야."

시모네가 피아노 의자에 앉았다. 래미가 쳤던 같은 곡을 치기 시작했다. 여자 손처럼 길고 섬세해보이는 손가락으로 피아노 건반을 힘있게 누르다가 살짝 튕기다가 온갖 감정을 넘나드는 음의 파노라마를 들려 주었다. 악보의 음표를 따라 가지만 자기의 색채가 신비롭게 표현됐다. 창의력이 왜 매력이 있는지 흠뻑 느끼게 했다.

시모네가 연주를 마치고도 잠시 감정의 여운을 가다듬으려 스톱 포즈로 있었다. 래미도 침묵으로 그 여운을 함께 느꼈다. 시모네가 옆에 앉은 래미를 처다 보더니 조용히 얼굴을 숙여 그녀의 이마에 입을 맞추었다. 영혼을 격려하는 입맞춤이었다.

"이태리가 왜 예술이 발달했는지 아니? 생각이 자유로워서 그래."

"너의 자유로움이 부러워."

"우리 이태리 사람은 부럽다는 말 안 쓰는데."

"그럼 부러울 때 뭐라고 해?"

"부러워하지 않아서 부럽다고 얘기할 일이 없어. 행복해하는 너를 보니 나도 좋아,라고 하지."

래미는 정말 그럴까 싶었다. 그런데 아직 이태리 사람이 부럽다고 말하는 걸 들어보지 못한 것 같기도 했다.

"내가 다음주에 드디어 성인식을 하거든. 이태리는 열 여덟 살 때 특별히 멋진 파티를 해. 너도 와서 축하해 주지 않을래? 내 가족과 친구들도 만나고, 이태리 파티가 얼마나 재미있는지도 즐기고. 와줄 거지?"

시모네 집은 아담한 나무집이고 시모네처럼 심플하고 정갈했다. 정원 한쪽에는 시모네가 어렸을 때 타고 놀았을 오래된

그네가 보였다. 정원에 댄스곡이 신나게 울리고 있고 시모네와 친구들이 어울려 춤을 추었다. 시모네는 윗단추가 과감하게 풀어진 하얀 셔츠에, 길고 날씬한 다리의 선이 보이는 검은 정장 바지를 깔끔하게 입어 오늘의 주인공으로 두드러져 보였다. 그의 긴 갈색 웨이브 머리도 무스로 살짝 넘겨져 사뭇 모델 같았다. 시모네의 여사 친구들은 원색의 섹시한 옷들로 잔뜩 멋을 낸 모습이었다.

정원 한쪽에서는 바비큐가 구어지고 있었다. 비프 스테이크와 소시지, 삼겹살 구워지는 연기와 냄새가 파티 분위기를 도왔다. 식탁에는 어른들이 앉아 먹고 마시며 얘기를 나누었다. 래미는 그들 틈에 어색히 앉아 있었다. 예쁜 파티복을 입고 춤추는 이태리 여학생들을 바라보다 자신의 옷을 보았다. 티셔츠에 청치마를 입고 옷 것을 후회했다.

"시모네, 정말 잘 생겼지?"

래미 옆자리에 앉은 시모네의 할머니가 말했다. 춤추고 있는 귀엽고 멋있는 시모네를 바라보며 래미가 고개를 끄덕였다.

"손주 성인식까지 볼 수 있게 해 준 하나님께 감사해."

할머니가 말하고 래미는 고개만 끄덕였다.

"너가 전에 입었던 기모노 정말 예뻤는데 오늘은 안 입었구나."

할머니가 래미를 시모네의 옛 일본 여자 친구로 착각하고 있었다. 래미는 뭐라 얘기하면 좋을지 몰라 망설였다.

"오늘도 지난번처럼 멋진 나폴리 칸초네를 불러 줄 수 있겠니? 내가 나폴리가 고향이라 나폴리 칸초네를 제일 좋아하지만 나폴리 칸초네만큼 위대한 음악이 없는거 같아."

기모노를 입은 일본 여자가 이 정원에서 노래 부르는 모습이 그려졌다. 래미는 더 이상 할머니를 통해 시모네의 여자친구 얘기를 듣고 싶지 않았다.

"저는 한국에서 왔어요. 시모네의 일본 여자친구가 아니예요."

할머니가 귀가 어두워 잘 알아듣지 못했다.

"저는 한국 사람이에요!"

래미는 괜스레 심통까지 난 소리로 크게 말했다. 부자연스런 큰 소리에 주변의 몇 사람이 래미를 쳐다봤다.

"한국? 한국이 어디에 있는 나라야?"

래미가 일본 여자가 아니라는 것보다 한국에서 왔다는 게 더 궁금한 듯 물었다. 래미는 할머니와 더 대화가 안될 거 같아 샴페인을 마시려 잔을 들었다. 그 잔을 어떤 손이 부드럽게 뺏어 다시 테이블에 올려 놓았다. 시모네였다. 래미에게 춤을 추자고 손을 내밀었다. 래미는 할머니 옆에 앉아 있고 싶지 않아 일어났다. 시모네가 이끄는 대로 손을 맡겼다.

춤추는 무리에 섞인 래미는 어설프게 몸을 흔들기 시작했다. 래미가 어떻게 추는지 아무도 개의치 않아하면서 래미에게 호감의 표정을 지어 보였다. 시모네의 친구들도 시모네처럼 멋진 매너를 가지고 있었다. 래미가 점점 마음이 자유로워지기 시작했다. 춤을 추기 싫어하는 사람들이 춤을 추고 싶지 않아서가 아니라 춤추는 것을 남에게 보여주기 싫을 뿐이라는 걸 알았다. 래미가 춤을 추며 웃기 시작했다. 이렇게 자유롭게 웃으며 춤을 추어 보기는 처음이었다. 이런 신나는 세계가 있었구나.

파티 분위기가 익어갈 무렵 정원 대문이 활짝 열리더니 피아트 빨간 소형차가 안으로 천천히 들어 왔다. 큰 리본 장식이 선물 포장처럼 차 본체에 묶여 있었다. 영화에서나 볼만한 장면이었다. 조수석에서 시모네의 엄마가 나왔다. 손에 케익이 들려 있었다. 18이라는 숫자가 꽂혀 있었다. 이윽고 운전석에서 시모네의 아빠가 나왔다. 시모네를 향해 차 열쇠를 들어 보였다. 시모네의 친구들이 환호성을 질렀다. 시모네가 달려가 아빠를 안았다. 그의 아빠가 시모네를 껴안아 등을 두드려 주었다. 그들의 행복한 모습이 래미에게 확대되어 슬로우 모션으로 보여지는 거 같았다.

래미는 지석이 떠올랐다. 어린 아이 래미가 껑충 뛰며 지석의 품에 안겼다. 지석의 품에 귀를 대면 심장 소리가 들렸다.

쿵쿵 쿵쿵.

중학생 소녀 래미가 다시 지석의 품에 귀를 대보았다. 지석은 누워 있었고 그의 심장에선 아무 소리도 들리지 않았다. 힘없이 늘어져 있는 지석의 손은 더 이상 래미를 안아 줄 수 없었다.

시모네가 아빠의 품에 안겨 행복해하고 있을 때 래미의 표정은 어두워졌다. 시모네 친구들은 환호성을 멈추지 않으며 축하해 주고 있었다. 래미는 시모네의 집에서 나가고 싶어졌다. 클라이맥스로 접어든 파티 분위기를 벗어나 집 밖으로 나갔다. 누구도 신경쓰는 시선이 없었다.

어둑해진 골목길을 걸었다. 차도까지 얼마나 더 걸어야 할지 감이 오지 않았다. 시모네 집에 올 때는 택시를 탔기 때문이었다. 어두운 길을 혼자 걷자니 파티장에서 나온 게 후회되기도 했다. 샴페인에 약간 취했던 것도 밤 공기에 후욱 날아갔다.

차도가 보이기 시작했다. 그런데 그때 빨간 차 한 대가 래미 옆으로 다가와 섰다. 시모네가 운전석에서 나왔다.

"도래미, 너 미친거야? 아님 가정 교육이 안 된거야? 어떻게 파티에 와서 말도 없이 갈 수 있어?"

"집에 가고 싶은데 파티는 끝날 거 같지 않고… 그래서 나왔어."

"타. 내가 집에 바래다 줄게."

시모네가 차 문을 열어 주었고 래미가 순순히 탔다. 새 차 냄새가 진하게 났다. 차 안 백미러는 비닐도 벗겨지지 않은 채로 있었다.

"가족하고 친구들이 기다리는데 괜찮아?"

차를 출발시키는 시모네에게 말했다.

"아니, 안 괜찮아. 빨리 다시 돌아가야 해. 그런데 너 혼자 집에 가게 할 수 없잖아."

시모네는 자신의 생일 기분을 망친 래미를 미안하게 만들고 싶었다. 그러나 래미는 미안하다는 말도 차를 태워줘서 고맙다는 말도 하지 않았다.

"일본 여자는 고맙다는 말을 의미가 없을 정도로 많이 하는데, 한국 여자는 고맙다고 얘기해야 할 때도 고마워하지 않는 거 같아."

"너희 할머니가 나를 너 일본 여자 친구로 생각하시던데."

"그랬어?"

화제가 바뀌자 조금 전의 화난 표정이 없어졌다. 시모네는 공격적인 대화를 할 줄 몰랐다.

"그 일본 여자, 아직도 좋아해?"

래미는 왜 이런 질문이 불쑥 나왔는지 자기도 몰랐다.

"아무래도 너가 나를 좋아하기 시작한 거 같아."

시모네는 만족스런 미소를 지으며 운전했다. 새 차는 미끄러지듯 달렸고 성희의 아파트 건물 앞에 도착했다.

"헤어질 때 인사로 할까? 성인식 맞이하는 남자 친구에게 해주는 인사를 해줄래?"

무슨 뜻인지 래미도 이해할 수 있었다. 래미가 무슨 말인가 하려고 입을 열려고 할 때 시모네가 말했다.

"둘 다 하자."

부오나 노떼, 좋은 밤 되라고 시모네가 래미의 두 뺨에 자신의 뺨을 대었다. 그러고 나서 두 손으로 래미의 두 뺨을 감쌌다. 시모네의 입술이 래미의 입술 가까이 다가왔다. 래미가 긴장이 되어 손안에 잡혀진 작은 새처럼 부들부들 떨었다. 시모네가 그런 래미를 보더니 소리없이 웃었다. 그냥 이마에 살짝 입을 맞추었다.

"앞으로 너를 좋아한다고 말하고 싶을 때 내 코를 만질게. 좋아한다는 말이 너무 흔해서 너한테는 다르게 말하고 싶어."

시모네가 운전석 밖으로 나와 조수석 문을 열어 주었다. 래미가 차 밖으로 나오고 시모네는 아이에게 하듯 손으로 래미의 정수리 머리를 흐트러트리고 운전석으로 들어갔다. 차 안에서 시모네가 래미를 보며 손으로 코를 만졌다. 래미는 시모네의 차가 멀어질 때까지 바라보았다.

그런 래미를 성희집 발코니에서 민수가 내려다보고 있었다. 민수의 얼굴 위로 얇고 어두운 그림자가 지어졌다. 성희가 와인 두 잔을 가지고 민수의 옆으로 왔다.

"소주값보다 싼 와인이 있다는 걸 한국 사람들은 잘 모를거야."

성희가 와인 한 잔을 민수에게 주고 발코니 의자에 앉으며 말했다. 민수는 발코니에 기댄 채 서서 와인을 마셨다.

"너희 엄마 담배 한 개피만 깄다 줄래?"

"끊었으면서 또?"

"와인 마실 때 가끔 피우고 싶어져. 그렇다고 와인까지 안 마실 수 없고."

성희가 거실로 들어가 담배를 가지고 왔다.

"우리 엄마도 끊어야 할텐데. 남편없이 사는 여자 심정도 이해해야 할 것 같아 피지 말란 소리도 못해."

민수는 성희가 하는 말에 관심이 없었다. 담배에 불을 붙여 길게 연기를 뿜어냈다. 성희가 민수에게 의자에 앉으라고 뒤에서 그의 셔츠를 잡아 당겼다. 민수와 성희가 나란히 앉았다. 성희가 민수의 어깨에 머리를 기댔다.

래미가 집에 들어오니 민수와 성희가 발코니에 나란히 앉아 있는 뒷모습이 보였다. 성희의 머리가 민수의 어깨에 기댄 모습에서 오랜 연인의 익숙함이 느껴졌다. 서로의 호기심이 사라진, 그래서 기대어 있어도 그 이상의 로맨틱을 서로 상상하지 않는 것 같은.

시모네가 래미의 피아노 연습실을 전보다 더 자주 찾아왔다. 연주 중일 때는 문밖에서 기다렸다가 곡이 마쳐질 때 들어왔다. 하루는 점심시간 무렵 래미가 배고파할 때 왔다. 나가서 샌드위치라도 사 먹을 생각으로 피아노 뚜껑을 닫고 있을 때였다. 시모네의 손에 음식점 종이 가방이 들려 있었다.

"배고프지? 스신데, 좋아해? 한국 음식은 어디서 파는지 모르겠더라구. 알면 알려줘. 다음엔 한국 음식 포장해 올게."

래미가 고마워서 말없이 시모네를 쳐다봤다.

"고맙다고 할 필요 없어. 너의 눈이 고마워서 눈물이라도 흘릴 거 같으니까."

래미가 스시 도시락을 열었다. 여러 종류의 스시와 샐러드가 예쁘게 장식된 도시락이었다. 래미는 시모네가 지금 같은 자리에서 항상 있어주면 좋겠다는 생각이 들었다.

"오늘 저녁에 오페라 〈토스카〉를 보러가자."

시모네가 엉성한 젓가락질로 스시를 먹으며 말했다. 일회용 포크를 넣어오지 않은 걸 후회했다. 래미는 자신과 시모네가 젓가락과 포크만큼 문화 정서가 다르지 않을까 생각했다. 음식을 젓가락으로 조심스레 먹느냐 포크로 찔러서 공격적으로 먹느냐의 차이가 동서양의 정서마저 다르게 만드는 건 아닐까 싶었다.

시모네가 갑자기 오늘 밤 오페라를 보러 가자고 하자 래미는 지갑에 얼마가 있나 떠올렸다.

"오페라 관람료가 얼마야?"

"학생 할인되고, 무대에서 먼 좌석은 아주 싸."

래미는 〈토스카〉를 한국 오페라 극장에서 한국 성악가들의 공연으로만 봤기 때문에 이태리 극장에서의 공연을 보고 싶었다. 시모네가 가사고 하지 않아도 래미는 기회가 되는대로 오페라 공연을 볼 계획이었다.

"공연 시간이 몇 시야?"

래미가 물었다. 시모네가 그의 가방을 열어 뭔가를 찾았다. 두 장의 티켓을 꺼내 래미 앞에 장난스럽게 흔들어 보였다. 그러고 나서 티켓을 보더니 저녁 여덟시 공연이라고 말했다.

"아빠가 여자 친구하고 다녀오라고 티켓 사주셨어."

래미는 정말 그의 여자친구가 되고 싶어졌다. 그런데 그의 여자친구가 된다는 것은 그가 래미를 여자 친구라고 불러주는 것만으로는 부족한 어떤 증명 같은 게 필요할 것만 같았다. 막연하지만.

로마 오페라 극장에 가기 전에 시모네는 래미에게 〈토스카〉 이태리어 가사가 적힌 리브레토(libretto)를 주며 읽게 했다. 이태리어로 오페라 가사를 읽으니 시적인 아름다움이 제대로 맛이 살았다. 더욱이 〈토스카〉의 배경이 로마여서 로마에서 보는 〈토스카〉 공연은 특별한 감동으로 다가왔다. 이태리 배우들이 부르는 오페라가 한국 배우들의 이태리어 발음과 다른 것을 분명히 느낄 수 있었다. 그렇구나. 이태리 성악가가 아무리 훌륭한 목소리로 한국 전라도 창을 부른다고 해도 그 창의 맛과 발음을 완벽하게 따라하기 어려운 거와 같다는 생각이 들었다.

무대 미술과 배우들의 의상까지도 예술 감각이 돋보였다. 시모네도 공연을 보는 동안에는 래미가 옆에 있다는 것을 잊은 듯이 집중해서 관람했다. 래미가 문득 옛 학교 친구들과 미래의 남편에 대해 재잘거렸던 말이 떠올랐다. 인기 연예인이나 스포츠인의 이름을 대며 친구들은 이상적인 남편감을 얘기할 때였다. 래미는 오페라를 함께 즐길 수 있는 남자와 결혼하고 싶다고 말했었다.

민수는 스칼라 오디션 준비에 몰입했다. 밀라노 살바토레의 레슨을 더 자주 받았다. 민수는 한국에서 보내주는 송금으로 로마에 개인 스튜디오를 가지고 있는 피아니스트나 성악 선생을 찾아 연습할 수도 있었다. 하지만 그렇게 돈을 쓰면 밀라노 마에스트로 살바토레를 찾아가 레슨 받는 것이 어려웠다. 살바토레 레슨비가 로마 마에스트로보다 두 배가 넘었다. 밀라노 다녀오는 경비도 만만치 않았다. 어처구니없을 정도로 돈이 많이 들어도 민수는 살바토레를 놓칠 수 없었다.

살바토레는 민수에게 하늘에 올라갈 수 있는 동아줄이었다. 스칼라 극장과 연결된 힘있는 이들과 친분이 있기 때문이었다. 그의 연습생이 되기도 힘들지만 일단 살바토레의 레슨을 받는 행운을 잡으면 수학의 정석처럼 스칼라 극장으로 가는 공식을 풀어주는 안내자가 되어주기 때문이었디. 물론 실력이 살바토레가 이끄는 만큼 올라가 주는 이들에 한에서다.

살바토레 정도의 명성을 가진 이의 레슨비가 비싼 것은 당연했다. 집안 돈 거덜내고 싶으면 정치인이 되거나 성악가가 되라는 말이 나온 것도 근거없는 비아냥이 아니었다. 열매를 위한 씨를 뿌리는 마음으로 돈을 써야 했다.

민수는 이 년도 넘게 살바토레의 레슨을 받고 있다. 로마나 다른 도시에서의 오디션이나 콩쿠르를 알아보고 도전하지만 그의 목표는 스칼라였다. 그래서 콩쿠르에 떨어져도 성희와 래미를 데리고 호탕한 남자처럼 레스토랑에서 식사를 즐길 수 있었다. 그리고 그가 콩쿠르나 오디션에 떨어지는 진짜 이유 중 하나가 인맥이 없기 때문이라고 여겼기에 스칼라의 문을 열어 줄 살바토레에게 더 의지할 수밖에 없었다.

살바토레는 피아노도 칠 수 있기 때문에 민수가 피아니스트를 데려가지 않아도 연습은 할 수 있었다. 살바토레의 연주는 오페라의 원래 악보를 그가 원하는 대로 변주해서 치는 거라

느낌이 달랐다. 그는 오페라 작곡가의 악보를 자신의 음악 감각으로 재해석하는 능력이 뛰어났다.

성희를 살바토레의 레슨에 데려간 적이 없는 것도 오페라 전문 반주자가 아닌 성희의 피아노 연주가 살바토레의 음의 감각을 거슬르게 할까 봐서 였다. 반면 래미는 아직 어린 나이지만 오페라를 이해하는 성숙한 연주를 했다. 민수의 노래 흐름까지도 주도하는 실력이었다. 래미도 훌륭한 마에스트로의 지도를 받는다면 그녀가 오페라 반주자로서 거목이 될지 모른다는 생각마저 들었다.

그리고 민수는 래미를 보면 올리비아 핫세를 닮은 여고생을 쫓아 다녔던 고등학교 시절의 민수로 돌아가는 것 같은 느낌이었다. 줄리엣으로 다가온 올리비아 핫세는 많은 남자들을 로미오로 만들었었다. 민수는 그 올리비아 핫세를 닮은 피아노를 치던 여학생을 알게 되고 한동안 괴로운 첫사랑이자 짝사랑을 치뤘었다. 래미가 성희네 집으로 들어 온 후 민수는 래미가 자꾸 자신의 첫사랑의 모습과 겹쳐지는 환상을 떨구려 애써야 했다. 민수가 첫사랑을 했던 게 래미의 나이였던 열여섯이었다. 그 후 12년이 지났다. 이제 12살 아래의 미성년을 좋아하는 게 죄가 될 수 있는 나이였다. 민수에겐 래미에게 죄를 짓지 않고서 래미를 가까이 보는 방법이 있었다. 래미를 그의 노래 연습 반주자로 만드는 거였다.

■ 차오벨라 ▫

그러다 래미에게 남자 친구가 생긴 것을 우연히 발코니에서 내려다보고 말았다. 민수는 설명할 수 없는 성냥불 같은 것이 가슴 명치에서 타는 것 같았다. 민수가 래미의 남자 친구도 아니면서 연적을 본 것 같은 질투의 불이 올라와 끊었던 담배를 피우고 말았다. 래미가 잘생기고 어린 이태리 놈과 데이트하는 장면을 상상하니 속이 꼬였다.

그런 질투는 성희와의 관계에 더 금이 가게 만들었다. 티격태격하면서도 외국에서의 외로움을 서로 안아주며 달래주었는데 그런 애틋한 시간들의 의미와 매력이 없어졌다. 민수는 래미없이 살바토레의 레슨을 다녀와서 다시 다짐하듯 아랫입술을 깨물었다. 이번 밀라노 스칼라 극장 오디션에 합격할 수 있도록 온 힘을 쏟기로. 그것만이 그의 꼬여있는 인생의 모든 문제를 풀어줄 거 같았다.

시모네가 나폴리에서 축구 경기가 있다며 래미에게 보러 오라고 했다. 나폴리 산 카를로 오페라 극장에도 가자고 했다. 시모네는 축구팀과 함께 버스로 가기 때문에 래미는 혼자 기차를 타고 가야했다. 시모네가 축구 경기를 보러 오는 자신의 아버지 차를 타고 같이 오라고 했지만 래미는 신세지지 않으려 기차를 탔다.

나폴리행 기차는 밀라노행 기차와 다른 분위기였다. 래미가 알아듣기 힘든 심한 나폴리 사투리 대화들이 최대로 올려진 스테레오 볼륨처럼 기차에 울렸다. 기차에서 내렸을 때 래미는 머리가 아파 아스피린을 사서 먹어야 했다.

택시를 타고 시모네가 말해 준 축구 경기장을 찾아 갔다. 택시 안에서 보여지는 나폴리의 회색빛 아파트들은 발코니마다 색색의 빨래들이 깃발처럼 펄럭거려 인상적이었다. 가난하지만 색색깔로 행복하다는 듯이.

래미가 택시에서 내릴 때 물론 또다시 바가지 요금을 냈다. 어른과 싸우지 못하는 래미는 또 당해주었다. 한국에서는 미성년이 어른에게 져 주어야 한다고 가르치기 때문이다. 근거는 나이밖에 없다. 인격이 더 높아서라든지 더 합리적이라든지가 아니다. 한국의 미성년이 빨리 성인이 되고 싶어하는 건 미성년의 인격이 존중받지 못하는 한국의 문화에 저항하고 싶은 마음이 다분하다.

축구 경기장에서 뛰는 시모네를 보는 건 건강한 산소를 마시는 거 같았다. 시모네의 팀이 나폴리 팀에 월등히 밀리며 지고 있는데도 시모네는 즐거운 표정으로 뛰고 있었다. 시모네는 빨리 뛰지도 못하고 공을 다루는 테크닉도 부족했다. 그런데도 스포츠는 이기는 게 아니라 즐기는 것이라는 듯 여유있는 미소로 뛰어 다녔다. 시모네는 뛰다가 한 번씩 래미가 앉아 있는 관중석 쪽을 바라보며 코를 만졌다.

■ 차오벨라 □

'너를 좋아한다고 말하고 싶을 때 내 코를 만질게.'

래미는 시모네가 했던 말을 떠올리며 미소를 지었다. 그날 저녁 래미는 시모네와 그의 아버지와 함께, 산 카를로 극장으로 갔다. 시모네가 극장에서 가까운 나폴리 바닷가를 먼저 산책하자고 했다. 나폴리 바다는 너무 아름다워서 죽기 전에 꼭 보라는 얘기가 있는데 '같이 있으면 행복해지는 사람과 함께'라는 조건을 붙여야 할 거 같았다.

산 카를로 극장 안은 밀라노 스칼라 못지 않게 화려하고 웅장한 분위기였다. 이런 극장 안에 있으면 극장 밖에서 천둥 번개 폭우가 쏟아져도 조용하게 공연을 감상하게 될 거 같았다. 오케스트라 지휘자인 시모네의 아버지와 작곡과 지휘를 배우는 시모네와 함께 오페라를 보는 기분이 좋았다. 그의 아버지는 어린 아가씨도 인격적인 여인으로 대해주는 신사의 예의를 보여주었다. 그날 밤 산카를로 극장에서 공연한 오페라는 〈라 보엠〉이었다.

푸치니를 유명하게 만든 첫 오페라 〈라 보엠〉은 시인 화가 철학자 음악가 같은 예술인들이 등장해서 래미가 좋아한다. 푸치니가 자신의 어려웠던 예술인으로서의 시간을 떠올리며 쓴 오페라였다.

자신이 쓴 시들을 스토브 불을 지피기 위해 던지는 가난한 시인 로돌프는 래미에게 지석을 떠올리게 했다. 시인은 동서양을 넘어 가난이 운명처럼 되어 있기라도 한 것 같았다. 수진은 지석에게 미미같은 여인이었다. 가난하고 차가운 그의 하숙집을 찾아와 스토브 불을 지펴주었기 때문이었다.

수진은 미미처럼 병들어 죽지 않았지만 부모에게 맞아 죽을 짓을 저질렀다. 임신을 했다. 아직 여대생이었던 수진은 자신의 꿈부터 접어야 했다. 결혼은 수진의 모든 꿈을 무덤에 묻게 만들었다. 미미의 죽음처럼.

오페라 공연이 끝나고 시모네 아버지가 운전하는 차를 타고 로마로 돌아왔다. 차 안에서 시모네와 래미는 잠이 오려는 눈을 비벼가며 나폴리의 유명한 디저트(Dolce)들을 먹었다. 래미는 스포리아텔라 리카(sfogliatella ricca)와 제폴레 디 산 쥬세페(zeppole di san Giuseppe)를 맛있게 먹었다. 시모네는 토르따 카프레세(Torta Caprese)를 좋아했다. 그리고 두 사람은 잠이 들었다. 새벽 한 시가 넘어 성희네 집에 도착했을 때 시모네의 아버지가 시모네를 깨우지 않고 래미를 조용히 흔들어 깨웠다. 그의 가족은 모두 부드러웠다. 잔잔한 음악 같은 가족이었다.

크리스마스가 가까이 오고 있었다. 도시는 온통 크리스마스 장식으로 꾸며지고, 선물을 준비하려는 이들로 가게들은 붐볐다. 래미는 수진이 미국에서 연말을 어떻게 보내고 있는지 궁금했다. 연락을 몇 차례 시도했지만 자동 응답기 안내만 나올 뿐이었다. 수진이 성희 집으로 연락하는 것도 최근에는 없었다. 이상했다.

래미는 정미가 일하는 가게를 찾아 갔다. 정미가 일하는 아동복 가게는 고급 가게들이 밀집되어 있는 곳이라 가게 안 크리스마스 상식들도 고급스러웠다.

정미가 일하는 가게에 진열된 아이들 옷들은 한 눈에도 비싸보이는 디자인이었다. 옷 한 벌이 정미의 한 달 생활비라는 게 맞을 거 같았다. 래미는 정미가 퇴근하는 시간쯤에 찾아 갔기 때문에 정미는 마무리 정리를 하고 있었다. 두 사람은 근처 찻집으로 갔다. 정미는 자리에 앉자 담배부터 피웠다. 정미가 담배를 피며 래미의 학교 생활을 형식적으로 묻길래 래미는 용건을 바로 물었다.

"엄마와 통화가 안돼요. 무슨 일이 있는 거 같은데 아줌마는 뭔가 알고 있으시죠?"

정미는 담배 연기를 더 깊이 빨고 연기를 길게 내뿜으며 래미의 시선을 피했다.

"너한테 얘기하지 말라고 했는데…"

정미가 난처한 듯이 말했다. 아무 일 없다든지, 모른다든지 얼버무리지 않았다. 모호한 것을 참지도 감추지도 못하는 직선적인 성격이 정미와 성희가 닮았다. 그런 성격이 좋아 결혼

했던 정미의 남편은 그런 성격이 자신과 맞지 않는다며 이혼을 원했다. 정미만의 이혼 스토리가 아니다. 많은 부부들이 서로의 다른 점에 이끌려 결혼하고 그 다른 점이 살면서 부딪치자 이혼한다.

"사기 당했어. 피아노 학원 판 돈 재미 교포 그 남자 은행 계좌로 송금한 너희 엄마가 바보지."

래미는 머리가 하얗게 비어지는 것 같았다. 지금 무슨 말을 듣고 있는가. 엄마가 사기를 당하고 재산을 날렸다는 게 현실인가 악몽인가.

"한국으로 돌아갈 수도 없으니까 너 유학비 대주려고 미국에서 일하고 있어. 새벽부터 밤까지 일한다니 너가 전화해도 받지는 못할 거야."

무슨 일을 하고 있냐고 묻고 싶지 않았다. 더 듣고 있으면 비명이라도 지를 것 같아 귀를 막고 싶었다.

래미는 며칠 째 누워 있었다. 어디가 아픈 것도 아니었지만 기운을 차릴 수가 없었다. 학교는 크리스마스 방학으로 접어들었다. 성희는 민수에게 크리스마스 여행을 떠나자고 했고 민수는 오디션 준비를 핑계로 거절했다. 성희는 심술이 나서 래미의 엄마가 미국 교포에게 사기 당한 사건을 민수에게 얘기했다. 화가 날 때는 누군가의 불행을 들추고 싶어지는 것 같다.

　민수는 래미가 힘들어하고 있을 마음보다 래미에게 노래 연습을 부탁하기 곤란해진 게 더 유감이었다. '남보다 내가 먼저'인 그의 깊은 마음밭을 그가 어떻게 바꿀 수가 없었다.

　"왜 그래?"

　성희가 민수에게 물었다. 크리스마스 여행을 못 가 삐진 채 반주를 해 주고 있는데 민수가 노래를 부르다 말고 한숨을 쉰 것이다.

　"래미가 만약 엄마한테 송금 못 받으면… 이태리 떠나야 되는거야?"

　"그게 걱정돼서 한숨 쉰 거야?"

　"그럼, 내 연습도 더 이상 도와줄 수 없게 되잖아."

　"래미가 한국 돌아가면 내 방 다시 찾고 난 더 잘된 거 같은데. 나도 취직했으니 래미 하숙비 안 받아도 괜찮거든."

　"한 집 사는 언니로서 넌 래미가 걱정되지 않니?"

　"우리 엄마도 나 때문에 아침부터 저녁까지 힘들게 일하고 있어. 이십 년 함께 산 남편이 딴 여자랑 바람나 위자료 한푼 못 받고 헤어진 우리 엄마가 더 안쓰럽니, 사기 당하고 학원 하나 뺏긴 래미 엄마가 더 안쓰럽니? 우리 엄마 불쌍해 내가 힘들거라는 생각, 민수 넌 해본 적 있어?"

　성희는 민수가 래미에게 마음 쓸 때마다 불쾌했다. 연적이 될 상대도 나이도 안 되는 래미에게 이상한 질투심이 생겼다. 소녀만의 청초한 아름다움에 대한 질투인지도 모르고, 그 아름다움에 이끌릴지 모를 민수로부터 떼어놓아야 한다는 경계심인지도 몰랐다.

성희가 다시 민수의 반주를 시작할 때 아파트 벨이 울렸다. 성희가 민수에게 누구인지 확인해 달라고 했다. 민수가 인터폰 수화기를 들어 누구냐고 물었다. 래미의 친구인 시모네인데 래미를 만나러 왔다고 했다. 민수는 시모네가 누구인지 짐작이 가서 래미가 아프다고만 대답하면 될 걸, 아파서 만나기 어렵다고 말했다. 옆에서 듣고 있던 성희가 민수를 쏘아보며 집까지 찾아 온 친구를 어떻게 그냥 가라고 하냐고 말했다. 래미에 대한 민수의 태도가 왠지 자꾸 이상하다는 생각을 하며 성희가 인터폰 수화기를 빼앗았다. 잠깐 인사 정도는 하고 가라고 현관 문을 여는 버튼을 눌렀다. 시모네가 성희의 집 안에 들어왔을 때 민수의 얼굴은 어색히 굳었고, 성희는 센스있는 옷차림의 잘 생긴 청년을 보고 활짝 웃었다. 성희는 래미의 방으로 들어가서 누워있는 래미의 귀에 꽂혀 있는 이어폰을 빼며 말했다.

"래미, 너 벌써 남자친구 사귀었니? 잘 생겼더라. 너 만나려고 찾아왔어."

래미는 무슨 말인지 금방 이해를 못하고 피곤한 눈으로 열려진 방문 쪽을 바라보았다. 조금 열린 방문 뒤로 시모네가 보였다. 시모네는 래미와 눈이 마주치자 방 안으로 조심스레 들어왔다.

"도래미, 많이 아파?"

성희는 둘 만의 자리를 비켜주지 않고 시모네에게 말했다.

"연말이라 한국 향수병일지 몰라. 나가서 기분 전환하면 좋아질지 모르니 래미 데리고 나가는거 어때?"

성희는 문밖의 민수가 들으라는 듯 얘기했다. 시모네가 래미의 표정을 살폈다.

"너가 괜찮은지 보러 왔을 뿐이야. 집에서 쉬고 싶으면 난 그냥 갈게."

시모네가 래미의 기분을 살피며 어색히 뒤돌아서려 하자 래미가 말했다.

"시모네, 갑자기 나도 바람 쐬고 싶어졌어."

시모네가 미소 지으며 누워있는 래미에게 다가와 손을 내밀었다. 래미가 그 손을 잡고 몸을 일으켰다. 실내 추리닝을 입고 있었지만 그대로 입고 겨울 코트만 들고 나갔다.

시모네는 래미를 콜로세움으로 데리고 갔다. 대형 크리스마스 트리가 콜로세움 옆에 세워져 있어 낭만적으로 보였다. 2천 년 전 크리스천들을 박해하던 장소였던 걸 생각하면 예수의 생일을 기념하는 트리가 아이러니해 보이기도 했다.

"로마에 볼 것들이 많은데 떠나야 한다면 아쉬울 거 같아."

래미는 로마를 곧 떠나게 될 것 같은 생각으로 말했다.

"로마에 더 이상 볼거리가 없을 때까지 머물겠다고 약속해 줄래?"

시모네가 래미를 쳐다보며 말했다.

"몇 달이면 다 볼 수 있어. 3개월, 6개월?"

"너가 죽을 때까지도 다 못 봐."

시모네가 웃었다.

"그럼 나보고 죽을 때까지 로마에 살라고 약속하라는 거였어?"

"응. 그럼 나도 죽을 때까지 너에게 로마를 보여주겠다고 약속해 줄 수 있어."

시모네는 코를 만졌다.

"코를 만지는 게 좋아한다는 거면, 사랑한다고 얘기할 땐 코를 아주 세게 비틀 거야?"

"이런 바보. 사랑한다고 얘기할 땐 입을 맞추어야지. 사랑은 입으로 말하든지 입으로 느끼든지 둘 중 하나지, 코를 잡아 당기는 미친 놈이 어딨어?"

시모네는 래미에게 걷자면서 래미의 한 손을 잡아 손깍지했다. 베네치아 광장 쪽으로 걷는 길에는 폐허의 로마 유적

■ 차오벨라 □

지 포로 로마노가 은은한 가로등에 비치고 있었다. 이천 년 전의 시간으로 끌어당기고 싶어하는 듯했다. 래미가 말했다.

"오페라 리골레토 첫 시작에서 난잡한 궁정 귀족들 모습을 보여 주잖아. 아빠가 그 궁정 모습이 옛날 로마가 망하기 전 궁정 모습이었을 거라고 했어. 향락과 퇴폐의 정점을 찍던 시기였다고. 이 황폐한 포로 로마노가 그 향락의 대가를 보여주는 거 같아."

"로마 제국의 영광을 잃어버린 이탈리아는 사랑하는 딸 질다를 잃어버린 리골레토 같아졌지."

시모네는 심각하지 않은 표정으로 맞장구치듯 대답했다.

"다시 이천 년이 흘렀을 때 이곳은, 지금 이 세상은 또 어떻게 변해 있을까? 우리는 흔적도 없이 먼지로도 남아 있지 않겠지."

"우리는 하나님이 세상에 허락한 시간만 행복하게 살다가 다시 행복하게 하늘로 가면 돼. 우리의 이름조차 세상이 기억해 주지 않고 이 세상에선 먼지로도 남아 있지 않아도 그것으로 슬퍼할 필요가 없는 거라구."

시모네에게는 인생의 어느 것도 심각하다거나 슬퍼진다거나 하는 게 없었다. 래미는 시모네와 같이 있어도 그의 세계가 신비로웠다. 그의 세상을 보는 밝은 마음이 래미의 처진 어깨를 감싸주는 것 같았다. 그렇게 감싸여 있고 싶은데 래미의 현실은 열여섯 살 그녀에게 여전히 무거웠다.

한 해의 마지막 날, 래미는 수진과 통화하려고 공중전화 부스에 있었다. 래미에게 유학비를 보내주기 위해 또 다른 낯선 땅에서 일하고 있을 수진을 생각하면 래미는 하루속히 수진과 함께 한국으로 돌아가고 싶었다. 신호음이 길어지자 메시지 남기라는 안내가 들릴 줄 알았는데 수진이 전화를 받았다. 수진도 래미에게 전화하려던 참이었다고 했다.

"엄마, 아줌마한테 얘기 들었어."

수진은 몇 초간 대답을 못했지만 변명하지 않았다.

"엄마가… 어리석었어. 미안해, 래미야."

"엄마, 무슨 일하고 있어?"

"그냥… 이것저것. 그런데 이곳에서 버는 것으로도 너에게 생활비는 보내줄 수 있을거 같아. 미국 달러를 이태리 리라로 환전하니 꽤 괜찮아."

"엄마, 우리 그냥 한국으로 돌아가자, 응?"

"너가 이태리에서 공부를 시작했는데 지금 한국으로 돌아가는 건 너무 아쉽지 않아? 엄마가 이곳에서 일 년만 고생할게. 래미 너가 일단 일 년만이라도 이태리에서 공부를 해줘. 그리고 일 년 후에 함께 결정해보자. 엄마의 꿈을 너가 이뤄줘. 이태리에서 유학하고 싶었던 엄마의 꿈을."

수진의 목소리는 간곡했다. 래미는 더 조르고 싶은 말을 침처럼 삼켜야 했다.

래미는 시모네가 보고 싶었다. 시모네는 가족과 새해맞이 파티를 하기 위해 나폴리 할머니 집에 있었다. 래미에게 같이 가자고 했지만 래미를 시모네의 옛 일본 여자로 착각했던 할머니의 집에서 며칠을 보내고 싶지 않았다.

래미는 평상시와 다름없이 보냈다. 12월 31일이라는 숫자에 의미가 없었다. 그 의미를 나눌 가족이 없기 때문이었다. 정미도 평상시와 같이 가게 일을 하고 집에 들어와 저녁을 준비했다. 성희는 친구들과 저녁 먹고 밤새워 파티를 할 거라며 일찍 나갔다. 민수와 둘이서만 보낼거라는 걸 래미도 정미도 알고 있었다. 래미는 정미가 차려준 라비올리 브로도와 이태리 사람들이 한 해 마지막 날 먹는 렌틸콩 요리를 먹었다. 렌틸콩의 동그란 모양이 동전을 상징하며 새해에는 부자가 되고 싶은 마음이 담긴 전통이라고 했다.

잠들어 있던 래미는 요란한 폭죽 소리에 놀라 깨었다. 새해가 시작되는 자정에 터트리는 폭죽이었다. 화려한 불꽃이 창문 밖 세계에서 펼쳐졌다 사라졌다. 래미는 세상의 축제와 상관없는 공간에 떨어져 버린 느낌이었다. 광장에서 축제를 즐기는 사람들이, 골방에서 외롭게 있는 이들을 얼마나 잔인하도록 슬프게 만드는지 모르고 있다. 거리에서 축제의 노래가 퍼질 때 자살하는 사람들이 왜 많은지.

짧은 겨울 방학이 끝나고 래미는 다시 학교를 다니기 시작했다. 래미가 피아노 연습실에서 피아노를 치고 있을 때 누군가 어깨에 두 손을 올려 놓으며 래미의 귓가에 새해 인사를 했다. 시모네였다. 그러더니 난데없이 물었다.

"도래미, 쇼팽 녹턴 20번을 쳐볼래?"

녹턴은 섬세한 기교와 감수성으로 연주해야 되는 곡이다. 깊고 무거운 삶의 드라마를 잠이라도 재워줄 듯 부드럽게 전해야 하는 녹턴 연주는 래미가 자신없어하는 곡 중 하나였다. 래미의 미숙한 연주가 끝나기도 전에 시모네가 말했다.

"1월 1일 텔레비전 방송에서 일본 한 청년이 이 쇼팽 녹턴을 연주하는 걸 들었어. 우리와 비슷한 나이였어. 내가 들어 본 쇼팽 녹턴 중에서 최고였어. 텔레비전 화면을 뚫고 들어가 그의 옆에 서서 듣지 못하는 게 너무 유감이었어. 도래미, 넌 노력해도 그 일본 청년만큼 감동을 주는 연주를 할 수 없을 거야."

래미는 녹턴의 마지막 부분을 치는 손가락 힘이 빠져나가는 것 같았다. 시모네가 다시 말을 이었다.

"왜인지 알아? 그 일본 청년은 시각 장애인이거든. 태어날때부터 암흑에서 살았어. 그런데 그의 연주는 세상의 아름다움을 다 본 사람 같았어."

시모네는 연주를 멈춘 래미의 이마에 길게 입을 맞추었다.

"눈으로 보면서도 세상의 아름다움을 찾지 못하는 이들이야말로 정말 불쌍한 인생이야. 도래미, 너가 세상의 아름다움에 눈을 뜨기 바래. 새해를 시작하는 너를 향한 나의 축복이야."

민수는 오디션 날찌기 다가올수록 더 강도 높게 연습했다. 파바로티처럼 공연장의 샹들리에를 흔들 수 있는 목소리로 만들고 싶어했다. 민수는 음악가 집안답게 곡을 소화하는 음감이 뛰어났다. 그가 오디션에 번번히 떨어진 게 래미는 이상할 정도였다. 민수는 인맥이 없기 때문이라고 여겼다. 오페라 극장 이태리 단원들 중에는 민수같은 아시아 성악가가 극장에 들어오는 것을 노골적으로 싫어하기도 한다고 했다. 이방인에게 자리를 뺏기고 싶지 않은 것이다.

민수는 혼자 밀라노를 오가며 꾸준히 마에스트로 살바토레의 레슨을 받았다. 오디션 전날이 되자 래미에게 밀라노에 가자고 부탁했다. 래미는 거절할 수 없었다. 민수에게 얼마나 중요한 오디션인지 알기 때문이었다.

밀라노로 가는 기차에서도 민수는 그답지 않게 침묵만을 지키며 시디플레이어를 이어폰으로 혼자 들었다. 눈을 감고 귀로 노래 연습을 하는 거였다. 살바토레의 레슨을 받는 동안에도 민수는 비장한 표정으로 수업에 집중했다. 살바토레 역시 민수의 능력을 최대치로 끌어 올려주기 위해 무서우리만치 예리해졌다. 두 시간이 레슨 시간이었는데 살바토레는 그의 집 중 레슨을 멈출 수가 없는지 세 시간을 이었다. 성악가가 마에스트로의 레슨을 제대로 받기 위해선 역시 반주자가 따로 필요하다는 걸 래미가 확실히 느낀 날이기도 했다.

살바토레는 민수의 레슨을 마치고 엘리사와 함께 외출 준비를 했다. 코모(Como) 호수 마을에 살고 있는 살바토레 친형에게 가기 위해서였다. 코모에서 하루 자고 내일 집으로 돌아올 거라 했다. 살바토레는 민수에게 자신의 집에서 오늘 밤 자도 괜찮다고 했다. 싸구려 호스텔과 비교할 수 없는 잠자리를 민수가 거절할 이유가 없었다. 민수는 래미에게도 괜찮지,하고 형식적으로 물었지만 래미의 대답을 기다려 듣지는 않았다.

살바토레는 민수에게 그의 마당에서 키우는 달마시안 개와 집 안에서 키우는 샴 고양이에게 아침 밥을 주라고 부탁했다. 살바토레가 개와 고양이에게 밥을 챙겨주기 위해 민수에게 자고 가라고 한 것 같았다.

살바토레 부부가 외출하자 민수는 로마에서 챙겨 온 컵라면을 꺼냈다. 라면 냄새를 살바토레 집 안에 남기지 않기 위해 뜨거운 물을 부은 컵라면을 들고 집 마당으로 나갔다. 미미라는 이름을 가진 달마시안이 정원 테이블에서 컵라면을 먹는 민수와 래미에게 다가와 놀아달라는 듯 꼬리를 흔들었다. 차가운 밤 공기를 느끼며 먹는 뜨거운 라면이 맛있었다.

"스칼라에 합격하면 난 밀라노에서 살 거야."

다 먹은 컵라면을 비닐 봉투에 넣으며 민수가 말했다.

"난 로마보다 밀라노가 더 좋아. 감정적인 남쪽 사람들의 자유분방함보다 북쪽 사람들의 합리적인 이성주의가 좋아. 자유보다 질서와 안정감이 좋아."

래미는 시모네의 생일날 만났던 그의 나폴리 가족을 떠올렸다. 한국의 정넘치는 시골 가족 같았었다. 민수가 말하는 매력적인 이성주의가 무엇인지 래미는 감이 오지 않았다. 래미는 라면을 먹자 잠이 왔다. 래미는 음식을 먹고 위가 무거워지면 식곤증이 남다르게 심했다.

"래미는 밀라노에서 살고 싶지 않니?"

래미는 졸린 눈으로 대답했다. "난 자고 싶어요."

살바토레 집은 삼층이었고, 거실과 부엌이 이 층, 부부 침실이 삼 층에 있는 구조였다. 일 층은 살바토레가 게스트룸으로만 쓰는 곳이라 비어져 있었다. 방이 하나 있고 거실과 화장실이 있는 구조였다. 민수는 래미를 방에서 재우고 자신은 거실 소파에서 잤다. 살바토레 집은 따뜻했다. 민수와 래미를 위해서였는지 밤새 난방이 틀어져 있었다. 성희네 집에서 추워 떨며 웅크리고 잤던 래미는 오랜만에 따뜻한 방에서 깊고 달게 잠을 잘 수 있었다.

민수는 긴장으로 잠을 설쳤는지 다음날 아침 얼굴이 피곤하게 부어 있었다. 래미는 민수와 아침 커피를 마시려고 부엌 찬장을 열어 보았다. 커피통 옆에 생강가루 봉지가 보였다. 래미는 피곤해 보이는 민수를 위해 커피 대신 생강차를 타 주었다.

"꿀도 넣었으니 목에 좋을 거예요."

민수는 꿀생강차를 받으며 래미를 쳐다보았다. 고맙다는 눈길만이 아닌 것 같아서 래미가 시선을 피했다. 두 사람은 달마시안 개와 샴 고양이에게 아침 밥 주는 것을 잊지 않았다.

오디션을 마치고 나온 민수의 얼굴은 밝았다. 그가 할 수 있는 만큼 최대한 불렀다는 만족감이었다. 밀라노에서 로마로 내려오는 기차 안에서 내내 민수는 잠을 잤다. 로마역에 도착했을 때 예고없이 성희가 기다리고 있었다. 민수를 본 성희는 반갑게 다가와 서양 연인처럼 민수를 안았다. 민수는 손으로 그녀의 허리를 살짝 잡았다가 밀듯이 떼어 놓았다.

"일찍 퇴근하고 이 근처에서 친구하고 차 마셨어."

성희는 민수를 기다리기 위해 일부러 중앙역에서 차를 마셨었다.

"엄마가 너 좋아하는 수육했어. 가서 먹자."

"피곤해서 집에 가고 싶어."

"그럼 오늘은 내가 너희 집으로 갈까? 볶음밥 해줄게."

"래미 혼자 집에 가라고 하구?"

성희는 그게 무슨 상관이냐고 대꾸하는 대신 래미를 살짝 차갑게 보았다. 래미는 세 사람이 있을 때의 대화가 불편했다. 학교 다닐 때도 그랬다. 같은 여학생 끼리여도 세 사람이 다니게 되면 미묘하게 그중 두 사람이 더 친하게 되고 한 사람이 소외되는 듯했다. 짝수로 있어야 안정감이 있다는 걸 알았다. 더욱이 세 사람이란 삼각형이 남자 둘 여자 한 명, 혹은 여자 둘 남자 한 명이라면 더 부자연스런 관계가 되는 거 같았다.

래미는 행여나, 엉뚱하게 민수 성희와 삼각형 만들어질까봐 조바심이 생기려했다. 오늘 아침 생강차를 마시기 전에 민수가 래미를 쳐다보았던 눈빛이 다시 떠올랐다. 래미는 두 사람과 관계없는 사람으로 취급해 달라는 듯 두 사람이 얘기할 때는 입을 다물었다.

차가 생긴 시모네는 자주 래미를 집까지 바래다주었다.

"도래미, 오늘 무슨 일 있어?"

시모네가 운전하며 래미에게 물었다. 정미에게 하숙비를 줘야 할 날짜가 지났는데 송금이 아직 안 와서 걱정하는 중이었다. 날짜가 늦어져도 송금이 올거라는 것은 알고 있지만 수진이 돈을 마련하려 애쓸 모습을 상상하니 래미는 우울해졌다.

"무슨 일이 있는지 얘기해줄래?"

래미는 송금이 늦어져서 걱정하고 있다는 말을 할 용기가 나지 않았다. 시모네가 답답한지 한숨을 쉬며 말했다.

"무슨 고민을 하는지 나한테 얘기해주는 날을, 너의 남자가 되는 날로 생각할게."

"미안해."

"그건 그냥 친구한테 하는 말이니까 난 안 반갑고."

시모네가 볼멘소리로 말했다. 차 안에서는 쇼팽의 녹턴이 흐르고 있었다. 시모네가 말한 시각장애자 일본 청년의 쇼팽 녹턴 전곡 연주가 수록된 시디였다. 어렵게 일본에서 우편으로 받았다고 했다. 어쩌면 옛 여자친구에게 부탁했는지도 몰랐다.

래미도 쇼팽이 모짜르트나 베토벤처럼 흥겨워진다거나 감동으로 떨린다던가하는 동요가 없어 좋았다. 음의 고요한 정서가 빗방울에 조금씩 천천히 젖어가는 느낌이었다. 왼손과 오른손이 다른 박자로 연주되는 부분은 삶의 엇나가는 것들의 슬픔을 느끼게 했다. 그래서 울고 싶은데 누군가 옆에 있어 참아야 될 때는 들어서는 안되는 곡이었다. 시모네는 래미가 눈물을 흘리자 차를 세웠다. 그리고 그의 손 끝을 자기 입술에 대었다가 같은 손끝을 래미의 입술에 대었다.

"하나님이 왜 남자 여자가 키스를 하게 만드셨을까? 마음의 아픔도 입맞춤으로 아물도록 해주신거야."

래미는 하마터면 시모네의 품에 안겨 아이처럼 울뻔했다. 시모네가 기운을 내라고 래미의 등을 쓸어 주더니 다시 차를 운전해서 래미의 집에 바래다 주었다.

래미가 아파트 현관 문을 열려 할 때 민수가 다가왔다. 래미를 본 민수가 나시 길 폭을 보았다. 시모네의 빨간 차가 뒷모습을 보이며 멀어지고 있었다.

"오늘도 그 친구가 바래다 줬구나."

민수의 목소리에 작은 가시가 있는 것 같았다.

"성희 언니, 오늘 아카데미에서 공연이 있어 좀 늦을 거라 했는데요."

"알아, 나한테도 오라고 했었어."

"아줌마도 퇴근하시고 연주회 간다고 하셨는데."

"래미야. 나 스칼라 합격했어."

민수의 목소리는 작은 흥분으로 떨렸다.

시모네는 래미 집에서 차를 돌려 가다가 꽃 가게를 보더니 차를 세웠다. 우울해있는 래미를 꽃으로 달래주고 싶다는 생각이 들었다. 팔레놉시스를 골랐다. 예쁜데 외로워보이는 게 래미와 닮아 보였다. 꽃가게 주인이 팔레놉시스를 포장하며 '행복이 팔레놉시스 모양의 나비처럼 날아오리라' 라는 꽃말이 있다고 말했다. 시모네가 예쁘게 포장된 팔레놉시스의 꽃

향기를 맡아 보았다. 그런데 향기가 없었다.

　래미집으로 다시 돌아오니 래미가 아직 집 앞에 서 있었다. 어떤 남자와 얘기하고 있었다. 지난번 래미네 집 거실에서 보았던 남자였다. 시모네의 표정이 굳어졌다. 래미가 웃고 있기 때문이었다.

　시모네의 차에서 눈물을 흘렸던 래미를 웃게 해 주기 위해 꽃을 사왔는데 래미가 다른 남자와 웃고 있는 장면을 본 것이다. 래미의 모국어로 얘기할 때 래미가 더 즐거워지는 걸까,라는 의문도 스쳤다. 옆 의자에 놓인 꽃다발을 쳐다보았다. 줄까, 잠시 갈등하다 그냥 차를 돌렸다.

　민수는 그의 합격 소식을 듣고 맑고 밝게 웃으며 기뻐해주는 래미가 고마웠다. 볼수록 사랑스럽다는 생각이 들었다.

　"성희 언니가 정말 좋아했겠어요." 래미가 말했다.

　"얘기 안 했어. 아직."

　"왜요?"

　민수는 어깨를 올렸다 내리며 말을 바꾸었다.

　"스칼라에 합격하다니, 정말 꿈인거 같아. 마에스트로 살바토레 덕분이야."

　"스칼라는 실력이 있어도 백이 없으면 못 들어가는 곳인가요?"

■ 차오벨라 □

"너가 아직 음악 세계의 현실을 몰라. 아무튼 일단 스칼라에 합격했으니 정말 열심히해서 스칼라 배우로 성공하고 싶어. 세계를 다니면서 공연하게 될 거야. 적당한 시기에 귀국해서 교수되고, 유명해지고 돈도 많이 벌게 되고."

"그럼 오빠의 꿈은 스칼라가 아니네요. 한국에서 교수하고 유명해지고 돈도 많이 비는 기었네요."

"예술가가 속물이 아닌 것처럼 포장하지만, 유명해지고 돈 벌고 싶은 욕망에서 자유로운 예술가는 한 명도 없어. 너도 당장 돈 문제 때문에 힘들어 하잖아."

래미가 들켜버린 고민에 시선이 내려졌다.

"내가 오디션 합격한 거 네 덕분도 있어. 이제부터 반주 도와줄 때마다 수고비 줄게. 극장에서 일하게 되면 고정 수입도 생길 테니 반주비 정도는 문제 없거든."

민수는 모든 게 자신의 계획대로 되리라 확신하며 자신감이 넘쳤다. 래미는 수진이 떠올랐다. 래미가 용돈을 벌게 되면 수진의 송금을 줄일 수 있게 되는 유혹 같은 기회처럼 들렸다.

"정말 받아도 돼요?"

"그동안 너를 공짜로 부려먹은 내가 나쁜 놈이었지. 성희한 테는 얘기하지 말아 줘. 이 얘기하고 싶어서 성희가 없는 시간에 찾아 온거야. 그리고 나는 밀라노에 집을 얻으려고 해. 성희가 알면 내 계획을 추진하기 어려우니 성희에게 내가 스칼라 합격한 걸 당분간 얘기하지 말아 줘. 그리고 내가 밀라노로 집을 옮기기 전까지 살바토레에게 레슨을 갈 때 내 반주도 도와줘."

민수가 밀라노에 가기 전까지만 래미가 반주를 해달라는 의미이기도 했다. 지속적인 반주자 아르바이트 자리도 아닌 셈이었다. 민수는 성희에게도 래미에게도 이기적으로 대하고 있는 것을 모르고 있었다.

시모네가 차를 돌려 왔다가 가버린 것을 모르는 래미는 민수와 아파트 앞에서 얘기를 나누다가 성희네 집으로 같이 올라갔다. 민수가 연습을 하고 가겠다고 했기 때문이었다. 민수는 오페라 〈피가로의 결혼〉의 아리아를 연습했다. 오늘 그의 기분에 맞는 곡들이었다. '이 거리의 해결사' '투우사의 노래' '나비는 이제 날지 못하리(Non piu andrai)'를 연습했다.

자신감있고 경쾌하게 부르는 곡이 확실히 민수의 목소리에 어울렸다. 〈피가로의 결혼〉의 배경이 되는 스페인은 지석이 가고 싶어 하는 곳 중 한 곳이었다. 특히 세비야는 여러 유명한 오페라의 배경이 된 도시이기도 했다. 피가로의 결혼 〈세비야의 이발사〉의 배경이고, 〈카르멘〉이 일했던 담배 공장이 있는 곳이고, 〈운명의 힘〉 〈돈조반니〉와 〈피델리아〉의 배경이었다. 지석이 좋아했던 책 〈돈 키호테〉도 스페인이 배경이어서 지석에게 스페인은 유쾌한 풍자가 예술로 승화된 상징적인 나라였다. 시인은 돈키호테적인 상상력과 모험심이 필요하다고 말했었다.

연습이 끝난 민수가 준비한 봉투를 피아노 건반 위에 올려놓았다.

"그동안 내 오디션 준비 도와준 것도 늦었지만 성의를 표하고 싶어."

민수는 벌써 스칼라 극장 배우가 된 듯 자신만만한 미소를 지어보였다. 래미는 민수가 주고 간 봉투를 열어 보았다. 정미에게 줄 하숙비만큼의 돈이었다. 하숙비를 민수가 알고 넣어 준 것 같았다. 처음 벌어보는 돈이었다. 미소가 지어졌다. 래미는 방으로 들어가 침대에 누워 키티 인형 앞에 흰 봉투를 흔들어 보이며 자랑했다. 그리고 인형을 껴안고 뽀뽀를 해주었다.

래미의 피아노 건반 위에 민수의 하얀 봉투가 여러 번 놓였다. 래미는 미국 수진에게 전화해서 자신이 용돈을 벌고 있다는 것을 자랑했다. 래미는 민수가 이사하게 되면 로마에서 오페라 반주 아르바이트를 찾아야겠다는 자신감까지 가지게 된 게 스스로 기특했다.

래미는 민수와 함께 마에스트로 살바토레 집을 다시 갔다. 민수는 살바토레에게 감사의 선물을 건네주었다. 몽블랑 만년필이었다. 살바토레는 자신의 도움으로 민수가 합격되었다

■ 차오벨라 □

는 것에 조금도 교만을 보이지 않았다. 그저 한 마디만 진지하게 말했다.

"이제 정말 프로답게 노래해야 돼. 스칼라 극장에 서는 배우들이 얼마나 무서운 연습 벌레들인지 알면 너가 지금 연습하는 시간이 부끄러워 질거야."

래미는 살바토레가 다른 세계를 가지고 있는 예술가라는 것을 다시 느꼈다. 살바토레는 예전과 다를 것 없는 진지함으로 레슨을 해줬다. 민수의 노래는 여전히 살바토레에게 지적 받는 게 많았다. 민수는 살바토레 앞에서는 작아진 아이처럼 주눅이 든 채 집중했다.

연습을 마친 후 살바토레와 민수 래미가 거실 테이블에 앉았다. 엘리사가 비스킷과 따뜻한 민트차를 가져와 테이블에 올려 놓고 그녀도 같이 앉았다.

살바토레가 한국 입양 기관으로부터 받은 아이 사진들을 민수와 래미에게 보여주었다. 래미는 시장에서 물건 고르듯 입양 부모들이 아이를 고르는 시스템에 당황스럽기조차 했다. 살바토레가 그중 한 남자 아이를 가리키며 말했다.

"이 아이가 마음에 들어. 턱하고 입 모양이 노래를 잘 할 수 있을 거 같아. 이 아이로 입양하겠다는 신청서를 내려고 해."

"남자 아이가 좋으세요? 여자 아이가 어쩌면 더 잘 적응하지 않을까요?"

101

■ 차오벨라 □

래미가 조심스레 물었다.

"살바토레가 아들을 키우고 싶어해."

엘리사가 차를 마시며 우아한 목소리로 말했다.

"아이 때부터 노래 연습시키면 최고 성악가로 만들 수 있어."

살바토레가 말했다. 사기 아이를 최고의 성악가로 만드는 게 꿈이어서 아이를 입양하겠다는 의미로도 들렸다.

"앞으로 스칼라 공연 연습이 자주 있을텐데 계속 로마에서 다닐 건가?"

차를 마시고 일어나려는 민수에게 살바토레가 물었다.

"밀라노 집을 알아보려구요. 집값이 비싸서 적당한 집 찾기가 쉽지 않을 거 같아요."

"내가 엘리사하고 얘기를 나눴는데 우리 집 일층에서 살면 어떨까? 게스트룸으로만 사용했던 곳인데 이제 옛날만큼 찾아오는 이들이 없거든. 화려하게 잘 나갈 땐 친구들이 밀물처럼 다가오지만 저무는 인생을 살 때는 썰물처럼 떠나가는 걸 보며 인생 공부를 많이 하게 되는 거 같아."

아이도 없는 살바토레가 친구들도 멀어지며 많이 외로웠다고 얘기하는 거 같았다. 왜 입양을 생각하게 되었는지 알 거 같았다.

"어차피 비어있는 게스트룸이니 자네가 월세로 들어와 주면 우리도 좋을 거 같아. 부동산에 맡겨 모르는 사람이 사는 것보다 믿을 수 있어 좋고. 그리고 가끔 미미하고 삐삐를 돌봐 주면 더 좋고."

달마시안 개와 샴 고양이를 돌봐 달라는 얘기였다. 민수가 좋아 입이 벌어졌다.

"그렇게 해주시면 저야 너무 감사하지요. 마에스트로 집에서 함께 지낸다면 그보다 영광이 어디 있겠어요."

허풍스러워 보일 정도로 민수가 들떠 얘기했다.

"월셋값은 내가 부동산에 알아 본 시세대로 받을거니 내가 도와주는 것처럼 고마워할 필요없네. 공과 사를 분명히 하자는 거야."

민수의 웃음기가 수그러들었지만 합리적인 계산으로 깔끔한 감정 처리를 하는 북쪽 사람이 민수와 코드가 맞았다.

시모네는 시간이 날 때마다 래미와 로마 곳곳을 산책했다. 나보나 광장을 산책하고 있을 때 관광객들이 광장의 분수대를 배경으로 사진 찍는 모습이 보였다.

"그러고 보니 로마에 와서 아직 사진을 못 찍었어."

래미가 말했다. 시모네는 광장의 화가들이 여행객들의 캐리커처를 그려 주고 있는 모습을 보더니 래미의 손을 이끌었다. 시모네와 래미는 화가 앞에 모델처럼 앉았다. 재미있는 커플 캐리커처가 그려졌다. 시모네가 래미에게 건네주었다.

"사진보다 더 기억에 오래 남을 거야."

래미와 시모네는 나보나 광장 노천 카페에서 따뜻한 홍합 스튜를 함께 먹었다.

"지난번 래미 집에 갔었을 때 본 한국 남자 있잖아. 집에 자주 와?"

시모네가 한쪽 껍질로 다른 쪽에 붙은 홍합을 떼어 먹으며 물었다. 처음에 포크로 먹던 래미도 시모네를 따라하며 건성으로 고개를 끄덕였다.

"근데 왜 물어?"

"래미 옆에 다른 남자가 있는 것만 봤는데도 기분이 안 좋았어."

"스칼라 극장 오디션에 합격했어. 밀라노로 이사하게 될 거야."

"그래? 잘 됐다. 도래미 근처에서 멀어진다니."

쉽게 문제가 해결되어 만족한 미소를 지었다.

"다음 주에 내가 지휘하는 어린이 합창단 공연 있는 거 잊지 않았지? 꼭 와야해."

시모네가 어린이 합창단 지휘하고 있고 공연을 하게 될거라고 얘기 했던 게 기억났다. 다음 주인지는 잊었었다. 래미가 가겠다고 고개를 끄덕였다. 시모네가 홍합 스튜를 다 먹고 냅킨으로 손을 닦은 다음 한 손을 래미에게 내밀었다. 래미가 그 손 위에 자신의 한 손을 올려 놓았다. 시모네가 그 손을 자기의 입에 가져가 입맞춤을 했다.

"지금처럼 내 가까이 계속 남아줘."

시모네가 지휘하는 어린이 합창단 공연 장소는 시모네의 동네 성당이었다. 어른들의 성악과 악기 연주로 공연은 시작되었다. 래미는 연주를 들으며 성당의 건축 구조가 소리 공명에 최적인게 느껴졌다. 마지막 프로그램으로 어린이 합창단 노래가 있었다. 〈생명의 양식(Panis Angelicus)〉이 플루트 전주로 시작 되었다. 플루트 전주가 끝나며 한 금발 머리 소년이 하이톤의 미성으로 독창을 시작했다. 한 소절의 독창이 끝나면서 합창으로 부르기 시작했다. 아이들의 노래가 아이들 뒤 벽면 십자가 예수상과 어우러지며 공연장을 아름다운 엄숙함으로 채웠다. 아이들만의 순수한 진동에 손수건으로 눈물까지 닦아내는 할머니들도 있었다.

노래가 끝나고 청중의 박수가 터질 때 시모네가 지휘하느라 등을 보이던 자세를 돌려 청중에게 인사했다. 래미와 눈이 마주쳤을 때 한 손을 들어 코를 만졌다.

공연이 끝나고 성당 밖으로 나왔을 때 시모네가 래미의 어깨를 감싸 안고 그의 부모에게 물었다.

"이번에 사르데냐 섬 큰 아버지 집에 갈 때 도래미도 함께 가도 돼죠? 래미에게 사르데냐가 얼마나 아름다운 섬인지 보여 주고 싶어요."

시모네 부모는 아들이 원하는 것은 무엇이든 들어줄 것 같은 표정으로 고개를 끄덕였다. 래미는 시모네와 시모네의 가족을 보면 그 가족으로 들어가고 싶어졌다. 완전한 화음을 이루는 가족. 누군가의 빈자리를 그리워하지 않아도 되는 가족.

시모네가 이번엔 래미에게 사르데냐 섬에 같이 갈 수 있냐고 물었다. 래미가 대답 대신 시모네의 허리를 손으로 살며시 감았다. 남자의 허리를 감아 보기는 처음이었다. 단단한 허리 근육을 처음 느껴 보았다. 시모네가 자신의 허리를 감싸는 래미를 쳐다보며 손으로 코를 다시 만졌다. 시모네 부모는 왜 아까 무대에서 시모네가 코를 만졌는지 알 것 같아 둘이 미소를 나누었다.

민수는 밀라노로 이사 가기 위한 준비로 분주했다. 민수는 성희에게 밀라노로 이사 갈 계획을 여전히 얘기하지 않았다. 성희는 월급날이 되자 민수에게 한턱 내겠다며 한식당에 가자고 했다. 민수는 자신이 밥값 낼테니 래미도 데려가자고 했다.
"한국 사람은 역시 한국 음식 먹고 한국말로 얘기해야 살맛나."

민수가 불판에 구워지는 삼겹살을 뒤집으며 말했다. 래미는

106

떡볶이를 먹었다. 중학교 단골 분식집에서 친구들과 수다떨며 먹던 추억이 떠올라 좋았다.

"겨우 떡볶이에 래미 얼굴이 환해 지는구나."

민수가 래미의 천진함에 미소를 지으며 소주 한 잔을 마셨다. 순두부찌개를 먹는 성희를 바라봤다. 이마에 땀이 송글송글 맺어 있었다. 민수가 그의 손수건으로 성희의 땀을 닦아 주었다. 두 사람은 서로에게 익숙해 있어 보였다.

"너도 한 잔 해."

민수가 성희 앞에 놓인 빈 소주잔에 소주를 부었다.

"와인 마시고 싶은데."

"한식 먹을 때 와인 마시면 한복입고 오페라 부르는 거 같잖아."

"민수야, 너가 스칼라 합격하면 나도 밀라노에 가고 싶어. 밀라노에서 나도 더 공부하고 일자리도 알아보고, 그리고 너하고 둘이서 지내고 싶어."

성희는 어렵게 마음을 얘기하는 것이지만 최대한 자연스럽게 물었다.

"너희 엄마는 로마에 혼자 놔두고?"

민수가 성희의 약점을 잡아 교묘하게 방어했다.

"어차피 나 시집가면 엄마도 혼자 사셔야 되니 어쩔 수 없지, 뭐."

민수는 뭐라 대답하면 좋을지 몰라 상추에 삼겹살을 겹겹이 올려 먹었다. 성희가 결혼 얘기를 할 때마다 민수는 가던 길을 멈추는 나그네처럼 마음이 섰다. 성희가 아내가 되는 상상을 많이 해 보았다. 상상 속에 남편이 된 민수는 행복하지 않았다. 그녀를 오랫동안 사귀며 정은 깊어졌지만, 자신을 존중하며 내조하는 아내 이미지와는 연결이 되지 않았다. 알레그로(allegro)한 자신의 성향과 조화를 이뤄 줄 아다지오(adagio)한 아내를 원했다. 무엇보다 성희 부모의 이혼을 민수의 부모가 못마땅해했다. 민수는 부모가 하지 말라는 것을 끝까지 고집하는 아들이 아니었다.

래미는 성희가 밀라노로 올라가 민수와 같이 살면 좋을 것 같았다. 같은 여자로서 성희를 응원하고 싶었다. 민수는 실력 있는 성악가이고, 그의 꿈처럼 성공할지 모르고, 현실주의자이지만 따뜻한 정도 넘치는 남자였다. 음악가의 집에서 자라 정서의 뿌리까지 음악이 배어 있었다. 그런 사람은 교만해도 나쁜 짓은 못할 사람이라고 래미는 생각했다.

성희는 함께 살자는 그녀의 말에 대답하지 않는 민수가 답답했는지, 조금 전까지 먹지 않겠다던 소주를 마셨다. 래미가 떡볶이를 먹고 해물파전과 양념 치킨을 먹는 동안 성희는 소주한 병을 다 마셨다. 민수는 성희가 마시고 싶어하는데로 내버려 두었다.

"민수 너, 이제 우리 집에 와서 노래 연습 하지마. 혼자 밀라 노로 갈거라면."

성희가 취한 듯 기어이 엉뚱한 공격을 했다. 제발 자기를 데리고 밀라노로 가달라는 말이라는 걸 래미도 알 수 있었다. 민수는 일어나 카운터로 가서 식사값을 계산했다. 성희가 더 취하기 전에 집에 데려다주고 싶었기 때문이었다.

세 사람은 모처럼 한식을 즐긴 즐거움이 깨진 채 식당을 나왔다. 성희가 고개를 조금 숙인 채 땅을 보며 걷기 시작했다. 그녀의 걸음이 조금 비틀거렸다. 술에 취한 건지 괴로워서 비틀거리는 건지 몰랐다. 민수가 성희의 어깨를 감쌌다. 성희가 뿌리쳤다. 그리고 고개를 들어 민수를 쳐다보았다. 그녀의 눈시울이 붉었다.

"왜 나한테 얘기 안 했어. 스칼라 합격한 거. 내가 스칼라에 연락해 볼 거라는 생각 안 했어?"

민수의 얼굴이 어설픈 알리바이를 들킨 범죄자처럼 부끄럽게 굳었다. 성희의 뺨에 물방울이 떨어졌다. 빗방울이었다. 빗방울이 뺨을 건드리자 성희의 눈에 맺혔던 눈물 방울이 주르르 흘러 내렸다. 성희는 민수의 입을 쳐다보았다. 무슨 말이라도 해주길 바라면서. 그러나 민수는 입을 다물며 자신의 당황스러운 부끄러움을 보호했다. 성희는 민수에게 등을 돌렸다. 지나가던 택시를 세웠다. 성희를 태운 택시는 민수와 래미 앞에서 멀리 사라졌다.

방울로 떨어지던 빗줄기가 굵어지기 시작했다. 민수가 하늘을 올려다 보았다. 술기운으로 부끄러움으로 붉어진 그의 얼굴을 차가운 빗방울로 씻고 싶기라도 하듯이. 빗방울에 젖은 얼굴로 지나가는 택시를 손짓으로 세웠다. 엉거주춤 어찌할 바 모르고 서 있는 래미의 팔을 잡아 당겼다. 택시 기사에게 성희의 집 주소가 아닌 주소를 얘기했다. 래미가 민수의 얼굴을 옆으로 쳐다보았다.

"성희, 잠깐 혼자 있게 놔두자. 우리 집에 가서 한 시간만 연습하고 나서 성희네 집에 데려다 줄게."

래미는 이 상황에서 자신이 할 수 있는 게 없는 것 같아 민수의 생각대로 하기로 했다. 민수의 집은 원룸 스튜디오였고, 집 정리 중이라 어수선했다. 래미는 남자 혼자 사는 곳에 처음 와 봤고, 처음 맡아보는 남자 방 냄새는 빨래가 잔뜩 쌓여 있을 때 나는 냄새와 비슷했다.

술 기운이 완전히 깬 민수는 셔츠의 팔을 걷어 붙이고 래미에게 악보을 주었다. 래미는 어수선한 짐 꾸러미 틈에 놓인 낡은 전자 피아노를 치기 시작했다. 민수가 준 악보는 베토벤 오페라 피델리오 중에서 교도소장 돈 피차로 (Don Pizzaro) 의 아리아 〈아, 얼마나 좋은 기회인가!〉(Ha! Welch' ein Augenblick)였다. 전자 피아노로 치려고 하니 잔인한 교도소

110

장 돈 피차로의 흥분에 취한 분위기가 제대로 살려지지가 않았다.

　교도소장 돈 피차로는 자신의 정치적 신념과 반대편에 있는 혁명가 플로레스탄을 교도소 지하 감방에 가두었다. 어느 날 총리대신이 교도소 시찰을 온다는 편지를 받는다. 돈 피차로는 총리대신이 오기 전에 플로레스탄을 죽일 생각으로 흥분하며 부르는 노래가 〈아, 얼마나 좋은 기회인가!〉이다. 기회주의자의 잔인함이 먹잇감 사냥에 나선 사자 같은 목소리로 불려진다.

　노래를 부르는 민수의 눈빛도 돈 피차로같이 보였다. 민수에게 기회주의자는 영리한 현실주의자였다. 기회를 놓치지 않아야 한다는 것이 그의 인생 철학이기도 했다. 오늘 성희의 분노가 그에게 오히려 기회가 되어 줄 거 같았다. 성희로부터 자유로워질 수 있게 해 줄 거 같았다. 성공의 저 높은 곳을 향해 가는 민수의 어깨에 있던 어찌할 바 몰랐던 짐 하나가 떨어지는 것 같았다.

　빗줄기가 점점 굵어지고 있었다. 두 사람은 연습에 몰입하느라 창밖의 세계를 느끼지 못했다. 연습이 끝나고 나서 집에 가려던 래미는 창밖으로 소나기처럼 쏟아지는 비를 보았다.

■ 차오벨라 □

"지나가는 비일 수 있으니 따뜻한 차 한 잔 마시고 나서 내가 바래다 줄게."

민수가 카모밀라 차를 타서 래미와 마셨다. 차를 마시는 동안 민수는 공부 중인 음악 책을 보았다. 민수가 조용한 클래식 음악을 틀어 놓아서 래미는 음악을 들으며 차를 마셨다. 잠이 몰려 왔다. 오래간만에 한국 음식을 많이 먹고, 카모빌라 차까지 마시니 긴장이 풀어지며 졸음이 몰려왔다. 무거워지는 눈꺼풀을 껌뻑이며 차를 마시다가 앉아 있는 소파에 등을 기대고 눈을 감았다. 잠시만 이렇게 쉬다가 일어나 성희네 집으로 갈 생각을 했다.

책을 보던 민수가 눈을 들어 래미를 보니 잠들어 있었다. 시계를 보았다. 열 시가 넘어가고 있었다. 지금 깨워 성희네 집에 데려다 줄 수 있었다. 그러나 민수는 새근새근 아이처럼 잠에 빠진 래미를 방해하고 싶지 않아졌다. 아직 어린데 이 먼 남의 땅에서 혼자 버티려 애쓰는 모습이 안쓰러웠다. 소파에 앉아 자는 거니 삼십분쯤이면 일어나겠지 생각했다.

래미는 삼 십분이 넘어가도 잠에서 깨지 않았다. 민수는 성희에게 전화를 해 주어야 한다는 생각이 들었지만 하지 않았다. 이미 울면서 택시를 타고 혼자 떠난 성희였다. 사라지는 택시를 보며 민수는 그 순간이 성희의 이별 선언이라는 걸 알

112

았다. 그런 성희에게 래미가 자기 집에 있고 이곳에서 자게 하겠다는 말을 할 바에는 전화를 안 하는 게 나았다.

민수는 소파에 앉아서 자는 래미를 옆으로 눕혀 머리 아래에 소파 등 쿠션을 놓아 주었다. 누워진 편한 자세가 되자 래미가 더 깊은 잠 속으로 빠지는 게 느껴졌다. 민수는 래미를 이대로 재우기로 했다.

자는 래미에게 방해되지 않도록 음악 볼륨을 낮추었다. 그리고 읽고 있었던 책을 다시 들었다. 자신의 마음을 한 번씩 두근거리게 했던 래미였지만 그의 방에서 잠든 래미를 보니 래미를 보호해주는 날개가 되어주고 싶다는 생각이 들었다. 성희네 집에서 래미를 나오게 해주고 싶다는 생각이 들었다. 성희는 놓아주고 래미는 잡고 싶었다.

창문을 통과한 이른 아침 햇살이 잠들어 있는 민수와 래미를 비추었다. 래미는 소파에서, 민수는 벽 한쪽에 놓인 침대 위에서 자고 있었다. 민수는 어제 외출했던 셔츠 그대로 입고 있었다.

민수의 스튜디오 문 열쇠 돌리는 소리가 나고 누군가 들어왔다. 성희였다. 성희는 민수와 래미가 함께 있을 걸 짐작하고 온 듯 입을 앙다물고 분노의 눈빛으로 민수와 래미를 확인했다. 막상 확인하니 몸의 기운이 빠지는지 식탁 의자에 주저 앉

■ 차오벨라 □

왔다. 식탁 위 물병을 병째 마셨다. 민수가 뭔가 이상한 느낌이 들어 눈을 떴다. 식탁에 앉아 있는 성희를 보았다. 그리고 바로 소파 쪽을 바라보았다. 래미는 아직 자고 있었다.

성희는 날이 선 눈빛으로 민수를 쏘아보며 의자에서 일어났다. 순간 어지러운지 휘청했다. 그녀의 눈 주위가 분노로 실룩거렸다. 성희는 마시던 물병을 들고 침대 위에 앉은 민수에게 다가갔다. 잠에서 깨어나 무방비 상태인 그의 얼굴에 물을 쏟았다. 머리카락과 얼굴이 젖은 민수는 아무 말도 하지 않고 성희의 시선을 피해 벽을 쳐다보았다. 성희는 차오르는 화를 큰 심호흡으로 삼키며 말했다.

"끝까지 치사해. 변명도 안 해."

성희는 주머니에 있던 민수의 집 열쇠를 바닥에 신경질적으로 던졌다. 그 소리에 래미가 잠에서 깨어 눈을 떴다. 성희를 보고 화들짝 놀라며 일어났다. 마치 나쁜 짓을 하다 들킨 것처럼 갑자기 나타난 성희가 두려웠다. 성희가 래미를 쏘아보며 외치듯이 말했다.

"너, 우리 집에서 나가. 오늘 당장!"

성희는 냉장고 쪽으로 걸어가 마그네틱에 붙어 있던 성희와 민수의 사진들을 거칠게 떼어냈다. 마그네틱들이 바닥에 떨어졌다. 성희는 사진들을 신경질적으로 찢어 바닥에 뿌리듯 던졌다. 활짝 웃고 있는 성희의 얼굴들이 찢겨져 바닥에 흩어

114

졌다. 성희는 그의 집 안에 있던 그녀의 몇 가지 물건들을 거친 몸짓으로 그녀의 가방 안으로 넣었다. 그녀는 민수를 다시 쳐다보지 않고 문 쪽으로 갔다. 문턱에서 등을 보인 채 잠시 멈추었다. 연인과 헤어지는 마지막 순간, 그녀의 어깨가 전율하듯 떨렸다. 곧이어 쾅, 하며 거칠게 문이 닫혀졌다. 래미는 놀라 어깨가 들썩했다. 민수는 수건으로 젖은 얼굴과 머리를 닦았다. 침착해 보려고 애썼다.

"미안해, 래미야. 나 때문에 너가… 너가 너무 곤히 잠들어서 깨우고 싶지 않았어."

래미는 민수에게 화가 나야 했지만 이상하게 화가 나지 않았다. 하지만 화가 난 듯이 대답하지 않고 그녀의 가방을 챙겨 일어났다. 이 집에서 일단 나가야 했다.

"성희가 집을 나가라고 했는데 그 집에서 살 수 있겠니?"

그녀의 어깨 힘이 빠지며 어깨에 매었던 가방 끈이 미끄러져 내려왔다. 긴 한숨이 나왔다. 처음부터 성희 집이 편하지 않았었다. 하지만 이렇게 쫓겨나듯 나가고 싶지도 않았다. 어떻게 하면 좋을지 막막했다. 어쩌면 시모네가 하숙집을 찾을 수 있게 도와줄지 모른다는 생각이 스쳤다. 이 생각이 떠오르자 시모네를 당장 만나고 싶어졌다. 그때 민수가 말했다.

"래미야, 나와 같이 밀라노에 가자."

래미는 자신이 잘못 들었다고 생각했다. 민수도 자신이 깊이 생각하지 않은 것이 입에서 나와서 스스로도 흠칫 놀랐다. 아니면 불순한 생각이라고 여길 수 있는 것이 가면의 자아를 가리려는 또 다른 생각에 눌려 스스로 자신의 내면을 들여다 보지 못하는 상태가 된 거 같았다.

"살바토레 집에서 같이 지내자. 너가 방을 쓰고 나는 거실을 쓰면 돼. 내가 월세를 낼 거니까 너는 돈 걱정할 필요 없고. 너가 같은 집에서 반주해주면 나한테도 좋거든. 너는 밀라노 음악 아카데미 다니면서 공부만 해. 더 이상 성희 집에서 눈치 보면서 지내지 마. 그리고 너가 성희네 집에 주는 하숙비로는 로마에서 있을 곳이 없어. 성희 어머니가 그 돈 받고 너한테 밥까지 해주신 것은 너가 감사해야 해."

래미는 가만히 듣고만 있었다. 월세를 내지 않고 지낼 수 있다는 말에는 눈동자가 흔들렸다. 성희네 집에서 나와 당장 갈 곳도 없고, 갈 수 있는 돈도 없었다. 민수 말대로 수진이 지금 보내주는 돈으로는 로마에서 방을 얻기 힘든 것도 사실일 거 같았다.

민수는 남자지만 지금까지 래미에게는 좋은 매너만 보여줬다. 살바토레 집에서 밤을 보냈었고 지난 밤 그의 집에서 또 밤을 보냈는데도 경계해야 될 일이 생기지 않은 것도 일단 안심은 되었다. 래미는 남자들이 수없이 많은 얼굴을 가지고 있지만 그들이 동일한 본능의 얼굴을 숨기고 있다는 것은 몰랐다. 그래서 래미는 싫다고 잘라 대답하지 못했다.

"일단 모닝 커피 마시자."

민수가 부엌 쪽으로 가 에스프레소 커피를 만들었다. 그는 발 밑에 성희의 찢겨진 사진들이 밟히는 것도 신경쓰지 않았다.

"성희네 집에 같이 가줄게. 나 때문에 너가 쫓겨 났으니 가방 챙겨 나오는 거 도와줄게."

민수가 커피잔을 래미에게 건네주며 말했다.

"불편하더라도 이 집에서 같이 지내보자. 내가 밀라노로 갈 때까지. 나하고 밀라노 같이 가는 거 생각해보고, 같이 가고 싶지 않으면 너가 원하는 대로 해."

래미는 여전히 대답하지 못했다.

"알아, 너 마음 복잡한 거…"

래미가 커피를 마셨다. 썼다. 민수가 에스프레소 커피를 설탕없이 마시는 습관으로 래미의 커피에도 설탕 타주는 것을 잊었다. 민수는 래미가 쓴 커피를 마시는 걸 모르고 친구한테 전화를 걸었다. 지난번 빌렸던 차를 다시 빌려달라는 내용이었다.

래미가 성희 방에 있는 래미의 물건을 챙겨 성희네 집에 올 때 가져온 가방 안에 넣었다. 마지막으로 키티 인형을 어깨 가방 안에 넣었다. 노트 종이 한 장을 찢어 뭔가 쓴 다음 돈을 놓고 접었다. 가방을 끌고 거실로 나와 돈이 든 종이를 테이블 위에 올려 놓았다. 마지막 하숙비였다. 그 돈을 주고 나니 남아있는 돈이 얼마 되지 않았다. 정미는 직장에서 아직 돌아오지 않았고 성희는 욕실 안에서 나오지 않고 있었다.

성희는 세면대 물을 틀어 놓고 울고 있었다. 거울로도 자신의 우는 모습을 보지 않으려 고개를 숙인 채 어깨만 들먹였다. 실연당한 여자의 뒷모습은 낭떠러지에 서 있는 것 같았다.

래미가 가방을 끌며 아파트 문을 나왔고 차 안에서 기다리던 민수가 나와 래미의 가방을 차 트렁크에 넣었다. 래미가 오던 날 몰았던 차였다. 보조석에 탄 래미는 성희네 집을 올려다 보았다. 성희 방 창문 너머로 이쪽을 내려다보는 성희의 실루엣이 보이는 것 같기도 했다.

민수네 집에 가방만 옮겨 놓고 래미는 학교로 갔다. 시모네를 만나고 싶었다. 시모네만이 이 복잡한 상황에서 빠져나올 수 있도록 손을 잡아 줄 거 같았다. 시모네는 학교에 없었다. 그의 집으로 전화했다. 시모네의 엄마가 아이들 합창 연습에 갔다고 알려 주었다. 래미는 지난번 연주가 있었던 성당을 찾아 갔다. 래미가 성당에 들어서자 시모네가 함박 웃음을 지으며 지휘를 멈추고 다가왔다. 아이들이 시모네가 래미에게 다가가는 모습을 눈으로 따라갔다.

"시모네, 연습 끝나고 함께 산책할 수 있어?"

"물론이지."

시모네가 아이들을 향해 '오늘은 선생님의 예쁜 여자 친구가 왔으니까 여기까지!' 라고 소리쳤다. 아이들이 우우, 하고 놀렸다. 연습이 끝난 게 신이 난 아이들은 금세 우루루 흩어졌다.

'천사의 성' 꼭대기는 미카엘 천사 청동상이 로마를 지키고 있는 것처럼 서있었다. 래미와 시모네는 미카엘이 있는 곳까지 성안 계단으로 올라갔다. 넓은 계단을 돌면서 한참이나 올라가야 했고 중간쯤부터는 숨이 찼다.

이곳은 옛날 한때 감옥이었던 곳이었다. 오페라 〈토스카〉에서 남자 주인공 카라바도시가 이곳에서 고문을 받았다.

그의 죄목은 이 감옥에서 탈출한 친구를 숨겨준 거였다. 그를 감옥에 넣은 이는 그의 여인 토스카에게 욕망을 품고 있는 연적 스카르피아였다. 토스카는 결국 자신의 육체를 범하려는 스카르피아를 칼로 찔러 죽인다.

래미와 시모네가 천사의 성 꼭대기에 올랐다. 숨을 헉헉 거리며 오르고 나니 이천 년 고대 도시의 아름다움이 한눈에 들어왔다. 그 아름다움에 다시 숨이 헉하고 막히는 거 같았다.

"아름다워!"

래미는 그 순간 다른 표현을 찾을 수 없었다.

"로마는 볼거리가 죽을 때까지 있을 거라는 너의 말이 맞을 거 같아."

"죽을 때까지 로마에서 나하고 있을 줄래?"

시모네가 빠져드는 것 같은 눈빛으로 래미를 쳐다보았다.

"그렇게 못해도 나를 용서해 줄거야?"

"아니, 용서 할 수 없어. 너를 잊을 수 없을 텐데 어떻게 용서가 돼?"

래미가 한 손을 들어 시모네의 코를 만졌다.

"이건 무슨 뜻이야?"

시모네가 속삭이듯 물었다.

"나를 좋아한다고 말해주던 너의 코를 만지고 싶었어."

"이제 코 만지기 싫어. 너한테 하고 싶은 말이 달라졌거든."

래미의 눈이 젖었다. 이 귀여운 남자는 래미를 늘 솜사탕 꿈 속으로 이끌었다. 바람에 시모네의 부드러운 갈색 머리와 래미의 긴 생머리가 흩날렸다. 시모네는 두 손으로 래미의 얼굴을 감쌌다. 래미는 천사의 성이 황혼 빛으로 물드는 것을 느끼며 눈을 감았다. 시모네가 천천히 고개를 숙여 래미의 입술에 그의 입술을 살며시 포개었다. 그의 두 팔이 래미를 감싸듯 부드럽게 안았다. 이번엔 시모네의 입술이 래미의 입술을 노크하듯 건드렸다. 래미의 착한 입술이 아무도 들어와 본 적 없는 비밀의 방을 열어주었다.

황혼의 하늘이 뱅글뱅글 돌아가는 것 같은 현기증이 느껴졌다. 래미는 무중력의 세계로 들어간 것 같았고 신세계의 경이로움에 눈물 한 줄기가 흘러 내렸다.

토스카의 남자 카라바도시는 이곳에서 총살을 당했다. 스카르피아가 토스카에게 총알이 없는 거짓 쇼를 꾸밀거라 했던 말은 속임수였다. 총살당한 연인의 시체를 부둥켜안고 토스카는 슬픔의 비명을 질렀다. 그때 경찰이 스카르피아를 죽인 살인자 토스카를 체포하려고 천사의 성을 오르고 있었다. 토스카는 사랑하는 남자가 죽어 있는 성 꼭대기에서 몸을 던졌다.

래미는 천사의 성에서의 첫키스에 현기증을 느끼며 토스카의 비극적 운명이 씌워질 거 같아 두려웠다. 시모네에게 민수네 집으로 짐을 옮겼다는 말도, 집을 구하려고 하는데 도와 달라는 말도 하지 못했다. 성에서 떨어지는 토스카처럼 래미의 미래를 나락으로 던지고 있었다.

민수가 래미의 가방까지 같이 끌며 밀라노행 플랫폼을 걸었다. 래미는 그녀를 찾을 이도 없는데 자꾸만 뒤돌아 보았다.

기차 좌석에 앉은 래미는 시모네가 그리워 두 손으로 얼굴을 가렸다. 민수도 미간을 모은 채 눈을 감았다. 눈을 뜨면 성희

■ 차오벨라 □

의 우는 모습이 보이는 것만 같아서.

밀라노 살바토레 집에 도착했다. 민수와 래미는 짐을 풀었다. 밤이 되어 래미가 침대 위에서 잠을 청하려 애썼다. 새로운 침대 새로운 공간이 다시 낯설어 잠이 오지 않았다. 키티 인형을 꼬옥 껴안았다. 시모네가 생각나 자꾸 뒤척였다. 그에게 결국 아무 말도 하지 않고 밀라노로 온 것이다. 시모네가 좋은데, 자꾸만 더 좋아지는데 래미의 현실을 말할 용기도 도움을 청할 용기도 나지 않았다. 하지만 그가 그리웠다. 이렇게 말도 없이 그로부터 멀리 온 게 이제서야 후회되기도 했다.

민수의 코고는 소리가 거실로부터 들렸다. 펼치면 침대가 되는 소파에서 이사로 쌓였던 피로를 풀듯 깊게 잠들어 있었다.

래미와 민수는 밀라노에서의 새로운 생활을 위해 각자 바쁜 나날을 보냈다. 래미는 밀라노 음악 아카데미를 찾아가 오디션을 보고 입학해 수업을 듣기 시작했다. 로마 음악 아카데미에서 배운 경험으로 익숙하게 혼자 해낼 수 있었다. 래미는 새삼 시모네로부터 얼마나 많은 도움을 받았었는지를 느낄 수 있었다. 시모네가 가르쳐 준 작곡과 지휘 이론은 래미의 이태리어뿐 아니라 음악 이론 이해에 많은 도움이 되었다는 것도 새로운 학교 수업을 들으며 더욱 깨달아졌다. 민수는 스칼라 극장 연습에 몰입했다.

■ 차오벨라 □

래미가 스칼라 극장 근처 공중전화 부스에서 다이얼을 돌렸다. 시모네의 목소리가 들렸다. 래미가 눈을 질끈 감았다. 무슨 말이든 하고 싶었지만 끝내 말없이 수화기를 내려 놓았다.

래미는 전화 부스를 나와 스칼라 극장으로 발걸음을 옮겼다. 시모네의 전화 목소리가 귀에서 여전히 들리는 것 같았다. 래미는 고개를 혼자 저으며 자신이 이태리에 공부하러 왔음을 다시 상기했다. 좋아하는 남자 친구가 생겨 연애에 빠지려고 온 게 아니었다는 걸 억지로 되새겼다.

래미는 스칼라 극장 합창 단원들의 연습실에 갔다. 민수가 그들 사이에서 열심히 노래하고 있었다. 오페라 배우 역을 맡기 위해 기르는 수염이 외국인 성악가들 사이에서 잘 어울려 보였다. 피아노 반주자 가까이 앉은 래미는 반주하는 모습과 손가락을 유심히 바라보았다. 스칼라 극장에서 일하는 오페라 반주자는 역시 달라 보였다. 절대 음감과 실력으로 오페라 감독의 지시에 완벽히 호흡을 맞추고 있었다.

래미와 민수는 점심은 파니노(panino)로 해결하고 저녁은 냉동식품을 오븐에 데워 먹었다. 민수가 때때로 간단한 요리를 하기도 했지만 민수도 요리에 낭비하는 시간마저 아끼면서 음악 공부에 전념하고 있었다. 냉동 피자와 파스타에 질렸을 때는 라면을 끓여 먹기도 했다. 냄새가 강한 한국 요리는 하지 않았다. 살바토레 집에서 김치나 된장같은 냄새를 피우고 싶지 않아서였다.

"래미는 무슨 요리를 할 줄 알아?"

하루는 민수가 냉동 피자를 오븐에 데우며 물었다. 래미는
잠시 생각해 보았지만 할 수 있는 게 떡볶이같은 분식 외에는
없었다. 수진이 래미에게 요리를 가르쳐 주지 않았다. 수진은
래미가 피아노 연습에만 손을 사용하기를 바랬다. 수진은 피
아노 학원 일을 하면서도 음식은 항상 냉장고에 넉넉히 준비
해 놨었고 래미는 혼자 집에 있을 때도 요리해야 될 일이 없었
다. 외국을 나오니 요리를 배우지 못한 게 불편했고 요리를 가
르쳐 주지 않은 수진이 조금 원망스럽기조차 했다. 민수는 래
미가 요리를 할 줄 모른다는 것을 짐작했으면서 그냥 물어본
것이었다.

"괜찮아. 이태리 냉동식품이 한국 이태리 레스토랑보다 맛
있으니까."

민수는 래미를 친오빠처럼 배려해줬다. 래미는 민수를 편안
한 룸메이트로 여길 수 있어 좋았다. 시모네가 그리웠지만 참
을 수 없는 그리움으로 마음이 치닫기 전에 현실의 채찍으로
스스로를 내리쳤다.

래미는 수진에게 밀라노에서 룸메이트와 같이 산다고 얘기
했다. 성악하는 룸메이트 반주를 해주는 조건으로 월세 안
내고 있다고 했다. 룸메이트가 남자라고는 말하지 않았다.

수진은 래미가 스칼라 극장 성악가의 반주를 해준다는 소식에 기뻐했다. 래미가 자랑스럽다며 칭찬했다. 송금 액수를 반으로 줄여도 되는 것에는 흥분하며 기뻐했다. 수진은 밀라노로 와서 래미와 함께 살며 일을 할 수 있겠는지 물었다. 래미는 대답을 하지 못했다. 수진이 얼마나 이태리에 오고 싶어하는지를 알지만 지금 상황에서는 수진이 오면 안 되었다. 수진은 래미가 일자리를 알아보겠다는 대답을 믿었고, 돈을 모아 이태리로 가겠다고 말했다.

민수는 살바토레와의 레슨을 계속했다. 스칼라 극장에 들어온 것도 그의 도움이었기 때문에 스칼라에서 성악가로 버티기 위해선 그의 도움이 계속 필요했다. 더욱 세련되고 무대에 맞는 목소리로 만들기 위해 훈련을 계속 해야했다. 살바토레는 레슨이 끝나면 종종 거실 식탁에서 차나 와인을 민수와 래미와 나누었다.

"지난번 얘기 한 한국 아이를 입양하기로 결정했네."

살바토레가 녹차를 마시며 말했다. 엘리사는 당뇨에 좋은 음식에 대해 많은 정보를 가지고 있고 그중에 하나가 녹차였다. 일본 유기농 녹차를 구해 매일 살바토레에게 마시게 하는 중이었다.

살바토레는 지난번 보여 주었던 아이 사진을 다시 민수와 래미에게 보여 주었다. 민수와 래미는 살바토레가 입양할 아이

125

를 유심히 보았다. 네다섯 살쯤으로 보이는 남자 아이가 햇볕 때문에 찡그린 건지 화가 나 있는 건지 잔뜩 표정이 구겨져 있었다. 그 아이의 입 모양과 턱이 노래를 잘할 것 같아 살바토레는 입양을 결정하게 되었다고 했다.

래미는 아무리 보아도 그런 입과 턱이 노래를 잘 할 수 있는 모양인지 알 수 없었다. 피아노는 손가락이 길년 유리하긴 했지만 짧아도 맹연습으로 긴 손가락의 장점을 극복할 수 있다고 여겼다. 하지만 성악은 성대, 그가 쓰는 언어, 폐활량 등의 타고난 조건이 좋을수록 유리한 것인가 보았다.

입양 할 아이의 신상 기록이 한국어 원본과 영어 번역본으로 되어 있었다. 래미는 한국어로 써 있는 신상 기록을 읽어봐도 좋은지 살바토레에게 물었다. 신상 기록에는 아이의 키와 몸무게, 언제 고아원에 왔는지와 특징적인 성격 등이 적혀 있었다.

아픈 곳 없이 건강하며, 고아원의 식사를 편식하지 않고 심부름도 잘 하고, 노래를 잘 부른다고 써 있었다. 노래를 잘 부른다는 기록을 보기 전에 살바토레는 사진 속 아이가 노래를 잘 할 거 같다고 한거였다. 역시 살바토레의 눈은 예리했다. 아이의 문제점을 적는 난에는 아이가 자기의 장난감을 다른 친구들과 함께 노는 것을 싫어한다고 써 있었다. 문제점이라고 할 것도 없는 사항이었다. 아이의 신상 기록은 입양을 원하는 부모들에게 읽혀지기 위한 것이기 때문에 되도록 좋게 어필할 거 같았다. 문제점들은 최소한 감추고.

래미는 입양되어지는 아이에게 어떤 감정을 가져야 될지 조금 혼란스러웠다. 살바토레 같은 음악가의 집에 입양되는 건 행운이라고 생각하는 게 편할 거 같았다.

"아이가 언제 이태리로 오게 되나요?"

민수가 살바토레에게 물었다.

"서너 달 후쯤 올 수 있다고 했어. 우리도 아이 방을 꾸미고 많은 준비가 필요하기 때문에 그 정도 시간은 필요하고."

래미는 몇 달 후 이 집에 올 한국 아이를 상상해 보았다. 입양 온 아이가 이 집에서 어떤 새로운 인생을 시작할지 궁금해졌다.

겨울의 끝이 봄이라는 것은 희망적인 순환이다. 그래서 봄은 선물처럼 반갑다. 봄 햇살을 받으며 래미는 살바토레 집 정원 테이블에 앉아 편지를 썼다. 시모네,라고 이름을 썼다. 잘 지내고 있는지는 물을 수 없었다. 미안해,라고 썼다. 아무 설명도 하지 않고 떠나서 미안하다고. 그럴만한 사정이 있었노라고. 밀라노에서 학교를 다니고 있고 어쩌면 엄마가 미국에서 올지 모른다고 썼다. 엄마가 오면 다시 로마로 가겠다고 썼다.

래미는 수진이 이태리로 온다면 정말 함께 로마로 갈 생각을 했다. 미국에서 수진이 무슨 일을 하는지 모르지만 로마에서도 수진이 일을 할 수 있을지도 모른다는 생각이 들었다. 래미도 오페라 반주 아르바이트를 찾을 수 있을지도 몰랐다. 그러면 수진과 함께 살면서 시모네를 다시 만날 수 있다는 생각을 했다. 이런 상상을 하자 래미의 얼굴에 생기가 돌았다. 편지를 쓰는 래미의 얼굴에 미소까지 번졌다. 시모네라면 래미를 아무 일 없었던 것처럼 용서해 줄 거 같았다. 그리고 다시 그의 코를 만질 거 같았다.

"래미, 오늘 저녁 오페라 보러 가지 않을래?"

편지를 쓰고 있는 래미에게 엘리사가 다가와 물었다. 엘리사의 손에 티켓 두 장이 펼쳐져 있었다. 살바토레와 엘리사가 오늘 베로나의 필라르모니코(Filarmonico) 극장에 오페라를 보러 간다는 것은 알고 있었다. 그런데 래미에게 같이 가자고 하는 것이었다.

"표가 네 장 있는데 같이 가기로 한 살바토레 형네 부부가 갑자기 사정이 생겨서 못 가게 됐거든. 래미와 민수가 함께 보러 가면 좋을 거 같은데. 괜찮지?"

래미가 관람권을 받아 보니 오페라 〈로미오와 줄리엣〉이었다.

"아, 세익스피어! 고마워요. 엘리사."

래미는 표를 두 손으로 받아 가슴에 댔다. 기꺼이 가고 싶다는 의미였고 정말 고맙다는 의미였다. 래미는 방으로 돌아가 오페라 극장에 갈 옷을 고르기 시작했다. 래미는 공연을 하는 피아니스트가 아니기 때문에 화려한 옷들이 없었다. 오페라를 보러 오는 이태리 사람들이 얼마나 격식있게 꾸미고 오는지 알기 때문에 래미는 살바토레 부부의 품위에 맞는 옷을 입고 싶었다. 옷을 고르고 있을 때 민수가 돌아왔다. 래미는 민수에게 오페라 초대권을 보여줬고, 민수도 기뻐하며 극장에 갈 준비를 했다. 그는 무대에서 입는 정장이 여러 벌 있기 때문에 외출 준비를 쉽게 마쳤다. 래미는 계속 무엇을 입어야 될지 고민했다.

래미는 결국 수진이 맞추어 준 핑크색 원피스를 꺼냈다. 래미가 무대복이 필요할 만약의 경우를 위해 한 벌 맞추어 준 거였다. 입고 거울 앞에 서 보니 외출용으로 입기에 가슴 앞쪽과 등 뒤가 너무 많이 파여 있었다. 민수가 방문 밖에서 빨리 준비 하라고 재촉했다. 래미는 과감한 노출을 해야하는 이 옷을 입을 용기가 나지 않았지만 살바토레 부부를 위해서 입기로 했다. 긴 머리는 올려 젓가락 모양의 장식으로 고정 시켰다. 분을 바르지 않아도 래미의 얼굴은 하얗기 때문에 분홍색 볼터치와 립스틱으로 화장한 분위기를 연출했다.

민수가 살바토레 차가 집 밖에서 출발하려 한다고 래미를 다시 재촉했다. 민수가 결국 인내심을 포기하고 먼저 살바토레 차를 탈테니 빨리 오라고 조바심을 부렸다. 민수는 여자의 템포를 이해하지 못했다. 외출하기 전 여자의 많은 절차를 짜증으로 반응하는 민수 때문에 성희와 말싸움하던 모습을 몇 차례 보았었다.

래미는 살바토레 부부가 기다리고 있다는 말에 조급해져서 마지막으로 원피스와 세트로 맞춘 작은 핸드백을 들고 하이힐을 신었다. 로마에 온 후 스니커즈만 신고 다녔었는데 갑자기 하이힐을 신으니 몸이 줄타기 곡예사처럼 흔들렸다.

차 안에 있던 민수는 걸어오는 래미를 보고 몸이 굳어지는 거 같았다. 지금까지 보여진 래미가 아니었다. 아름다운 관능미를 풍기는 '여자 래미'가 걸어 오고 있었다. 래미가 차 뒷좌석 민수의 옆자리에 앉자 민수는 갑자기 실어증이라도 걸린 듯 아무 말도 나오지 않았다. 그의 두근거리는 심장 소리가 차 안의 다른 사람들에게 들릴까봐 걱정되었다.

"래미, 정말 예쁘구나!"

엘리사가 차 보조석에서 뒤를 돌아보며 미소를 지어 보였다. 래미는 엘리사가 예쁘다고 해 주어서 안심했다. 살바토레 부부를 위해서 입은 드레스였기 때문이었다.

베로나에서 오페라 〈로미오와 줄리엣〉을 본다는 것 자체가 감동이었다. 로미오와 줄리엣 스토리의 배경이 되는 곳이 바로 베로나이기 때문이기도 했다. 살바토레 부부는 래미를 위해 오페라 공연이 시작되기 전에 베로나의 줄리엣의 집을 보

■ 차오벨라 □

여 주었다. 소설 속의 줄리엣이 그 집에서 살았을리는 없지만 사랑에 빠진 전 세계의 청춘들이 찾아오는 곳이 되었다. 사랑의 낙서들로 온 마당 벽을 장식했다. 전 세계 러브 스토리가 담긴 편지들이 벽 틈새마다 꽂혀 있었다.

"줄리엣이 로미오와 사랑에 빠진 나이가 몇 살인지 아니?"

민수가 줄리엣의 집 마당 발코니를 올려다보며 물었다. 로미오가 발코니에 있는 줄리엣에게 바치는 사랑의 세레나데 장면을 떠올리는 듯했다.

"줄리엣이 열네 살이었어. 로미오가 열일곱 살."

민수가 혼자 묻고 혼자 대답했다.

"오페라 나비 부인이 결혼했던 나이는 열다섯 살이었어."

"춘향이가 이도령과 사랑에 빠진 나이는 알지?"

이팔청춘, 열여섯 살이었다. 옛날엔, 학교 공부가 중요하지 않았던 옛날엔, 대학이 목표가 되지 않았던 옛날엔, 미래의 꿈이란 말로 세뇌당하지 않았던 옛날엔, '남보다 더 높이 더 멀리 더 많이' 가 삶의 성취의 잣대이지 않았던 옛날엔…. 사랑을 정말이지 일찍 알았다. 열여섯 자신의 나이도 얼마든지 사랑을 알고 사랑 할 수 있는 게 맞을 것 같다고 래미는 생각했다.

그런데, 왜 래미가 속해 있는 문화는 십 대의 사랑을 금기의 과일처럼 막고 있는 걸까. 십 대의 머릿속에 옛날보다 더 많은 상식과 정보와 지식이 들어가고 감성과 감정도 더 다양하게 풍부해지고 있는데 왜 사랑할 수 있는 자유는 퇴화하라고 강요하는가.

오페라 〈로미오와 줄리엣〉은 감동적이었다. 세계 최고 수준의 오페라를 즐길 수 있는 것만 생각하면 래미는 이태리를 떠나고 싶지 않았다.

줄리엣의 집안인 카플릿가의 축제로 시작되는 오페라에서 줄리엣이 나타나자 카플릿가 사람들이 '그녀는 운명의 모든 축복을 품고 다니는 듯 하네' 라고 노래한다. 그런데 축복을 품고 다니는 줄리엣은 로미오를 만나고 자신의 축복을 내동댕이 쳤다. 사랑 하나를 잡기 위해서. 그리고 사랑하는 남자를 향해 노래한다.

'내가 그대 곁에 있을 수 없다면 무덤이 내 결혼 침대를 대신하게 되리라.'

래미는 줄리엣이 왜 몇백 년 동안 인기 있는지 알 거 같았다. 보통의 사람들은 자신의 목숨마저 던지는 사랑을 하지 않기 때문이다. 사랑을 해도 내 목숨이 너보다 중요한 저울로부터 시작하기 때문이다.

공연을 보고 살바토레 집으로 돌아 왔을 때 자정이 넘어가고 있었다. 올 때는 살바토레의 차를 민수가 운전했다. 살바토레와 엘리사는 차 안에서 눈을 감고 쉬었고 래미는 잠이 들었다. 살바토레 집에 도착해 래미의 방으로 들어 왔을 때 쓰러지듯이 침대에 누웠다. 옷을 갈아 입고 씻고 자고 싶었지만 쏟아지는 졸음에 밀려 잠 속으로 빠져들었다.

거실의 민수도 피곤해서 소파를 펼쳐 침대를 만들었다. 그리고 소파 옆에 세워진 등의 불을 껐다. 그랬더니 래미방 문이 한 뼘쯤 열려져 있고 아직도 불이 켜져 있는 게 보였다.

래미가 침대에 누워 있는 뒷모습이 문 사이로 한 뼘만큼 보였다. 방의 불을 꺼주기 위해 침대 소파에서 일어났다. 래미의 방문 안쪽의 스위치를 내리려고 할 때 민수는 보았다.

드가의 발레리나.

파리의 오페라 극장을 갔던 적이 있었다. 유명한 한국 지휘자가 공연하는 오페라여서 보러 갔었다. 파리에서 며칠 머물며 파리의 미술관을 둘러 보았는데 인상주의파 미술관에서 민수에게 가장 인상적인 그림이 있었다. 바로 드가의 발레리나 그림이었다. 날씬한 몸매의 청초한 소녀의 모습이 민수의 환상 속에 그리는 소녀의 이미지였다.

래미의 자는 뒷모습이 드가의 발레리나 소녀의 이미지와 겹쳐졌다. 드가의 발레리나 그림 앞에서 민수가 굳어 버린 듯 서 있었을 때처럼, 래미의 뒷모습을 바라봤다. 아름다운 긴 목선, 만져보고 싶은 하얀 꽃 같은 등, 소녀 만이 완벽하게 어울리는 핑크색의 드레스. 그 드레스 아래로 드러난 길고 가는 다리. 민수는 너무나 빨라진 심장 박동이 힘들어서 움켜 쥐어야 했다.

불을 끄고 나가야 했다. 그는 갑자기 말을 듣지 않는 몸에게 명령하듯이 힘겹게 방 안의 불을 껐다. 불을 끄자 창밖에서 들어 오는 달빛이 래미의 자는 실루엣을 더욱 신비롭게 감쌌다. 민수는 다시 몸에게 나가라고 명령했는데 몸은 나가지 않았다. 단거리 마라톤 선수처럼 뛰는 심장이 그를 나가지 못하게 했고 바지 지퍼가 터질듯이 부풀어 오른 뜨거운 욕망에 땀이 나기 시작했다.

래미는 지진으로 쓰러진 건물 밑에 깔린 것처럼 숨이 막혔다. 한 번씩 악몽을 꾸며 가위에 눌릴 때가 있었기 때문에 래미는 이 가위눌림에서 빨리 깨어나고 싶다고 무의식에서도 생각했다.

래미의 치마가 올려지며 허벅지를 미끈거리는 뱀이 지나가는 것 같은 느낌이 들 때야 꿈이 아닌 것 같았다. 보물을 훔치러 들어 온 무서운 도둑을 만난 공포가 온 몸을 떨게 했다.

래미가 무거운 졸음을 쫓아내며 간신히 눈을 떠보았다. 어둠 속이었고 거친 숨소리가 래미의 귓가 가까이서 들려왔다. 타

134

는 갈증에서 나올 만한 숨소리 같았다. 래미는 순간적으로 비명이 나오려 했는데 거의 동시에 민수의 입이 그녀의 입을 막았다. 민수의 혀가 그녀의 입안을 거칠게 휘둘렀다. 정육점에서 보는 소나 돼지의 혀 같은 메시꺼움으로 그녀의 입안을 더럽혔다.

래미는 온 힘을 손에 모아 밀쳐 내며 다리를 버둥거렸다. 그럴수록 힘만 더 빠져 나갔다. 어둠 속에서 고통의 실갱이를 계속 해보다 지쳐 울기 시작했다.

"제발, 제발…"

래미는 온 몸으로 살려 달라고 호소했다. 고통스러워 죽을 거 같았다. 그러나 이미 이성을 상실한 민수는 자신의 몸을 움직이기 위해서 래미의 입을 그의 손으로 막았다. 고통의 신음 소리만 내며 래미는 계속 울었다. 민수는 미친 사람처럼 멈추지 않았다.

"너를 사랑하고 싶어."

죽어가는 아기 고양이 같은 신음 위로 내뱉는 사랑이라는 말은 어둠의 괴물 소리 같았다.

새벽의 여명이 창문으로 들어오며 어둠에서 벌어졌던 일을 드러내기 시작했다. 래미의 얼굴은 눈물과 머리카락이 범벅으로 엉겨붙어 있었다. 입술은 너무 깨물어서 피가 나 있었다. 넋이 나간 눈에서는 눈물이 뚝뚝 흘러 내리고 있었다.

민수는 침대 한 켠에 앉아 있었다. 고개를 숙이고 두 손으로 머리카락을 뜯을 듯 쥐고 있었다. 구겨질 대로 구겨진 래미의 원피스를 보는 게 괴로웠다. 그 구겨진 원피스보다 더 처참한 모습으로 눈물을 흘리고 있는 래미에게 어쩌해야 될지 몰라 앞이 깜깜했다. 이성을 잃고 순간적인 분노로 누군가를 죽이고 나서 번쩍 정신을 차린 살인자의 후회를 민수는 이해할 수 있을 것만 같았다. 범인이 범죄 현장에서 도망치듯 괴로운 인상을 쓰며 민수가 방에서 나갔다.

침대에 혼자 남아 있는 래미는 그 모습 그대로 의식을 잃은 듯 아침을 보냈다. 머리가 깨질 거 같고 몸은 가시덤불 위에 떨어진 듯한 통증으로 아팠다. 몸 안의 것들은 비틀려져 있는 것 같았다. 손을 간신히 움직여 보았다. 침대 머리 맡의 키티 인형을 손으로 더듬어 찾아 품에 안았다. 오한이 나면서 부들부들 떨렸다.

며칠이 지났다. 래미는 방에서 나오지 않고 지냈다. 민수는 일찍 나가고 늦은 밤에 들어왔다. 래미를 위해 식탁에 음식을 차려 놓았다. 슈퍼에서 장을 본 봉투도 식탁 위에 놓았다.

래미는 며칠을 음료수만 마셨다. 배는 고팠지만 음식을 삼킬 수가 없었다. 사랑하는 사람이 죽은 다음에도 남아 있는 사람은 배가 고파 음식을 먹는다는 게 슬프듯이, 고통스러워 죽고 싶은 마음이어도 배는 고픈 것이 슬펐다.

래미는 달력도 시간도 보지 않았다. 밤이 되어도 방 안의 불도 켜지 않았다. 하루종일 누워 있었고 그러다 잠들면 악몽에 시달렸다. 한밤중 깨어 창밖을 바라보면 그 날 밤의 모든 것을 보고 기억하는 달이 래미를 내려다 보고 있었다.

민수는 방 안에서 나오지 않는 래미로 인해 숨이 막히는 것 같았다. 민수는 작은 것은 남을 배려하지만 큰 일을 당하면 자신만 생각하는 이기성을 스스로 잘 알고 있었다. 민수는 세상이 이기적 인간들에 의해 이끌어지고 있다고 생각하기 때문에 자신의 이기성이 잘못된 거라고 생각해 본 적이 없었다. 그래서 성희가 받을 마음의 상처를 알면서도 도망갈 수 있었다. 민수에겐 다른 이의 상처보다 자신의 자유로움이 중요했다.

민수의 마음은 이미 래미를 떠날 궁리를 하고 있었다. 자신의 이미지를 다시 만들 수 있는 새 장소로 옮기고 싶었다. 다만 지금은 래미가 자살이라도 할까봐 무서워 떠나지 못하고 있었다. 래미가 죽기라도 한다면 자신은 강간죄에 간접 살인죄까지 짓게 되기 때문이었다. 졸음이나 음주 운전을 하다 사고를 내어 사람을 죽이면 졸음과 술에 죄를 씌우고 자신은 빠져나오려는 심리처럼, 민수는 인간에게 폭력적인 성적 충동을 허락한 신을 탓하고 싶었다.

래미가 방에서 나오지 않은 지도 두 달 가까이 이어지고 있었다. 래미는 수진에게 전화하기 위해 위층 엘리사의 집을 몇 차례 올라간 게 그녀의 유일한 방 밖의 외출이었다. 수진에게는 잘 지낸다며 거짓말을 했다. 전화를 끊을 때마다 래미는 수진에게 묻곤 했다.

"엄마, 우리 그냥 한국에서 같이 살면 안 될까?"

수진은 그럴 때마다 대답했다.

"조금만 버텨줘, 래미야. 엄마가 돈을 모으고 있는 중이니까. 엄마가 이태리에 가서 너를 도와줄게. 그리고… 어쩌면 엄마도 성악을 다시 해볼 기회가 생길지도 모르는 거잖아?"

수진은 자신을 위해서 이태리에 오고 싶은 속마음이 있는 거였다.

민수는 스칼라에서 순탄히 적응하고 있었다. 래미와 아무 일도 없었다면 그야말로 인생의 하이라이트를 향해 달려가는 기차에 탄 셈이었다. 민수는 래미에게 미안한 마음이 들다가도 래미가 오랫동안 방 안에서 나오지 않는 게 증오심의 손길로 목을 조여오는 것 같아 오히려 화가 나기도 했다. 스칼라에서 함께 노래하는 이태리 친구가 마침 룸메이트를 찾는다는 얘기를 듣고 민수는 그 친구에게 룸메이트가 되고 싶다고 했다. 그렇게 해서라도 당분간 래미로부터 벗어나고 싶었다.

이태리 친구네 집으로 갈 가방을 챙기다가 문득 삼겹살에 소주를 먹고 싶다는 생각이 들었다. 답답한 스트레스에서 잠시 벗어나게 해줄거 같았다. 밀라노 시내 한식당에 가서 소주와 삼겹살을 주문했다. 식당 다른 테이블은 끼리끼리 떠들고 웃으며 먹는 모습이 보였다. 민수는 갑자기 이런 즐겁게 왁자지껄한 분위기에서 혼자 먹고 싶지 않아졌다. 식당 주인에게 집에서 먹을 수 있게 포장해 달라고 했다. 혹시 몰라 래미가 좋아하는 양념 치킨도 포장해 달라고 했다. 래미에게 술 한잔 같이 하자고 말을 걸어봐도 좋을 것 같았다. 사내 친구들처럼 술 한 잔으로 화해가 되면 얼마나 좋을까, 성폭행마저도 술 한잔으로 풀어질 문제라면 얼마나 좋을까, 생각했다.

민수는 집에 돌아 와서 삼겹살을 굽기 시작했다. 프라이팬에 구워진 삼겹살을 몇 점 서서 먹으며 소주를 마셨다. 래미의 방문 앞으로 가서 말했다.

"삼겹살이 맛있어. 너가 좋아하는 양념 치킨도 있고, 소주도 사왔는데 같이 먹지 않을래?"

뻔뻔하게 물어보는 민수의 말에 래미는 대답하지 않았다. 민수는 짧게 한숨을 쉬고 나서 삼겹살을 구워 래미 방으로 넣어 주겠다고 말했다. 프라이팬에 지글지글 삼겹살 돼지 기름이 흘렀다. 거실 창문을 활짝 열어 놓았는데도 삼겹살 구워지는 연기와 냄새가 부엌과 거실에 가득했다. 삼겹살을 한식당에서 혼자 먹고 오지 않은 것을 후회했다. 살바토레 부부가 이

냄새를 싫어할지 모른다는 생각을 미처 못했다. 그때였다.

래미의 방문이 벌컥 열리며 래미가 뛰어 나왔다. 그녀는 화장실로 급히 들어갔다. 곧이어 구토하는 소리가 들렸다. 걱정한 대로 래미의 건강에 이상이 생겼구나 싶어 민수는 덜컥 겁이 났다. 그 구토가 무슨 의미인지 바로 눈치채지 못했다. 한참이나 화상실에서 속을 게워내는 소리가 나서 이상한 느낌이 들기 시작했다. 민수의 얼굴이 하얗게 변했다.

'설마……'

팬 위의 삼겹살이 새까맣게 타고 있었다. 래미는 욕실의 변기를 붙들고 헛구역질을 하다 기운이 빠져 욕실 바닥에 주저앉았다. 낯선 무서움이 엄습하는 것 같아 부들부들 떨었다.

엘리사가 정원에 물을 주고 있었다. 그녀의 손길이 닿는 꽃들은 엘리사를 닮아 아름다운 생명력의 빛깔로 피어 났다. 어떤 죽어가는 꽃도 그녀에게 가져가면 살려낼 수 있을 거 같았다. 엘리사가 정원의 물 주는 방향을 바꾸기 위해 몸을 돌렸을 때 래미가 할말이 있는 듯 서 있는 것을 보았다. 가정교육을 잘 받은 것 같은 래미는 남자와 동거 할 만한 아이로 보이지 않았다. 민수가 래미와 룸메이트로서 지낸다고 했지만 엘리사는 얼마나 많은 청춘들이 위험한 실수를 하는지 아는 중년 여자였다. 얼마나 많은 청춘들이 미숙하고 뜨겁기만한 사랑을 하는지 많이 보았다. 하지만 미성년에서 성년으로 가는 과정이라면 스스로 값을 치루며 성장하도록 내버려 둘 수밖에 없다는 것도 알고 있었다.

엘리사는 어두운 얼굴에 눈물 고인 눈으로 서 있는 래미를 보는 순간 뭔가 잘못되었구나는 느낌이 들었다. 그녀는 무슨 도움이 필요하냐고 부드럽게 물었다.

래미는 병원 진료실 침대에 누웠다. 래미의 배 안을 탐색하던 초음파 기계가 점 모양의 작고 하얀 부분을 찾아 냈다. 그 냥 작고 하얀 점일 뿐인데 의사는 래미에게 그 점이 생명이라고 알려 주었다. 엘리사가 옆에서 소리를 내지 않고 한숨을 내쉬었다.

엘리사가 래미의 어깨를 감싸며 진료실을 나와 병원 복도를 걸었다. 몇 걸음 걷다 갑자기 래미가 진료실 쪽으로 몸을 다시 돌렸다. 따질 것처럼 노크도 없이 진료실로 들어갔다. 의사가 조금 놀라 안경 너머로 래미를 쳐다보았다.

"한 번, 딱 한 번이었어요. 그래도 임신이 될 수 있나요?"

흰 머리를 곱게 빗은 노의사가 검지 손가락을 천천히 하늘을 향해 들어 올렸다.

"하나님이 결정하시는 거지."

민수는 단원들과 무대 위에서 연습을 하는데도 집중을 할 수 없었다. 엘리사로부터 래미의 임신 사실을 들었을 때 심장이 아파 주저 앉을 뻔 했었다. 온 몸은 오싹해지고 등에서는 식은 땀이 났다. 가족 유전으로 심장이 안 좋은 민수는 심한 스트레스나 충격을 받지 않아야 했다. 민수의 이기성은 그의 심장 충격을 막기 위한 보호막이기도 했다. 래미의 임신 소식은 감당하기 어려운 충격이었다. 민수는 남몰래 복용하는 심장 상화약을 꺼내 평소보다 더 많이 삼켰다. 민수는 래미가 받았을 충격과 고통보다 자신의 심장 통증에서 벗어날 방법이 무엇인지를 생각했다. 그러다 화가 나서 욕지기가 올라왔고 보이는 것들을 발로 걸어 찼다.

무대 위에서 제대로 역할을 하지 못하는 민수를 향해 음악 감독이 화를 냈다. 민수는 몸살 기운이 있다고 변명하며 잠시 쉬겠다고 했다. 시무룩한 표정으로 무대에서 내려오는데 객석 뒷문으로부터 누군가 들어와 걸어오는 게 보였다. 어두워서 잘 보이지 않는데도 체격과 옷 스타일이 한국 사람 같은 느낌이 들었다.

무대 위에 있던 음악 감독이 그를 기다렸다는 듯 무대에서 훌쩍 뛰어내려 다가가 안았다. 무대 계단으로 내려온 민수와 무대 감독과 얼싸 안고 인사하는 남자의 눈이 마주쳤다. 두 사람의 눈이 동시에 커졌다.

"기수형?"

객석 쪽 조명이 어두워 확신이 들지 않아 물었다. 기수가 무대 감독과 잠시 얘기를 주고 받은 후에 민수에게 손을 들어 보였다. 민수는 자신의 사촌형인 기수가 맞다는 걸 확인하자 달려가 무대 감독처럼 기수를 덥석 안았다. 기수가 민수의 등을 두어번 툭툭 쳐준 다음 바로 밀어냈다.

"야 야, 한국 사람들끼리는 껴안고 인사 안 했으면 좋겠어. 게다가 사내놈들끼리."

민수와 기수는 극장 근처 아이리쉬 펍에 가서 맥주를 마셨다. 민수는 기수에게 스칼라 음악 감독을 어떻게 알았냐고 물었다.

"작년에 그 감독이 한국에 왔었거든. 스칼라 배우들은 아니고 B급 무대 였어. 그때 내가 극장 총감독을 맡았기 때문에 친해졌지."

민수는 이제 그 무대 감독이 자신에게 함부로 화내지 않게 만들 백이 생긴 것 같았다.

"형은 이태리 유학도 마쳤고, 한국에서도 무대 감독으로 자리를 잡았으니 부러워요. 교수도 하고."

"지방대야."

"서울에서도 자리가 나오겠지. 형 정도 커리어면."

"사실 이번에 서울 M대학으로부터 초빙 받았어. 다음 학기

143

부터 출강이야."

"형은 인생이 술술 풀려서 좋겠어요."

"너가 스칼라에 들어간 거 이모가 얘기해 줘서 알았어. 내가 공연 계약 때문에 밀라노 간다고 하니까 너를 꼭 만나고 오라고 하셨어."

"날이 스칼라 배우지, 아직 맡은 배역도 없어. 합창곡 연습하고 있어요. 최고 성악가들 사이에 있는 게 좋기보다 괜스레 주눅만 들고… 그냥 포기하고 한국 갈까 봐."

"한국가면?"

"형처럼 교수하고 싶어. 내가 세계적인 성악가가 될 가능성이 없다는 걸 스칼라에 들어와서 확실히 느껴요. 한국에서 교수하면서 그냥 안정적인 오페라 배우로 활동하고 싶어요. 그리고…"

"그리고 뭐?"

"아니야, 형. 실은 고민이 있는데 형한테도 얘기할 수가 없어. 엄마가 알면 난 죽어… ."

"무슨 고민인지 형한테 얘기해봐. 들어보고 형이 도와줄게."

"말할 수 없어. 엄마한테 죽어요."

기수는 민수의 고민이 무엇인지 호기심이 났다. 기수는 민수의 어머니인 이모로부터 민수를 설득해서 한국에 데리고 와달라는 부탁을 받았었다. 민수의 어머니 창숙은 민수가 한국에서 대학 교수가 되고 국내에서 오페라 성악가로 활동 하기를 바랬다. 스칼라 극장에 민수가 들어간 것으로 민수의 커리어가 화려하게 업그레이드되어 창숙은 만족했다. 창숙은 민수를 가까이 두고 자랑하고 싶었다. 민수의 바람이 창숙의 바람과 일치하는 것은 창숙으로부터 만들어진 민수의 꿈이기도 했다. 민수는 다만 스칼라 극장 성악가로 세계 무대의 화려한 스포트라이트 받고 나서 한국으로 돌아가고 싶었을 뿐이었다.

기수가 민수를 자신이 묵고 있는 호텔 바로 데려 갔다. 아이리쉬 펍에서 맥주와 안주용 요리를 저녁 삼아 먹었으니 본격적으로 술을 마시고 싶었다.

"키안티 와인으로 할까?"

기수가 호텔 바 메뉴를 보며 말했다. 바 웨이터가 주문을 받기 위해 다가왔다. 기수는 키안티 와인 한 병과 살라미와 치즈, 올리브가 나오는 메뉴를 안주용으로 시켰다.

"내가 호텔 룸을 더블베드로 예약했는데 트리플 방이거든. 너 여기서 자고 가도 돼. 간만에 우리 사촌끼리 술 한번 끝까지 마셔보자."

민수가 그러겠다고 고개를 끄덕였다.

"내가 취하기 전에 너 고민이 뭔지 들어봐야겠다. 내가 너, 이모한테 안 죽게 도와줄 테니 형한테는 얘기해. 여자 문제?"

기수가 와인을 두 잔째 비웠을 때 민수에게 물었다. 민수는 아무 말도 못했다.

"당연히 여자 문제겠지. 너 나이 때 골치 아픈 문제가 여자밖에 더 있겠니?"

기수가 당연하다면서 자신의 추리가 맞은 것에 흡족한 표정을 지었다.

"여자 문제인데 엄마가 알면 죽는다? … 임신, 시켰니?"

기수는 이 추측은 틀리기를 바라며 물었다. 그런데 민수는 여전히 입을 열지 못하고 새롭게 채운 와인 잔을 비웠다.

"외국 여자야?"

기수가 이제 표정이 굳어져서 물었다. 민수가 고개를 떨구며 저었다. 처음으로 질문에 반응했다.

"한국 여자면 됐고 … 음악하는 여자?"

민수가 고개를 끄덕였다.

"한국 여자고 음악하는 여자면 뭐가 문제야?"

기수가 별거 아니잖아, 하는 표정으로 와인을 마셨다. '그럼, 결혼하면 되겠네.' 라고 말하려는데 민수가 말했다.

"열여섯 살이야."

기수가 마시던 와인에 사리가 들려 기침을 했다.

"열여섯?"

기수가 와인 잔을 테이블에 올려 놓았다. 욕설을 내뱉고 싶은 걸 참으려니 입술 근육이 굳어졌다. 침을 삼킨 다음 목소리를 낮추어 말했다.

"너 이 새끼, 무슨 짓을 한 거야? 한국이면 넌 감옥 가! 미성년자 성폭행이야."

민수가 울 것 같은 표정이 되었다.

"너의 엄마한테가 아니라 그 애 엄마한테 너 죽어!"

"형, 나 어떻게…. 도와줘… 도와줘, 형."

민수가 애걸하듯 매달렸다. 기수는 다시 와인 잔을 비웠다. 와인 두 병을 마신 기수와 민수는 호텔 룸으로 올라가 각각의 침대에 외출복 그대로 누웠다. 눈을 뜬 채 한참을 침묵으로 보냈다. 기수가 안 되겠는지 다시 일어나 룸 냉장고 안 맥주와 미니 위스키병들을 꺼내 온더록스잔에 섞어 마셨다.

"한국에 가자!"

기수가 명령하듯 말했다.

"내가 지금 출강하는 지방 음대, 다음 학기부터 너한테 줄게. 네 경력이면 내가 힘써 볼 수 있어."

기수는 민수에게 교수 자리를 준다면 이모한테 점수 따고 뭔가 보상이 따를 거라는 이익 계산도 나왔다. 기수의 엄마에게 여동생인 이모는 기수의 엄마가 사주지 않는 비싼 것들을 선물로 안겨 주곤 했다. 기수의 엄마는 부잣집에 시집간 여동생을 부러워했지만 돈이 필요할 때 흔쾌히 도와주곤 해서 친하

■ 차오벨라 □

게 지냈다. 아들의 이름 돌림자를 '빼어날 수' 로 지은 것도 두 자매의 결정이었다. 아들이 다른 이들보다 빼어나라는 똑같은 목표를 가지고 있었기 때문이기도 했다.

"그리고 내가 일하는 오페라 극단에 들어와. 그래야 너가 한국 오페라 배우들 텃새에 시달리지 않고 자리 잡을 수 있을테니. 친척 줄타기 했다고 욕 좀 먹어도 귀막아."

"언제.. 한국으로 들어가면 돼요?"

민수는 기수의 제안이 낭떠러지로 떨어지는 자신에게 던져진 동아줄 같았다.

"되도록 빨리. 지금 도망가지 않으면 너 정말 니 엄마한테 죽어. 아니면 그 애 엄마한테 죽을 거구. 그러니까 살고 싶으면 빨리 도망가!"

"그 앤 어떡하지…"

기수가 민수를 한심한 듯 쳐다보았다.

밀라노 시내 현금 지급기 앞에서 기수가 여러 개의 카드로 현금을 인출했다. 두툼한 현금 뭉치를 민수에게 건넸다.

"이게 내가 최대한 뽑을 수 있는 현금이야."

"고마워, 형. 내 카드로도 최대한 뽑아 합칠거야."

민수는 한국에 가면 기수에게 빌린 돈 이상으로 돌려주겠다고 생각했다. 민수가 교수가 된다면 민수의 어머니 창숙이 기수가 좋아하는 아우디 차도 기꺼이 사줄 거라고 생각했다.

　민수는 늦은 밤시간 살바토레 집으로 돌아왔다. 래미는 잠이 들었는지 방에서 아무 소리도 들리지 않았다. 민수는 잠시 거실 소파에 앉아 눈을 감았다. 나쁜 짓을 저지르기 전에 마음을 가다듬고 싶었다.

　'나는 내일 모레 한국으로 돌아가는데 같이 가자. 나하고 한국 가면 이모도 더 좋아하실거야.'

　기수가 호텔 룸에서 맥주와 위스키를 마시고 결국 취해서 침대에 누우며 마지막으로 한 말이었다.

　민수는 거실 이곳저곳에 놓인 자신의 물건들을 가방 안에 넣기 시작했다. 필요하고 중요한 것들만 서둘러 챙겼다. 한 번씩 래미가 자는 문 쪽을 살폈다. 래미가 일어나기 전에 빨리 짐을 챙겨 나가야 했다. 자기 물건을 챙기는데 도둑질이라도 하는 것처럼 가슴이 두근거렸다.

　아침이 되었다. 래미는 잠이 깨었지만 침대에서 일어나지 않았다. 몸이 나른하고 졸려서 잠이 깨어도 누워 있는 시간이 많았다. 위층으로부터 엘리사가 끓이는 커피 향이 맡아졌다. 커피가 마시고 싶어졌다. 그러다 손으로 자신의 배를 만져 보았다. 커피가 산모에게 안 좋다는 말이 떠올라 얼굴을 찡그렸다. 왜 본능적으로 아기에게 좋지 않은 것을 생각하게 되는지 짜

중났다. 그냥 쥬스라도 마시기 위해 침대에서 일어났다.

거실로 나온 래미는 하마터면 비명을 지를 뻔했다. 어지럽혀진 거실은 도둑이 들어온 게 틀림없어 보였다. 엘리사에게 도움을 청하고 싶어 위층으로 가는 계단을 오르다 뭔가 이상하다는 생각에 다시 뒤돌아 보았다. 민수의 것들만 없었다. 민수의 옷들과 중요한 소지품들을 놓아두는 거실 창고는 비어져 있었다.

래미는 민수의 물건이 안 보인다는 것이 무엇을 의미하는지 금방 감이 오지 않았다. 설마…

래미의 시선이 식탁 위에 놓인 두툼한 서류 봉투 위로 갔다. 그 봉투 위에 민수가 쓰던 살바토레 집 열쇠가 올려져 있었다. 다가가 봉투를 열어 식탁 위에 쏟아 보았다. 현금이 우르르 식탁 위로 떨어졌다. 급하게 노트를 찢은 것 같은 종이 한 장이 접혀 있었다. 래미는 입술을 깨물며 종이를 폈다. 급히 쓴 것 같은 휘갈겨진 글씨 몇 줄이 적혀 있었다.

'미안하다. 이렇게 밖에 할 수 없어서 정말 미안하다. 너가 이 편지를 읽을 때 난 이태리를 떠나 있을 거야.'

래미의 손이 부르르 떨렸다. 다리에 힘이 풀리며 주저 앉았다.

밤인데 불이 켜 있지 않은 아래층으로 누군가 내려오는 계단

발자국 소리가 났다. 스위치 켜지는 소리가 나며 거실이 비로소 환해졌다. 엘리사가 거실을 둘러 보았다. 이사 짐을 옮기는 중인 곳처럼 거실은 어지럽게 물건들이 바닥에 흩어져 있었다. 거실 식탁 위에 현금이 수북히 쌓여 있는 것이 보였다. 엘리사는 불길한 예감으로 래미의 방문을 열어 보았다. 래미가 어둠 속에서 누워 있는 모습이 보였다.

"도래미… 나야, 엘리사."

엘리사가 래미를 안심시키기 위해 나직히 불렀다. 방 스위치를 켰다. 래미가 누워 있었다. 엘리사가 래미에게 다가가 흔들어 보았다. 래미는 시체 같은 얼굴로 의식을 잃은 듯 움직이지 않았다. 엘리사는 며칠 동안 아래층에서 아무 소리도, 아무 불빛도 없어서 걱정이 되어 내려와 본 거였다.

"오, 하나님! (Oh, mio Dio)"

엘리사는 외치며 살바토레를 부르러 위층으로 뛰어 올라갔다.

병원 병실에 누워 있는 래미를 살바토레와 엘리사가 안쓰럽다는 듯 내려다 보았다. 영양 주사를 맞고 있던 래미가 정신이 돌아오는 듯 실눈을 떴다.

"아무 말도 하지마. 무슨 일이 일어났는지 알아."

엘리사가 래미의 손을 부드럽게 감싸며 말했다. 래미가 괴로운 듯 눈을 다시 감았다.

"죽고 싶어요…"

"너가 죽으면 너의 생명과 아기의 생명을 같이 죽이는 거야. 생명을 버리고 도망간 사람보다 더 끔찍하게 나쁜거야."

엘리사가 민수를 '생명을 버리고 도망간 사람'으로 표현하자 래미의 눈에 눈물이 고였다.

"혼자서 어떻게 아이를 낳고 키울 수 있어요? 엘리사, 도와주세요. 제가 수술 할 수 있게 도와주세요. 한국은… 아이를 지우는 수술을 많이 하거든요. 이태리에서도 수술 받을 수 있지 않나요?"

엘리사가 고개를 강하게 흔들었다.

"절대 안돼, 그건. 그리고 이태리는 생명을 죽이는 수술은 불법이야."

"불법이라구요? 원해서 가진 아이가 아니라서 지우려는데도 불법이라구요? 열여섯 살이 아이를 낳을 수 없어서 그러는데, 아이 아빠가 아이를 버리고 도망 갔는데, 아이를 지우는 게 불법이라구요?"

래미는 격하게 올라오는 감정에 밀려 호소하듯 말했다. 살바토레는 옆에서 조용히 있었다. 그 날 밤, 살바토레와 엘리사는 밤 늦게까지 얘기를 나누었다. 서로 한 번씩 고개를 끄덕이며 생각을 나누었다.

래미는 병실에서 며칠을 보냈다. 많은 생각을 했다. 어떻게 하면 될지, 상상할 수 있는 모든 상황들을 생각해 보았다. 그러나 생각들은 고양이가 엉클어 놓은 실타래처럼 풀리지 않아 눈물만 흘렸다.

살바토레 부부가 다시 찾아 왔다.

"도래미, 우리 부부가 한국 아이를 입양하려고 하는 거 알고 있지?"

살바토레의 질문이 래미에게 뜸금없이 들렸다. 그러고 보니 그 입양아가 오기로 한 날이 얼마 남지 않았다. 입양하는데 무슨 문제가 있는 것일까, 생각했다.

"도래미가 아이를 원하지 않고 기를 수 없다면 우리 부부가 입양하고 싶은데…"

이번엔 엘리사가 말했다. 래미는 너무 놀라 숨쉬기가 갑자기 힘들었다. 엘리사가 래미를 진정시키기 위해 래미의 손을 잡았다. 살바토레가 말했다.

"도래미, 이태리에서 음악 공부 하고 싶지? 우리가 도와줄게. 한국에서 오는 아이를 입양하려고 해도 어차피 돈이 많이 들어. 도래미를 도와주고 도래미의 아이를 입양하면 우리도 갓난아기부터 우리 부부가 키울 수 있는 행복을 누릴 수 있을 거라고 생각해."

래미는 자신이 이태리 말을 혹시 잘못 들었는지 모른다는 생각이 들었다. 래미는 다시 얘기해 줄 수 있냐고 물었다. 엘리사가 래미의 손을 잡고 그녀의 눈을 부드럽게 바라보며 래미의 아기를 키우고 싶다고 말했다.

래미는 살바토레가 한국 아이를 입양한다고 했을 때 살바토레 십에 입양되는 아이는 행운아라고 생각했었다. 그런데 그 행운아가 래미의 아이가 될 줄 상상도 할 수 없었다. 행운아라고 표현 했던 게 잘못이란 걸 알았다.

입양아가 어떻게 행운아가 될 수 있겠는가. 이렇게 배 속에서 생명의 탯줄로 키운 엄마가 아닌 타인의 손으로 키워지는 게 어떻게 행운아가 될 수 있나. 한국 정부든 한국 입양 단체이든 입양아를 보내고, 입양아를 팔듯 돈을 받고 있다고 살바토레가 말하지 않는가.

지금 래미도 똑같은 거래를 하고 있는 것이다. 살바토레가 래미의 공부를 도와주는 조건과 래미의 아이가 거래되는 것이다.

"생각할 시간을 주세요…"

래미가 살바토레 부부를 돌려보내기 위해 되도록 공손히 말했다. 병원 침대에 혼자 남겨 진 후 래미는 살바토레 부부의 말을 되새겨 보았다. 아기를 입양 시키려면 아기를 낳을 때까지 산모의 시간을 다 거쳐야 한다는 거였다. 그리고 아기를 낳으면 엄마로서의 양육을 포기하고 살바토레 부부에게 아기를 건네 주어야 한다.

아기를 강아지 분양하듯 남의 손에 줄 수는 없다고 생각했다. 하지만 아기를 낳아 혼자 기를 자신도 없었다. 이태리가 한국처럼 낙태 수술을 받을 수 있다 하더라도 아기를 죽일 용기마저도 사실 없었다. 여러 문이 있어도 나갈 수 있는 문은 없는 거 같았다.

래미는 차라리 임신 사실을 수진에게 알리고 함께 한국으로 돌아가자고 해야겠다는 생각이 들었다. 그런데 한국에서 고등학교도 마치지 못했는데 아기를 낳고 미혼모가 되면 래미는 한국 사회에서 한 조각의 설 땅도 없게 될 것이다. 그리고 수진이 받을 고통을 생각하면 말할 용기가 꺾어졌다.

래미는 생각에 지쳤을 때 잠에 빠지기 시작했다. 잠에 빠지는 래미에게 어떤 목소리가 말했다.

'이태리에 왔으니 너의 꿈도 엄마의 꿈도 이루고 한국에 가야지. 그러기 위해 너는 열여섯의 평범한 학생이어야 해. 엄마도 도와줄 수 없고, 도와준다던 민수도 너를 벼랑 끝으로 몰아넣고 도망갔어. 누군가의 도움없이는 세상의 험한 다리를 건널 수 없는 너는 미성년자이다.'

래미가 퇴원하던 날 살바토레가 운전하는 차를 타고 집으로 돌아왔다. 민수가 어지럽혀 논 거실은 깨끗이 정리되어 있었고, 냉장고에는 음식이 가득 채워져 있었다. 래미는 이제 살바토레에게 월세를 내는 세입자가 아니었다. 살바토레 부부에게 줄 아기를 품고 있는 그들의 특별한 씨받이가 되었다.

엘리사는 래미가 영양 좋은 음식을 먹도록 매일 신경을 써주었다. 달마시안 개를 데리고 산책하던 공원 길을 래미와 함께 걸었다. 엘리사의 집을 청소하러 오는 도우미에게 아래층 래미의 집까지 청소하게 했다. 래미는 엘리사와 산책하는 것 외에는 집 안에 있었다. 배가 조금씩 불러오기 시작했다. 자신의 배를 보며 신기해 보기는 처음이었다. 공기 들어가는 고무 풍선처럼 불러져갔다. 초음파 사진으로 보이는 아기의 모습이 마술처럼 바뀌고 있었다. 한 점이었던 생명이 쿵쿵 심장 펌프를 시작했고, 조금씩 사람 모양으로 변했다. 어떻게 좁쌀만 했던 점에서 뼈가 생기고 몸안의 장기들이 생겨날 수 있는 것일까? 또 그 안에 어떻게 마음이란 것이 담겨질 수 있는 것일까? 우주의 신비보다 더 경이로웠다.

래미가 출산을 한 달 앞두고 병원에 입원했다. 래미가 어리고 초산이라 조산할 우려가 있다는 의사의 권유 때문이었다. 창밖에서는 낙엽이 떨어지고 있었다. 래미의 생일도 시월인데 아기도 시월에 태어날 예정이었다. 세상엔 엄마와 생일이 같은 아이도 있을 거 같았다.

래미가 열일곱 살이 되던 날, 미역국 대신 병원 야채스프를 먹었고 미국 수진에게 전화를 걸어 학교 친구들과 생일 파티를 한다고 거짓말을 했다. 래미의 아기가 생일 축하 노래를 불러주듯 발로 래미의 배를 쿵쿵 찼다.

출산을 앞두고 래미는 임신 호르몬 때문인지 얼굴에 복숭아 같은 홍조가 돌았다. 불룩한 배만 가리면 장미꽃처럼 피어나는 여자였다. 그녀가 싱글맘으로 아기를 낳아야 한다는 것만 빼면. 그리고 그 아기를 낳자마자 다른 이의 손에 주어야 한다는 것만 빼면.

갑자기 전기 의자에 앉아 있는 것 같은 전류가 배에서부터 찌리리 전해졌다. 지금까지 경험해보지 못한 신기한 통증이었다. 수진도 래미를 낳을 때 이런 통증을 느꼈을 거라는 걸 생각하니 수진이 더욱 그리웠다. 통증은 잠시 가라앉았다가 다시 격렬히 공격하기를 반복했다. 엄마,하고 엉겁결에 외쳤다. 침대 옆 간호사 호출 버튼을 눌렀다. 간호사가 들어왔다. 간호사는 산통을 시작한 래미에게 오랜 시간 버티려면 힘을 아끼라고 말하고 다시 나갔다.

여섯 시간이 지났다. 래미는 입술을 깨물며 고통을 견뎌보려고 애썼다. 견딜 수 없을 때마다 엄마,를 외쳤다. 의사가 래

■ 차오벨라 □

미의 상태를 체크했다. 아직 기다려야 한다며 다시 나갔다. 또 다시 세 시간이 지났다. 래미는 식은땀을 흘리며 고통스러워 발버둥치기 시작했다. 래미는 의사에게 살려달라고 호소했다.

살다가 괴로우면 죽고 싶어지기도 하지만 막상 죽을 것 같은 고통을 느낄 때는 우리 안의 살고 싶은 본능이 먼저 튀어 나온다는 것을 알았다. 의사는 여전히 아직이라고 고개를 저었다. 분만실 밖에 있던 엘리사가 들어왔다. 고통으로 발버둥치는 래미를 보며 의사에게 물었다.

"너무 고통스러워 하는데 제왕절개 수술을 하면 안 될까요?"

"자연 분만하도록 기다려 보는 게 좋습니다. 제왕절개가 얼마나 많은 후유증이 있는지 사람들이 모릅니다. 나이가 너무 어려서 더 힘들어 하고 있는 것이니 걱정 마세요.."

엘리사는 아기를 낳아본 적이 없어서 그저 어리둥절한 표정으로 의사의 말을 들었다. 엘리사는 분만실을 나와 복도 의자에 앉아 있는 살바토레에게 다가가 앉았다. 살바토레에게 래미의 상태를 알려 주었다. 살바토레와 엘리사는 서로의 손을 잡았다. 기다리는 초조함과 피곤함을 서로 격려했다.

다시 두 시간쯤 지났을 무렵 분만실 안에서 지금까지와 다른 더 높아진 톤으로 래미가 비명을 질렀다. 비명의 끝에서 숨이 멈춰진 듯 잠시 잠잠해지더니 곧이어 아기 울음 소리가 작게 들렸다. 살바토레와 엘리사는 동시에 자리에서 벌떡 일어났다.

분만실에서 갓 태어난 아기가 신생아용 침대에 실려 나왔다. 외부 공기를 차단하기 위해 투명한 플라스틱 보호통이 씌워져 있었다. 살바토레와 엘리사는 아기의 모습을 처음 본 순간, 기쁨과 감격으로 서로 껴안았다. 두 사람은 간호사가 신생아 이동 침대를 끌고가는 뒤를 따라 걸었다. 래미가 분만실에 혼자 남아 있다는 생각은 순간 하얗게 잊어버렸다.

조금 후 분만실에서 래미가 이동 침대에 실려 나왔다. 얼굴은 땀으로 범벅 되어 있었다. 금방이라도 의식을 잃을 듯해 보이는 눈으로 복도에 있을 엘리사 부부를 찾아 보았다. 아무도 없었다. 무기력하게 어디론가 옮겨진다는 것이 두려워졌다. 이럴 때 손을 잡아 줄 누군가가 있다면…

살바토레는 의사 진료실을 찾아 갔다. 살바토레의 친구이기도 한 의사 빈첸죠와 편안한 자세로 얘기를 나누었다. 시립 병원으로 가지 않고 친구가 일하는 병원에서 래미를 출산시킨 이유가 있었다.

"변호사와 이미 얘기를 나눈 것이니, 빈첸죠, 자네도 그렇게 도와주면 되네."

"살바토레, 그래도 사흘 정도는 모유 수유를 하는 게 태아에게 좋으니 사흘만이라도 기다리면 안 될까?"

"내가 충분히 설명 했잖은가."

의사 빈첸죠는 알겠다는 표정으로 입을 다물었다.

"자네 딸이 디자인 공부를 했다고 했지? 무대 디자인 쪽으로
도 관심이 있으면 나에게 연락하라고 하게."

빈첸죠가 기쁨을 숨기시 않고 미소를 지었다. 살바토레가 빈
첸죠와 악수 인사를 나눌 때 그의 손을 꼭 잡았다 풀었다. '그
럼 자네만 믿겠네' 라는 뜻인 걸 빈첸죠도 알았다.

래미는 6인용 산모 회복실 침대에 누워 창밖을 바라 보았다.
창밖의 보름달이, 자고 있는 다른 산모들에게 수고했다고 속
삭이듯 은은히 비치었다. 보름달에 유난히 아기들이 많이 태
어나는 신비로움은 어떻게 설명이 되는 것일까. 래미는 그녀
의 아기가 지금 울지 않고 잠들어 있을지 궁금했다. 빨리 아침
이 되어 아기를 보고 싶다는 생각을 하며 잠을 청하려 눈을 감
았다.

이른 아침에 여러 아기들이 한꺼번에 우는 소리가 들려 래미
가 잠에서 깼다. 복도 저쪽에서부터 점점 가까이 오는 듯 소리
가 커졌다. 산모 수유 시간이었다. 래미는 배를 만져보았다.
아기 캥거루 주머니 같았던 배가 꺼져 있는 게 허전했다. 래미
는 어제 극심한 분만 고통에 시달리느라 아기의 모습을 제대

로 보지 못했었다. 그리고 의사나 간호사는 태어난 아기를 엄마의 품에도 안기게 해주지 않은 채 신생아 침대에 태워 분만실 밖으로 나갔었다. 래미는 아기의 얼굴이 궁금했다.

아기들을 실은 병원 카트가 병실에 들어 왔을 때 래미는 몸을 일으켜 앉았다. 그런데 병실의 산모는 여섯 명인데 아기는 다섯 명 뿐이었다. 간호사가 아기들을 산모들에게 넘겨 주었다. 아기를 받은 엄마들은 가슴을 내놓고 수유를 하기 시작했다. 다섯 명의 산모가 다 수유를 하고 있는데도 래미에게는 아기를 넘겨 주지 않았다. 아니, 아기가 없었다.

"왜 제 아기는 안 데려왔어요?"

래미가 간호사에게 물었다.

"아기가 저체중이라 인큐베이터 안에 있어야 해."

간호사는 건성으로 대답하고 병실을 나갔다. 래미가 더 물어보기 전에 도망가는 것처럼도 보였다. 분만했을 때 아기가 저체중이라는 말을 듣지 못했었다. 뭔가 이상했다. 래미는 다른 아기들이 엄마의 젖을 빠는 모습을 보는 게 괴로웠다. 래미의 아픈 젖이 아기가 빨아주기를 기다리며 초유를 흘리고 있었기 때문이었다.

회복실 산모들이 수유를 마쳤을 때 간호사들이 다시 신생아들을 데리고 나갔다. 그리고 곧 식사 시간이 되었다. 래미는 식판을 그대로 놔두고 병실을 나왔다. 신생아실을 찾고 싶었다. 인큐베이터 안에 있어도 볼 수 있을 거라는 생각이 들었다. 환자복을 입은 채 복도 끝의 엘리베이터를 탔다. 엘리베이터 내부에 써 있는 병원 안내를 보니 신생아실은 한 층 위에 있었다. 위층으로 가서 신생아실을 찾았지만 철문으로 닫혀 있었다. 문 옆에 벨이 보여서 눌렀다. 몇 번이나 눌렀을 때야 문이 열리며 간호사가 무슨 일이냐고 퉁명하게 물었다.

"내 아기가 인큐베이터 안에 있다는데 보고 싶어요."

"면회 시간이 따로 있으니 그때 와."

간호사가 말을 마치고 다시 철문을 닫았다. 닫혀진 문 위에 래미가 한 손을 대었다. 그녀의 손이 아기를 보고 싶은 그리움으로 떨렸다.

래미가 다시 산모 회복실로 돌아 왔을 때 살바토레와 엘리사가 기다리고 있었다. 엘리사의 한 손에 작은 꽃다발이 있었지만 래미에게 내밀기에 미안하다는 듯 들고 있었다. 카네이션이었다. 한국에서 아이들이 엄마 아빠에게 사랑을 표하는 꽃이라는 것을 엘리사가 알고 있을까. 래미는 슬프고 허탈한 마음으로 자신의 침대에 힘없이 앉으며 말했다.

"병원에서 아기를 보여주지 않아요."

래미의 눈에 눈물이 고였다. 방문객을 허용하는 시간대라 다른 산모들은 방문객들의 축하와 선물을 받으며 행복해 하고 있었다.

■ 차오벨라 □

"도래미, 우리하고의 약속 잊지 않았지? … 아기를 출산하고 바로 우리가 입양하기로 했잖아…"

살바토레가 이성적인 저음의 목소리로 말했다. 그의 목소리와 대화 톤은 상대를 부드럽게 제압하는 위엄이 있었다. 래미는 어깨가 처지며 말했다.

"그래도 제가 엄마니까… 아기에게 며칠만이라도 모유를 주고 싶어요."

엘리사가 뭔가 얘기하려고 하자 살바토레가 손으로 막으며 얘기했다.

"며칠 아기와 함께 있으면, 아기와 헤어지기 힘들어져. 아니, 못 헤어지게 돼."

"그래도… 제가 낳았으니 얼굴이라도…"

래미가 울먹이며 말했다. 살바토레는 단호했다.

"래미, 지금이라도 너가 아기를 기르겠다고 하면 우리가 포기할게. 아기를 데리고 한국으로 가고 싶으면, 우리가 너의 아기 입양을 포기할 수 있어. 지금 마지막 선택해…"

래미는 대답하지 못했다. 다른 산모들과 방문객들이 즐거운 수다를 나누고 있을 때 세 사람에게는 거북한 침묵이 흘렀다.

"우리에게 래미의 아기를 키우게 하고 싶으면 아기와 정이 들 시간을 안 갖는 게 좋아. 병원에서 퇴원하는 대로, 래미는 밀라노가 아닌 다른 도시로 가서 생활하고 공부해. 다른 유럽

163

국가로 가면 더 좋고. 약속한 대로 생활비와 공부에 필요한 돈
은 우리가 도와줄거야. 대신, 아기를 만나러 절대 오지 않겠다
고 약속해. 내일 내 변호사를 통해 법적인 입양 절차할거고 너
가 친권 포기하는 사인을 해야 해.”

래미가 멍해진 얼굴로 물었다.

“아기 이름… 뭐로 하실 거예요?”

“………”

엘리사의 입술이 열리려 하는데 살바토레가 다시 손으로 그
녀의 어깨를 잡았다.

“이름이라도 알고 싶은데…”

래미가 혼잣말처럼 말했다. 엘리사는 래미를 안아주고 싶
었으나 들고 있던 꽃을 가만히 래미 침대 옆 탁자에 올려 놓
았다.

“뭐 필요한거 있니?”

엘리사가 물었을 때 래미는 불현듯 따뜻한 노래가 듣고 싶었
다. 뭔가 따뜻한 게 감싸주지 않으면 목의 심줄이 끊어질 것
같았다. 래미는 살바토레가 아기를 뺏어가는 게 아닌데 갑자
기 할퀴고 싶을 정도로 미웠다.

“살바토레.”

래미가 살바토레에게 할 말이 있는 듯 불렀다. 살바토레가
래미에게 다가와 말해보라는 듯 쳐다봤다.

"지금 제게 노래 불러 줄 수 있어요? 마에스트로 노래를 꼭 한 번 듣고 싶어요. 오늘이 아니면 영영 기회가 없을 거 같은데 지금, 여기에서 불러줄 수 있어요?"

살바토레도 엘리사도 당황했다. 산모 회복실에서, 방문객들과 산모들이 얘기를 나누고 있는 곳에서, 피아노 반주도 없이 노래를 불러 달라니. 살바토레 입장에서는 무례하고 어림도 없는 부탁일 뿐이었다. 하지만 그는 거절도, 다음에 불러 주겠다며 빠져나가지도 않았다.

"무슨 노래가 듣고 싶니? 오페라 아리아?"

래미는 그 순간 시모네가 떠올랐다. 시모네의 생일날, 래미를 시모네의 일본 여자친구로 여긴 그의 할머니가 래미에게 나폴리 민요를 불러달라고 부탁했었던 날, 래미가 아닌 다른 이가 시모네를 위해 축하 노래를 불렀었다. 시모네의 아버지였다. 가족들을 위해 그가 부른 노래는 유명한 나폴리 노래 〈넌 왜 울지 않고(Tu ca' nun chiagne)〉였다. 사랑하는 아들의 생일날, 가족에게 사랑을 담아 노래하던 시모네의 아버지 노래 〈넌 왜 울지 않고〉가 세상에서 가장 따뜻한 노래로 들렸었다.

살바토레는 래미가 〈넌 왜 울지 않고〉를 불러 달라고 해서 또다시 당황했다. 래미가 듣고 싶어하기에는 엉뚱한 곡이었기 때문이었다. 아기를 낳자마자 잃어야하는 래미가 원하는

■ 차오벨라 □

게 고작 나폴리 민요 한 곡을 듣는 거라면 살바토레는 기꺼이 불러주기로 했다.

살바토레는 병실에 있는 산모들과 방문객들에게 자신이 노래를 불러도 이해해 줄 수 있냐고 공손히 물었다. 즐거운 담소를 나누고 있던 이들이라 노래 듣는 것을 마다할리 없었다. 그들이 간호사들까지 급히 불렀다. 쌀쌀맞던 간호사들이 노래를 듣게 된다니까 학교 쉬는 시간 아이들같이 좋아했다. 살바토레가 노래를 시작하겠다는 의미로 눈을 감고 고개를 살짝 숙였다. 모두 입을 다물고 살바토레를 바라봤다. 래미는 벽에 등을 기대고 침대 위에 앉아 눈을 감았다.

살바토레가 노래를 시작하자, 병실 안에 있던 이들의 눈과 입이 벌어졌다. 엔리코 카루소가 살아 돌아온 듯한 목소리였다. 래미의 참았던 눈물이 흐르기 시작했다. 감당할 수 없는 슬픔의 불덩어리가 가슴 안에서 폭발할 거 같았다.

넌 나를 위해 어찌 아니 울고 홀로 나만 울리나… 그리운 네 얼굴 다시 보여 주오... 한없이 밝은 달빛이 물 위에 피곤한 몸으로 잠이 든 것 같아…

심장을 파고드는 절절한 목소리에 병실에 있는 이들의 눈이 벅찬 감동으로 젖었다. 노래가 마쳐졌을 때 굳어 버린 듯 아무도 박수를 치지 못했다. 그 순간의 박수가 오히려 경박해질 수 있다는 걸 아는 이태리 사람들이었다, 감동으로 굳은 병실 안의 긴장을 풀어주기 위해 살바토레는 미소를 지으며 살짝 고개 인사를 했다, 그제서야 박수가 터졌다. 앙코르를 해달라고 조르지 않았다. 평생 잊혀지지 않을 만큼 소름끼치도록 아름다운 노래를 들은 것에 대한 진심 어린 감사로 오래도록 그저 박수를 쳤다.

박수에 전혀 동요되지 않는 살바토레는 래미를 바라보았다. 그녀의 볼에 흘러내리는 눈물을 쳐다보지도 외면하지도 못하는 그의 마음은 엘리사가 헤아리고 살바토레의 손을 꼭 잡아준다음 래미에게 다가가 안아 주었다. 래미의 등을 쓸어 주며 너의 슬픔이 헛되지 않게 아기를 잘 키워주겠다고 래미에게 귓속말로 속삭였다.

■ 차오벨라 □

Ciao Bella

우리는 모두 시궁창에 있지만, 우리 중에는 별을 보고 있는 이들이 있지.

- 오스카 와일드

"차오 벨라!"

래미가 바에 나타나자 웨이터 마테오가 여늬 때와 같이 반겼다. 단골 여자들 모두에게 '안녕, 예쁜 아가씨' 라고 부르지만 마테오는 래미처럼 정말 예쁜 여자한테는 미소를 두 배로 짓는다. 래미는 익숙한 습관인듯 노천 테이블에 앉아, 가져온 음악 잡지를 펼쳤다. 바는 래미가 사는 아파트 바로 맞은편에 있고 거의 매일 아침 이곳에서 카푸치노를 마셨다. 마테오는 카푸치노 위에 래미가 좋아하는 코코아 가루를 뿌리고 살구잼이 들어간 크루아상을 래미의 테이블 위에 놓았다.

"도래미, 오늘 아침 뉴스 얘기해줄게. 넌 축구 정치 얘기는 싫어하니까 빼고. 오늘 굉장한 뉴스가 있었어."

마테오는 그날의 핫뉴스를 단골들과 나누는 재미를 즐겼다. 뉴스를 보지 않아도 래미는 커피를 마시며 마테오에게 문화 사회 소식을 들을 수 있어서 좋았다. 래미가 카푸치노를 마시며 마테오에게 얘기를 시작하라는 미소를 지었다.

"복제 동물이 태어났대. 그러니까 암수가 교미하지 않고 '체세포 복제' 로 태어났다는 거야. 그리고 언젠가 사람도 복제할 수 있대."

래미는 무슨 얘기인지 이해할 수 없었다. 복사기로 종이 카피하듯이 생명도 그렇게 태어날 수 있다는 말을 어떻게 이해할 수 있나.

■ 차오벨라 □

"그럼, 나하고 똑같은 또 다른 내가 만들어질 수 있다는 거야?"

"그래, 너랑 똑같이 생긴 예쁜 여자가 원하는 대로 만들어질 수 있다는 거야. 그런데 그 복제된 여자와도 사랑에 빠질 수 있을까? 다른 복제된 남자가 복제된 여자와 사랑에 빠질 수도 있을까? 암수 수정이 필요없으니 아기 낳으려고 섹스하지도 않겠네. 아, 제기랄. 그럼 이 세상이 앞으로 어떻게 될 거라는 거지?"

마테오의 관심은 생명이 아니라 그에게 인생의 즐거움을 주는 사랑과 섹스였다.

"복제 과정에서 또 골때리는 건 수정란 키우는 자궁은 체세포를 준 자궁이 아니라, 같은 종의 다른 자궁이래. 자궁만 빌려주는 대리모가 되는거야."

래미 옆 테이블에 앉아 있던 노부부가 마테오의 얘기를 엿들었다.

"오, 하나님 맙소사. 그런 저주받을 짓이 있나."

노부인이 탄식하듯 내뱉었다. 래미는 자궁으로 키워주고 낳은 후에는 그 생명과 아무 상관없어지는 '대리모' 라는 단어에 얼굴이 굳어졌다. 카푸치노를 급히 마시고 크루아상은 그대로 남긴 채 일어났다. 커피값을 테이블 위에 놓았다. 래미는 마테오에게 갑자기 급한 볼일이 생각났다고 얼버무리고 건너편 아파트 건물로 몸을 돌렸다. 마테오는 다시 밝은 목소리로 래미에게 인사했다.

"차오 벨라." '안녕, 예쁜 아가씨, 잘 가.' 라고 언제나처럼 인사했다.

래미는 집으로 돌아와 냉장고에서 와인병을 꺼내 잔에 따랐다. 아침 햇살이 넓은 창문으로 들어와 집 안을 환하게 비추고 있고, 모닝 커피를 막 마시고 난 후였지만, 래미는 술이 필요했다. 하루도 생각의 고통에서 자유로운 적이 없었다. 자신이 버린 아이를 생각할 때마다 숨이 막혀 호흡 곤란 증세도 생겼다.

복제 동물이라니. 사람도 언젠가 복제 할 수 있다니. 생명 공학이 생명을 공학으로 지배하고 싶어하는 것인가 보다. 세계가 점점 합법적으로 뻔뻔하게 생명을 취급하게 될 거라는 얘기였다. 환청으로 누군가 음산하게 웃는 소리가 들리는 거 같았다. 래미는 소름이 돋는 것 같아 몸을 부르르 떨고 나서 두 번째 와인을 잔에 채워 마셨다.

전화벨 소리가 들렸지만 소파 위에서 잠이 든 래미는 눈이 떠지질 않았다. 멈추지 않는 전화벨 소리가 신경을 건드려 머리가 아팠다. 아침에 와인을 마시고 나서 학교에 가는 것은 포기하고 잠이 들었다. 밤에 먹는 수면제도 와인과 같이 먹었던 게 기억났다. 전화벨이 끊어졌다. 그러나 잠시 후 또 울리기 시작했다.

수진이다. 래미가 밀라노에서 루카(Lucca)로 이사 온 이후 수진은 미국 오전 시간에 자주 래미에게 전화를 했다. 이태리는 래미가 학교에서 집에 돌아오는 오후 시간이었다. 래미는 얼굴을 찡그리며 소파에서 일어나 전화를 받았다.

"래미야, 이태리 가는 비행기표 샀어!"

수진의 목소리는 들떠 있었다. 래미는 잠이 깨지 않아 길게 하품을 했다. 래미가 루카로 이사 오고 혼자 아파트에서 살고 있다는 소식을 들은 수진은 이태리행을 서둘렀다. 게다가 래미는 학교 장학생 조건으로 생활비 보조를 받고 있다고 거짓말을 했기 때문에 수진은 자랑스러운 딸과 꿈의 이태리에서 살고 싶었다.

"엄마 정말 이태리에 가도 되는 거지?"

비행기표를 샀으면서 올 수 있는지를 새삼 다시 물었다. 이태리에 오고 싶어하는 수진을 래미가 막을 수는 없었다. 래미는 이태리에 수진이 오면 한국에 가자고 다시 설득해 보려 마음먹고 있었다. 그러나 밀라노에서 자라고 있을 래미의 아이를 생각하면 먼 한국으로 돌아가는 것도 겁이 났다. 한국으로 돌아가면 정말 다시는 못 볼 것 같았다. 이태리에 있어도 보지 못하는 상황은 마찬가지여도 너무 멀리 가고 싶지 않았다.

래미는 루카에 와서 음악 학교를 다니고 있고, 생활비는 살

▪ 차오벨라 ▫

바토레가 매달 은행으로 보내주고 있지만 '살고 있다'는 생기를 느낄 수가 없었다. 래미는 학교에서 '웃지 않는 아이'로 통했고 그래서 친구도 없었다. 한국 친구들과 깔깔거리며 수다를 떨면서 떡볶이와 튀김을 먹던 래미는 더 이상 없었다.

루카는 성벽으로 이루어진 중세 도시이고, 비좁은 중세 골목들이 그대로 남아 있어 마을 사람들은 자전거를 타고 다녔다. 자전거만 있으면 성 안 어디든 갈 수 있는 낭만적인 마을이었다. 그러나 래미는 매일 술을 마시든지 울든지 했다. 그리고 수면제 없이는 잠을 못 이루었다. 맨정신으로는 하루도 견딜 수가 없었다. 아기가 죽도록 보고 싶었다. 술을 마시고 혼자 낄낄 웃기도 하고 엉엉 울기도 하고 무대 위 일인 연극 배우처럼 지냈다.

"너가 사는 도시 이름이 뭐라 했지?"

래미는 정신을 차리려 물을 마시고 나서 말했다.

"루카. 푸치니가 태어난 곳이라고 내가 얘기 안 했어?"

"푸치니가 태어난 도시라고?"

수진은 흥분했다. 수화기 저편에서 좋아서 몸을 비틀고 있을 거 같았다. 래미는 수진이 오는 날짜와 시간을 메모지에 적었다.

래미가 사는 아파트 계단을 수진이 무거운 가방을 끌고 올라가고 있었다. 한 층으로 올라가는 계단 높이가 2층 높이만큼

173

높았다. 현대 도시의 천정이 중세에 비해 얼마나 낮아졌는지를 계단이 여실히 보여주는 거 같았다.

"엘리베이터 없어?"

수진은 가쁜 숨을 내쉬며 물었다.

"이 건물 700년 됐어. 엘리베이터 있겠어? 콜롬버스가 아메리카 발견하기도 전이야. 미국이 인디언의 숲이었을 때부터 이 아파트에는 이태리 귀족이 살았어. 또 알아? 푸치니가 이 동네에 살았을 때는 푸치니의 친척이 이 아파트에 살았는지도. 푸치니 생가도 이 근처에 있으니까. 내일 푸치니 박물관 볼까?"

"오늘 가면 안 될까?"

참을성 없는 아이처럼 수진이 물었다. 수진은 이태리 박물관 시간과 미국 편의점 시간을 헷갈려 하는 것 같았다.

수진은 미국 한인 식품점에서 사온 음식들을 래미의 냉장고가 넘치도록 채웠다. 래미가 좋아하는 떡볶이와 오뎅국을 먼저 해주었다. 수진은 오래간만의 엄마 노릇으로 오랫동안의 부재를 만회하고 싶었다. 그런데 떡볶이를 먹는 래미가 예전의 래미가 아닌 것 같았다. 뭔가 달라져 있었다. 어둡고 무거워 보였다. 엄마를 만나 좋아 어쩔 줄 모르는 딸을 기대한 건 아니었지만 래미의 얼굴에 드리워진 그림자가 수진은 왠지 불안했다. 혼자서 마음 고생이 많았던 거 같아 새삼 마음이 아파지려 했다.

래미의 작은 아파트 침실의 더블 침대에 래미와 수진이 나란히 누웠다. 래미도 수진도 잠이 오지 않았다. 수진은 꿈의 이태리에 왔다는 감격이 진정되지 않았고, 래미가 수진을 보고 오늘 한 번도 웃지 않았다는 것이 마음에 걸려서도 잠이 오지 않았다.

수진이 래미를 재우기 위해 자는 척을 했을 때 래미가 거실로 나가 한참 후에 침대로 돌아왔고 래미에게서 나는 와인 냄새에 마음이 더욱 무거워지며 잠에 빠졌었다.

다음 날 아침 래미는 그녀의 단골 바에서 수진과 함께 모닝커피를 마셨다. 수진은 카푸치노 맛에 반해서 두 잔을 연거푸 마셨다. 미국에서 아메리칸 커피를 커피 맛이라고 속은 것에 억울해했다. 웨이터 마테오는 카푸치노 우유 거품 위에 예쁜 나뭇잎과 하트를 만들어 수진을 즐겁게 했다.

수진은 커피를 마시자마자 푸치니 박물관을 가자고 래미를 졸랐다. 루카 성 안에서는 어느 장소건 걸어갈 수 있다는 걸 들은 수진은 흥분했다. 이태리의 모든 것들이 수진에겐 낭만으로 느껴졌다.

푸치니 박물관 안에는 푸치니 오페라 라보엠 아리아가 잔잔히 울려 퍼지고 있었다, 수진은 여학생처럼 감탄사를 연발하며 푸치니의 손길이 닿았었던 것들을 감상했다. 푸치니의 친

175

필 악보 앞에서는 발을 떼지 못하고 한참이나 들여다 보았다. 아, 하고 긴 감탄사를 내뱉았다. 푸치니가 치던 피아노에 손을 대보고 푸치니 앉았었던 의자에도 손을 대보았다. 만지지 말라는 사인을 보면서도 한국 아줌마 수진은 만져보고 싶은 충동을 참지 않았다. 투란도트 오페라 공연에서 입었던 공주의 옷도 만지려 손을 뻗었다가 박물관 관리인의 눈과 마주쳐 배시시 웃었다. 래미는 박물관을 둘러보는 수진의 모습에서 수진이 래미 나이였을 때의 모습을 훔쳐보는 것 같았다. 엄마에게도 소녀같은 감성이 남아있고, 엄마가 한때 소녀였었던 적이 있었다는 사실을 생각하니 수진에 대해 갑자기 연민이 느껴지는 것 같았다. 그런 연민의 시선으로 수진의 뒤를 천천히 따라 다녔다.

수진은 루카의 골목골목을 걸으면서도 감탄을 연발했다. 수진이 그렇게 많은 것들을 먹어 보고 싶어하고 갖고 싶어하는 걸 래미는 처음 보았다. 래미는 수진을 루카성의 중심에 있는 광장으로 데리고 갔고 그 광장으로 들어서는 또 다른 성벽의 작은 아치를 통과하자 수진은 아,하고 또 아이처럼 감탄했다.

"래미야 엄마가 시간 여행을 하는 거 같아. 마을을 둘러싼 성 안에 이렇게 또다른 작은 성이 있다니!"

"이곳을 요새화하려고 이렇게 광장을 둘러싼 건물이 지어졌대. 로마 시대 때에는 검투사 경기를 하던 곳이였어."

수진과 래미는 광장을 둘러싸고 있는 레스토랑들 중 한 노천 테이블에서 저녁을 먹었다. 수진은 푸치니의 생가를 본 감동이 아직도 남아 들떠 있었고, 그림 같은 중세풍 광장에서 이태리 요리를 즐긴다는 것에 즐거워 혼자 소녀처럼 재잘거렸다. 앞으로 이태리에서 어디를 다녀보고 싶은지에 대한 얘기들이었다.

래미는 포크와 나이프로 고기를 자르는 수진의 손에 시선이 갔다. 손이 불그스름 하게 부어 있었다. 피아노를 치던 수진의 가는 손가락이 어떻게 저런 모양으로 변했는지 놀라 물었다.

"엄마 손 왜 그래?"

수진이 흠칫 놀라 포크와 나이프를 내려놓으며 손을 테이블 밑으로 감췄다.

"흔한 주부 습진 같은 거야."

"미국에서, 무슨 일 했어?"

래미는 너무나 궁금했던 걸 엄마의 손을 보고서야 물을 수 있었다.

"뭐, 그냥.. 애들 피아노 개인 레슨도 하고, 식당 주방 일도 좀 하고.."

래미가 입술을 깨물었다.

"주방 일 말고 또 뭐 했어?"

"베이비시터도 하고, 세탁소에서 다리미질도 하고, 또.."

177

"또?"

래미는 다 털어놓으라는 듯 수진을 쏘아 보았다.

"빌딩 화장실 청소도 했어."

"화장실 청소하러 미국 갔어? 피아니스트 조수진씨가?"

래미는 신경질적으로 포크와 나이프를 접시 위에 내려 놓았다. 래미와 수진은 서로의 먹다 남은 고기 접시를 내려다 보기만 했다. 래미는 화가 나며 눈물을 참았고 수진은 래미가 진정해주기를 바라며 눈물을 참았다.

밤이 되어 래미와 수진은 침대 위에 나란히 누웠다.

"그 교포 아저씨, 나 만나기 전에 사기를 당해 재산 다 날렸었대. 다른 한인 교포한테. 그래서 이혼 당하고 혼자 된 거였구."

수진은 담담한 목소리로 말했다.

"그리고 한국에 와서 엄마한테 사기치구? 사기꾼은 사기를 당하고 나서 되는 건가부지?"

래미는 가시돋힌 낮은 목소리로 말했다.

"사기 당하는 사람들 바보 같다고 놀렸던 내가 당할 줄 몰랐어. 죽은 너희 아빠가 치 떨리게 그리웠어."

수진은 래미에게 미국에서 얼마나 힘들었는지 설명할 수 없었다. 수진에겐 얼굴보다 더 중요한 그녀의 손가락이 피아노 건반 위가 아니라 남의 똥이 붙어있는 더러운 변기를 닦아야

■ 차오벨라 □

할 때 죽고 싶은 치욕감을 느꼈다. 래미에게 보내줘야 할 유학비 문제만 아니었다면 수진은 사기로 돈을 날린 후에 바로 한국으로 돌아왔었을 것이었다. 오로지 래미만을 생각하고 개처럼 자신을 혹사하며 보냈었다. 밤에 눈물로 베개를 적시면서도 이태리에서 래미와 함께 사는 수진의 모습을 그려보는 것이 진정제가 되고 수면제가 되어 주었다.

치 떨리게 그리웠어, 라고 말한 수진의 말이 래미의 마음에서 계속 울렸다. 치 떨리게 그리운 존재가 래미에게도 있었다. 죽은 아빠도 이렇게 몸서리쳐지게 그립지는 않았었다. 래미는 수진에게 등을 보이며 몸을 둥글게 오그렸다. 그녀 자궁 안에 있었던 아기를 흉내내듯.

수진도 래미쪽으로 등을 보이며 돌아 누웠다. 눈물이 나올 것 같아서였다. 눈을 감아 버리고 조용히 노래를 부르기 시작했다. 고진숙의 시가 노래가 된 〈그리움〉이 방 안에 구슬피 퍼졌다.

기약없이 떠나가신 그대를 그리며
먼 산 위에 흰 구름만 말없이 바라본다.
아, 돌아오라. 아 못 오시나.
오늘도 해는 서산에 걸려 노을만 붉게 타네…

김치찌개 냄새를 맡으며 래미는 눈을 떴다. 오래간만에 들어보는 엄마의 칼도마 소리 때문에 깼는지도 모른다. 엄마가 옆에 있다는 건 루카의 로마 원형극장 요새보다 더 든든한 요새인 것 같았다.

"꿈만 같다. 내가 이태리에 와 보다니. 너는 장학금까지 받아가며 공부하고 있고. 엄마 정말 행복해."

김치찌개를 먹고 있는 래미를 보며 수진이 다시 소녀처럼 들떠 말했다.

"엄마, 나 너무 외로웠는데, 정말 너무 외로웠는데, 이제 엄마가 옆에 있으니까 좋아. 근데…"

"근데?"

래미는 차마 말이 떨어지지 않았다.

"아냐, 아무것도.. 오늘 저녁은 불고기 해줄 수 있어? 버섯 많이 넣어서."

래미는 말을 돌렸다. 수진은 수진대로 엄마의 촉으로 느껴지는 불길함을 누르며 다그치지 않았다.

지난 밤 수진은 자다가 래미의 신음 소리에 잠이 깼다. 악몽을 꾸는 거 같았다. 래미가 그처럼 괴롭게 꿈을 꾸며 신음하는 모습을 수진은 본 기억이 없었다.

래미는 꿈 속에서 출산 분만실에 있었다. 늘 똑같은 꿈이었다. 꿈을 꾸면서도 또 같은 꿈이라는 것을 알 때 조차 있었다.

■ 차오벨라 □

그러면서도 똑같이 괴로웠다. 래미가 난산으로 고통스러워했다. 지옥을 다녀온 것 같은 고통의 극치에서 생명이 태어났다. 래미가 아기를 보려고 고개를 돌렸다. 아기의 모습이 이태리 의사들의 움직임 속에서 잘 보이지 않았다. 아기가 신생아용 침대에 눕혀지고 분만실을 빠져 나갔다. 아기를 잡으려고 손을 허우적거리고 말을 해보려 하지만 가위가 눌리며 손을 움직일 수도 말을 할 수도 없었다. 고통스럽게 죽어가는 짐승 같은 울음 소리만 났다.

여전히 악몽에서 벗어나지 못하고 있을 때 그녀 이마의 땀을 닦아주고 있는 손길이 느껴졌다. 수진이었다.

래미는 수진이 이태리에 온 후 학교에 가지 않았다. 수진은 래미가 며칠이 지나도 학교에 가지 않는 게 걱정되기 시작했다.

래미는 학비 걱정없이 학교를 다닐 수 있는 환경이 되었지만 피아노를 치고 싶은 의욕이 없어졌다. 수진이 때문이 아니어도 래미는 학교를 가지 않는 날이 많았다. 피아노 연주 실력이 떨어지고 성적이 안 좋아 지는데도 왜 피아노를 쳐야 되는지부터가 해결이 되지 않았다. 수진의 꿈을 위해서 혹은 래미의 꿈을 위해서가 더 이상 삶의 목적이 되주질 않았다. 이태리의 눈부신 지중해 햇살도 래미에게 잿빛으로 보일 뿐이었다.

래미와 수진은 매일 루카의 골목골목을 함께 천천히 걸으며 산책했다. 수진이 수다를 떨고 래미는 거의 듣기만했다. 이런 이상한 래미를 보는 게 수진을 무겁게 눌렀다.

루카의 성 밖 둘레는 운치 좋은 자전거 산책길이었다. 수진은 래미의 팔짱을 끼고 걷다가 공원 의자에 함께 앉았다. 사람들이 자전거를 타고 달리는 풍경이 아름다워 수진은 사진기를 꺼내 찍었다. 줌을 이용해 사람들의 표정을 더 가까이 찍다가 왜 이 풍경이 아름다워 보이는지 알았다. 모두 행복한 표정을 짓고 있었다. 래미가 이런 곳에서 행복한 얼굴이 아닌 것이 너무나 이상할 지경이었다.

"래미 너, 밤에 악몽 꾸는 거 같더라."

젊은 여자가 유모차를 끌며 산책하는 모습을 바라보고 있는 래미에게 수진이 말했다.

"엄마도 악몽을 꾸었는데 얘기해줄게. 엄마가 미국 공항에 도착했을 때였어. 공항에서 기다리겠다는 결혼을 약속한 남자가 보이지 않는 거야. 무슨 사고가 생겼나 싶어 몇 시간을 걱정하며 기다렸어. 그가 준 명함으로 전화를 해 보아도 통화가 되지 않았어. 공항에서 지치게 기다리다 문득 그 남자의 미국 은행 계좌로 피아노 학원 정리한 돈을 부친 게 떠올랐어. 지옥으로 떨어지는 악몽을 꾸는 거 같았어."

버섯 불고기 덮밥으로 저녁을 먹은 래미는 와인 한 잔을 들고 발코니로 나갔다. 발코니에서 마테오가 일하는 카페테리아가 내려다 보였다. 저녁에는 식사를 하는 레스토랑이라 마테오는 정신없이 접시를 나르고 있었다. 설거지를 끝낸 수진도 와인 잔을 챙겨 래미 옆으로 왔다.

"우리 모녀 멋있다. 700년된 중세 건물에서 함께 와인도 마시고. 넌 미성년자니까 엄마하고 있을 때만 마셔,라고 해도 소용없겠지? 너 냉장고에 와인병이 여러 개 있는 거 보고 이미 깜짝 놀랐으니까."

래미는 대답하지 않았다. 눈물을 흘리고 있었다. 수진은 궁금해서 더 이상 기다릴 수 없었다.

"엄마한테 얘기 해. 엄마한테 할 수 없는 얘기는 없어. 왜인지 알아? 어떤 얘기를 듣더라도 엄마는 딸을 보호할 거니까."

잠시 침묵이 흘렀다.

"장학금 받아 생활하고 있다는 거 거짓말이야."

수진은 래미의 말을 끊지 않으려고 마른침을 삼켰다.

"어떤 음악 교수님이 생활비를 주고 계셔."

"왜? 왜 너한테 돈을?"

수진의 목소리가 떨렸다. 그러다 수진이 무슨 상상을 했는지 화들짝 놀라 물었다.

"너, 설마, 그 교수하고?"

"흐흐흐…"

183

래미는 자조적인 웃음이 나왔다.

"차라리 그게 낫겠다."

"뭐라구?"

수진이 더 이상 침착하기 어려워 다그치기 시작했다.

"너가 왜 그 교수한테 돈을 받고 있는지 얘기해."

"나… 아기 낳았어."

수진은 래미가 무슨 말을 한 건지 이해할 수 없었다. 아기를 낳았다고 하는 것 같았는데 잘못 들었을 거라고 생각했다.

"너 지금 엄마한테, 너가 아기를 낳았다고 얘기한 거 맞니?"

수진은 잘못 들은 거라고 확신하면서도 얼굴의 핏기가 없어졌다.

"성악하는 유학생 오빠였어. 엄마가 돈 부치기 힘들어서 오빠하고 밀라노에서 같이 그 음악 교수님 집에 있었던 거야. 그냥 룸메이트였는데…"

수진이 부들부들 떨기 시작했다. 쥐고 있던 와인 잔이 흔들리며 쏟아질 거 같았다.

"나 임신한 거 알고 나서 그 오빠는 도망가고… 음악 교수님이 내 아기를 입양했어. 내가 아기를 지우겠다고 하니까 교수님 부부가 키워주겠다고 해서."

챙그랑. 수진의 와인 잔이 떨어졌다. 래미는 울먹이기 시작했다.

"엄마, 아기가 보고 싶어. 시간이 지날수록 더 보고 싶어 미치겠어. 그런데 아기 모습이 그려지지 않아 더 미치겠는거야. 내 아기인데 보지도 만지지도 못했어… 엄마, 밀라노에 가서 아기를 찾아오고 싶어. 엄마가 도와줄 수 있어? 엄마는 내 엄마니까 나 도와줄 수 있어?"

래미가 목을 놓아 울기 시작했다. 수진은 정신을 차릴 수 없는 충격으로 발코니 아래를 내려다 보았다. 좀 전까지 발코니에서 내려다보이는 레스토랑이 고흐의 〈밤의 카페 테라스〉 그림 같아 보였었다. 수진은 바로 그런 낭만적인 그림으로 이태리를 꿈 꾸었었다. 그림 같은 나라로 래미를 보내며 그림 같은 꿈을 이루기를 바랬다. 그런데, 수진이 그토록 오랫동안 그렸던 이태리에 대한 환상이 바닥에 떨어진 와인 잔처럼 한순간 깨지며 흐트러졌다. 래미의 뺨을 치고 싶었다. 그러나 래미를 보호하지 못한 자신의 뺨을 먼저 쳐야했다.

눈물과 콧물이 범벅이 된 채 가엾게 울고 있는 딸에게 용서를 구하는 마음으로 래미를 안았다. 래미의 울음이 잦아들 때까지.

다음 날, 수진은 점심 무렵이 될 때까지 침대에서 누워있는 래미를 억지로 일으켰다. 래미가 수면제를 먹고 잠들었다는 것은 몰랐다. 수진은 래미에게 나무 냄새가 물씬 나는 곳이 있으면 가자고 했다. 산림욕을 할 수 있는 곳이 있는지 물은 건데 래미는 600년된 오크 나무가 있는 곳으로 수진을 데려갔다. 사람의 핏줄처럼 엉킨 기이한 형태의 나무였다. 여자의 산발한 머리카락 같이도 보이는 나무는, 그래서인지 마녀들이 나무 주위를 돌며 마녀 의식을 했다는 전설이 있었다.

"이 나무, 피노키오의 모험에서도 나와. 피노키오 쓴 저자가 루카 이웃 마을에 살거든.."

래미가 부은 눈을 비비며 말했다.

"이 나무를 보니 왠지 나무가 사람이 된다는 피노키오 이야기가 왜 나왔는지 알 것 같아. 나무를 보는데도 금방 사람처럼 움직일 거 같은 느낌이거든. 그런데 사람은 오래살아 봤자 100년인데 나무는 600년도 거뜬하게 버티는거 보면 인간은 나무에게도 고개를 숙여야 될 거 같아. 거친 풍파를 어떻게 견디어 내는지 배워야 할 거 같아."

수진은 잠시 눈을 감았다. 정말 나무에게 힘든 시련을 어떻게 견디는지 물어보는 것처럼 보였다. 눈을 감은 채 수진이 말했다.

"엄마가 너를 임신 했었을 때 대학교 2학년이었어. 아빠는 군대 마치고 복학한 4학년 국문과였고. 학교 문학 서클에서 아빠를 만났어. 엄마가 시를 좋아하잖아. 아빠는 졸업도 안했는데 시인으로 등단했어. 그게 멋있었어. 그래서 아빠 자취방에 찾아가 같이 시도 읽고 밥도 같이 해 먹고… 그리고 래미 너를 가졌지."

수진과 지석이 같이 시도 읽고 밥도 같이 해 먹고 래미를 가졌다고 말하고 있었다. 생명이 생기는 여정이 왜 이리 심심하도록 일상적이거나 아니면 잔인한 사고일까,라고 래미는 생각했다.

수진은 눈을 뜨고 나무를 바라보며 계속 말했다.

"엄마는 학교를 중퇴하고 서둘러 결혼했어. 생활비를 벌어야 해서 피아노를 가르치기 시작했고."

래미는 집에서 래미와 많은 시간을 보내 줬던 아빠가 생활비를 위해 놀아 줄 시간이 없었던 엄마보다 좋았다.

"담배를 너무 많이 피우더니… 일찍 우리를 떠난 게 원망스러워."

"난 아빠를 아직도 못 떠나보내고 있어."

"엄마, 아빠없이 혼자 많이 힘들었어. 너가 이런 어린 나이에 미혼모로 살게 할 수 없어."

"하지만 아이가 보고 싶어."

래미는 더 이상 나올 눈물이 없기 때문에 갈라진 목소리로 말했다.

"한국 가자. 이태리 음악 아카데미 수료중 포기하자. 엄마 꿈도 포기할게."

"내 아기는?"

"음악 교수 부부가 좋은 환경에서 잘 자라게 해주실거야. 그러니까, 너의 인생만 생각해. 너가 나처럼 힘들게 사는 거 보고 싶지 않아. 아니 미혼모는 더 힘들어."

Ciao Bella

나는 죽지 않았다, 그럼에도 불구하고 나는 살아있음의 호흡을 잃었다.

- 단테

"엄마 여긴 너무 비싸지 않아?"

래미는 고급 레스토랑 테이블에 앉아 메뉴를 보며 말했다. 수진이 래미에게 함께 바람 쐬러 나가자고 했기에 영화 보거나 재래시장 쇼핑하거나 간단한 외식을 할 줄 알았었다. 이태리에서 한국으로 돌아온 후 이런 고급 레스토랑에서의 외식은 처음이었다. 순간 수진의 생일인가, 생각해보았더니 아니었다.

"엄마 친구가 비싼 거 먹게 해 줄 사람을 데려 올 거거든. 아, 저기 오시네."

화장을 진하게 한 중년 여자가 레스토랑에 들어 왔다. 그 옆에 삼십 대 중반쯤 되어 보이는 남자가 있었다. 래미는 이제야 상황 파악을 하고 수진을 노려 보았다. 수진이 선을 보면 어떻겠냐고 이미 여러 번 운을 띄운 적이 있었기 때문이었다. 수진은 래미의 시선을 무시하고, 다가오는 중년 여자와 남자를 향해 웃어 보였다. 옷도 머리도 단정하게 꾸민 남자는 래미와 수진을 향해 호감을 주고 싶은 미소를 지었다. 남자는 래미의 맞은편 테이블에 앉아 자연스레 래미를 쳐다보았다. 좀 전의 꾸민 미소가 아닌 진짜 미소가 퍼졌다.

"엄마, 나 아직 스물두 살이야!"

서울 변두리 동네 원룸집 안에 들어서자마자 래미가 신경질

적으로 말했다. 원룸은 한국으로 돌아가는 래미에게 살바토
레가 목돈을 송금해 주어 살 수 있었다. 그것으로 살바토레는
생활비 보내는 걸 중단했다.

"엄마도 너 나이에 결혼했어."

"게다가 아저씨하고 결혼하라구?"

"고등학교 수학 선생님이야."

수진이 엄지 손가락을 펼쳐 올렸다.

"부모님 여윈 외아들이구."

수진이 검지 손가락을 펼쳐 올렸다.

"36평짜리 아파트도 있고."

수진이 중지를 펼쳐 올렸다.

"결정적으로 너와 결혼하면 나도 같이 살아도 된다고 했어."

"엄마한테 완벽한 조건이니 엄마가 결혼하면 되겠네."

래미가 빈정거렸다. 수진은 개의치않고 좁은 원룸 바닥에 이
불을 깔고 잠 잘 준비를 했다. 늦은 밤이라 근처 기차역을 지
나는 경인선 기차 소리가 그들의 방 옆을 스치는 것처럼 크게
들렸다.

"고급 음식이 맛은 있었는데 양이 적어 또 배고파지네. 래미
야, 우리 야식으로 라면에 소주 한 잔 할까."

수진이 양은 냄비에 라면을 끓여 소반에 올려놓고 소주를 챙
겨 이불 위로 가져왔다. 수진이 래미를 놀리듯 라면을 후루룩

191

먹기 시작했다. 누워있던 래미가 입을 삐죽이며 일어났다. 수진에겐 여전히 골이 났지만 레스토랑에서 거의 먹지 않아 배가 고팠고 야식의 라면 유혹에 졌다. 래미가 라면을 먹기 시작하자 수진은 래미와 자신 앞에 놓은 소주잔에 소주을 따른 후 래미에게 건배하자고 잔을 올렸다. 두 사람은 이렇게 마시는 게 익숙한 듯 했다. 작은 유리잔이 경쾌히 챙,하는 소리를 내며 부딪쳤다.

이태리에서 한국으로 돌아온 수진과 래미의 변화 중 하나가 함께 술을 마시는 날이 많아졌다는 거였다. 아기와 헤어지고 생긴 불면증을 래미가 술로 해결하고 있다는 것을 안 수진이 아예 함께 술을 마시곤 했다. 사기 당해 전 재산을 날린 수진 역시도 잠들기 위해선 무언가 필요했기에.

두 사람이 라면을 후루룩 다 먹었다. 수진이 소주 한 잔을 새로 마시고 나서 말했다.

"엄마가 미국에서 이태리로 너 만나러 가기 전에 본 영화가 있어. 빌딩 화장실 청소 마치고 집에 가고 있었는데 한 영화 포스터가 눈길을 끌더라구. 어둠 속의 남자가 비를 맞으며 빛을 향해 울부짖는 모습이었어. 포스터에 '두려움이 너를 가두고, 희망이 너를 자유롭게 한다'고 써 있었어. 엄마는 이끌리듯이 그 영화관으로 들어갔어."

"〈쇼생크 탈출〉이란 영화였어. 너도 봤니? '피가로의 결혼,

편지 이중창'이 교도소에 울리는 장면이 있거든. 엄마는 얼마나 울었는지 몰라. 너무 아름다워서. 그때 깨달은 게 있어. 절망은 밖에서 나를 공격하는 것들이지만, 희망은 내가 밖으로 나갈 수 있다는 믿음이라는 것을."

"미안해, 엄마. 엄마도 꿈을 찾고 싶어 이태리까지 왔는데 나 때문에.."

"너에게 무슨 일이 있었는지 알고 엄마는 무너지지 않으려 속으로 노래 불렀어. 그 편지 이중창 〈저녁 산들 바람은 부드럽게〉를. 울고 싶을 때마다 부르고 또 부르니까 희망이 바람처럼 조금씩 부드럽게 스며들더라구."

"엄마도 나도 더 이상 꿈 꿀 수 있는 희망이 없어."

"꿈을 바꾸면 돼. 그러면 새로운 희망을 만들 수 있어. 피아니스트의 꿈이 떠나갔으면 그냥 여자로서의 행복을 꿈 꾸면 돼."

"결국 결혼하라는 얘기를 하고 싶은 거였네."

"너가 아직 어리니까 이런 중매도 있는 거야. 학교 졸업하고 나서 괜찮은 남자 찾으려면 이미 늦어."

수진은 소주 한 잔을 다시 비운 후 목소리를 낮추며 말했다.

"너한테는 평생 감추어야 될 비밀이 있잖아. 그 비밀이 너에게 평생 아픔이고⋯ 그 고통에서 벗어나기 위해서는 빨리 결혼해서 아기를 가져야 해."

아기, 라는 말에 래미가 다시 울컥해졌다. 래미에게 세상에서 가장 슬픈 단어가 아기, 가 될 줄 몰랐다.

"그 남자가 피아노 치는 여자를 이상형으로 생각한대. 그 남자의 환상적인 여자로 네가 결혼 해야해. 그래야 네가 사랑받고 행복할 수 있어. 남자의 환상이 깨지면 사랑도 행복도 깨지는 거야."

"엄마가 미국 교포 아저씨한테 사기 결혼 당했으면서, 이번엔 우리가 또 다른 아저씨에게 사기 치자는 거야?"

수진은 래미의 말에 작은 망치를 맞은 듯 잠시 입을 열지 못했다. 다시 급하게 소주 한 잔을 마셨다. 독하게 마음 먹은 목소리로 말했다.

"난 너의 엄마야. 너에게 좋은 거라면 사기 아니라 더 큰 죄도 지을 수 있어."

"엄마의 꿈을 이루게 하려고 날 이태리까지 보냈으면서, 이젠 모든 꿈을 접고 결혼 하라구? '결혼' 이 결론이었으면 뭐하러 이런 길고 힘든 시간을 공부해야 했던 거야?"

수진은 다시 말문이 막혔다. 기차 지나가는 소리가 길게 들렸다. 수진은 스테레오 시디 플레이어에 시디를 넣어 플레이 버튼을 눌렀다. 〈저녁 산들 바람은 부드럽게〉가 흘렀다. 수진은 따라 부르기 시작했다.

래미는 소주 넉 잔을 비우고 있었고 술기운으로 잠이 오기

194

시작했다. 취해서 생각이 흐트러져야만 잠이 왔다. 노래를 마친 수진의 말이 잠 속에 빠지는 래미의 귓가에 동굴 속 같은 목소리로 들려왔다.

"너하고 나하고 평생 가슴에 묻어 둘 비밀.. 그 과거에서 우리 함께 벗어나자. 너가 남자를 사랑할 자신도 마음도 없는 거 알지만 우선 결혼해. 결혼하고 나서 그 남자를 사랑하기 시작해도 돼."

'내가 그러기 싫다면?', 이라고 말하고 싶은데 래미는 잠의 무의식으로 빠지고 있었다.

래미가 사는 동네는 그녀가 다니는 지방 대학교가 있는 곳이기도 했다. 입학금과 실기 실력만 있으면 들어갈 수 있는 피아노과였다. 이태리에서 오페라 반주자로 성공하고 나아가 전 세계를 누비고 다니길 원했던 래미를 향한 수진의 꿈의 전락이기도 했다. 수진은 특별시에서도 밀려나 살면서 동네 피아노 학원 월급 교사로 일하고 있었다. 작은 월급으로 생활하며 다시 피아노 학원 원장이 되는 꿈은 꿀 수 없었다. 수진은 현실적인 계획을 했다. 래미를 결혼시키는 거였다.

래미의 적절한 배우자를 찾기 위해 수진은 중매 전문가를 수소문했다. 중매를 해주는 이로부터 여러 남자를 소개 받았지만 수진이 기대하는 조건의 남자가 나타날 때까지 거절했다.

래미의 조건도 피아노를 치는 여대생이라는 것 외에는 내세울 게 없어서 돈 많고 직장 좋은 조건을 가진 남자들은 중매가 들어오지도 않았다. 그러다 이번에 드디어 수진의 마음에 드는 조건을 가진 남자가 나타난 것이었다.

수신의 마음에 들어 래미와 맞선을 보았던 인철이 래미가 다니는 대학을 찾아왔다. 래미는 학교 교문에 서 있는 인철을 보고 놀라 걸음을 순간 멈췄다. 아침에 수진이 왜 래미에게 수업 끝나는 시간을 물어보았는지 알 거 같았다. 인철이 미소를 지으며 래미에게 다가왔다. 인철은 베이지색 면바지에 푸른 가디건을 입고 있었다. 맞선 보던 날의 정장 모습과는 다른 스포티한 분위기였지만 여전히 깔끔하고 성실한 이미지의 옷 입는 취향을 보여줬다.

"래미씨와 맛있는 거 먹고 싶어서 왔어요."

래미는 인철과 데이트하고 싶은 마음은 없었지만 자신을 찾아온 이를 냉정히 돌려보낼 수도 없었다. 인철은 래미에게 뭐든지 맞추려 작정하고 나온 듯이 행동했다. 최고의 매너를 연출하려 안절부절하는 모습이 안쓰럽기까지 했다. 이런 식의 첫 데이트를 기억하는 여자들은 결혼 후에 같은 남자가 얼마나 변하는지를 보고 절망에 가까운 실망을 할 수밖에 없을 것 같았다.

실내 카페에서 인철과 차를 마실 때 래미는 답답했다. 이태리의 노천 카페가 생각났다. 시모네가 떠올랐다. 햇살 같은 시모네는 래미를 항상 웃게 만들었다.

"인생은 아름다워(la vita è bella)!"

시모네는 다른 이태리 사람들처럼 이 말을 자주했다. 햇볕을 쬐며 잔디에 누워있을 때도, 래미와 손을 잡고 걸을 때도, 래미의 눈물을 닦아 줄 때도… 시모네는 래미에게 인생의 아름다움을 알게 해 준 남자였다. 그런 시모네로부터 래미가 바람처럼 사라져 버렸던 것이다. 시모네를 다시 만나고 싶다고 편지를 썼던 날 래미는 민수의 짐승 같은 폭력을 당했다. 그래서 그 편지는 부쳐지지 못했다.

인철은 래미에 대해 많은 것들이 궁금했다. 한참이나 어린 래미에게 무릎이라도 꿇을 듯 공손히 궁금한 것들을 물었다. 래미가 좋아하는 것들 중에서 인철과 공유할 수 있는 것들을 머릿속에서 분류해 놓고 있었다. 래미가 싫어하는 것들이 자신의 성향에 있는지 다시 분류해 놓고 래미에게 보여주지 않아야겠다고 생각했다. 인철은 어쩔 수 없이 수학적으로 사고가 움직였다. 인생은 자신이 성취하고자 하는 것에 무엇을 더해야 하고 무엇을 빼야 하는지 잘 계산해야 행복이 곱해지고 실패가 나눠진다는 것을 알고 있었다.

래미는 이 나이 많은 아저씨가 딱히 싫지는 않았다. 다만 누군가를 사랑하는 게 불가능할 거 같았다. 어쩌면 아직도 시모네를 그리워하는지도 몰랐다. 아니 그보다 자신이 '아기를 버린 엄마' 라는 사실이 평생 사랑 할 수 없는 죄 사슬이 될 거 같았다.

인철과의 결혼은 수진에 의해서 빠르게 진행되었다. 인철은 래미와 수진에게 점수를 따기 위해 세 사람이 함께 하는 자리를 많이 만들었다. 래미가 인철과 단 둘이 있을 때보다 수진과 셋이 있을 때 덜 어색해하는 걸 알았기 때문이었다. 그리고 수진이 래미와의 결혼을 결정적으로 밀어주는 걸 알고 있기에 래미보다 더 신경쓰며 잘해줬다.

래미는 인철의 의도대로 인철이 래미와 수진의 듬직한 보호자 같은 면을 보이는 것에 마음이 흔들리기 시작했다. 어쩌면 수진의 말대로 결혼을 하면 래미의 마음의 고통에서 벗어날지 모른다는 생각도 들기 시작했다. 더 이상 술을 마시지 않고도 수면제 없이도 잠들 수 있을 지도 몰랐다. 하지만, 그 고통에서 벗어나고 싶은 마음마저도 다시 양심을 찔렀다. 고통에서 벗어나는 것도 그녀에겐 또 다른 고통이었다.

"김서방 만날 때는 머리를 묶지마. 남자는 여자의 긴 생머리를 좋아해."

■ 차오벨라 □

인철을 이미 김서방이라고 부르는 수진은 동여맨 래미의 머리에서 고무줄을 풀어냈다. 래미는 어느새 다시 수진이 하라는 대로 하는 딸이 되어 있었다.

인철은 수진이 래미에게 지시하듯이 많은 것들을 간섭하고 래미가 수동적으로 따르는 모습이 '순종적인 여자'로 보여져 더할 나위 없이 좋았다. 인철에게도 '순종적인 아내'가 될 거라 확신했다. 래미의 순종이 짙은 안개에 빠져 꼼짝 못하고 있는 것뿐이라는 것을 모르고 있었다.

결혼식은 인철이 다니는 동네 작은 교회에서 치뤄졌다. 인철의 부탁으로 교회 학생들이 〈온전한 사랑〉이라는 노래를 불러줬다. 래미는 시모네의 어린이 합창단이 불렀던 〈생명의 양식〉이 떠올랐다. 래미는 이태리 산부인과 의사가 래미 배 안의 작은 점 모양의 생명을 하늘이 준 거라고 했었던 말이 다시 떠올랐다. 래미의 눈에 다시 눈물이 고였다. 생명을 버렸던 이가 어떻게 온전한 사랑을 할 수 있겠는가. 래미는 이 결혼으로 행복할 수 없을 거라는 걸 알 수 있었다. 인철은 래미의 눈에 고인 눈물이 아름답게 보여 흰 장갑 낀 손으로 눈끝을 살짝 눌러 주었다.

인철은 래미를 빨리 품에 안고 싶어 한 시간도 안 되는 결혼식도 길게 느껴졌다. 수진은 래미의 허물을 감추고 새 남자와 새 출발 시키는 큰 일을 치룬 안도감에 울었다. 딸을 시집보내

199

는 엄마의 슬픔이 아니었다. 인철과 수진은 단촐하게 양가 친척을 초대했기 때문에 피로연도 소박했다.

신혼여행으로 간 제주도를 래미는 처음 가보았다. 보통 고등학교 수학여행이나 대학교 엠티 때 가는 곳이지만 래미는 평범한 고교 시절이 없었고 이태리에서 한국으로 돌아와 검정고시를 보고 들어간 지방 대학교에서도 축제건 여행이건 아무것도 즐기지 않았다. 래미의 삶에는 축제가 있을 수 없고, 행복해지려 떠나는 여행이 허용될 수 없다고 생각했다.

제주도의 바다를 보니 나폴리의 바다가 생각났다. 그 바다를 함께 거닐었던 시모네가 떠올랐다. 시모네를 떠올리는 래미의 마음이 들킬까봐 인철의 시선을 되도록 피했다.

인철은 여전히 눈도 못 마주칠 정도로 순진한 래미가 소녀같아서 사랑스럽기만 했다. 인철은 제주도에 여행 온 신혼부부들의 스케줄대로 움직였다. 고급스러운 식사, 고급의 남자매너, 고급의 호텔 룸… 그리고 부부로서의 첫날밤이 남았다.

래미는 인철의 입맞춤과 래미의 옷을 벗기는 손길에서 래미가 첫여자가 아니라는 것을 느낄 수 있었다. 래미는 인철이 성실하지만 순진하지는 않았다는 것을 느끼고 차라리 다행이라고 생각했다. 인철이 래미의 마지막 속옷을 벗기려 할 때 래미는 자신도 모르게 인철을 밀어냈다. 악몽 같은 순간이 칼로 머리를 가르듯이 떠올라 괴롭게 눈을 감았다. 인철은 래미를 배

■ 차오벨라 □

려하기 위해 인내심으로 래미를 조용히 안았다.

"미안해요."

인철의 품에서 래미가 작게 말했다. 인철은 래미를 부드럽게 껴안은 채 잠들었다. 래미는 그의 품에서 나와 돌아 누웠다. 어둠 속에서 잠들지 못해 몸을 웅크렸다.

다음 날 인철은 개인 관광 가이드를 고용했다. 제주 명소를 둘러 보며 친절하게 래미를 위해 모든 걸 맞춰 주었다. 래미는 인철이 오늘 같은 모습의 남편으로만 남아 준다면 사랑하지 않고도 인철과 함께 살 수는 있을 거 같았다.

그리고 그 날 밤, 래미는 인철의 여자가 되어 주었다. 자신의 순결을 폭력적으로 뺏긴 트라우마가 여전히 래미를 괴롭혔다. 인철을 밀어내지 않으려 이를 악물었다. 인철은 남자의 기쁨을 즐겼고 래미는 그의 만족을 다행스러워했다. 인철은 침대 시트의 피얼룩으로 래미의 순결을 확인하려고 하지 않았다. 인철은 래미의 순결을 믿었고, 여러 여자를 만났던 자신의 과거를 감추고 싶은 심리도 있었다.

수진은 신혼여행에서 래미와 인철이 돌아오기 전에 인철의 아파트를 청소하고 정리했다. 살고 있던 원룸을 판 돈으로 침대와 장롱과 부엌살림을 샀다. 남은 돈은 래미 이름의 통장을 만들었다. 그러나 도장과 통장은 수진이 보관했다. 인철의 아파트가 강북이 아니라 강남이었더라면 좋았을 거라는 욕심이

스멀스멀 올라왔다. 인철이 근무하는 학교가 강북이어서 강북에 사는 게 편한건데도 인간의 간사함과 욕심은 상식을 무시했다.

수진은 장모를 모시려는 인철을 기특하게 생각했지만 인철은 수진이 함께 지낼 경우 얻어지는 장점이 많아서 결정한 거였다. 아직 어린 래미를 혼자 아파트에 남겨 살림을 맡기는 것보다 수진이 도와주면 든든할 거 같았다. 그리고 래미를 지금까지처럼 계속 지시하고 보호하는 눈의 역할도 필요했다. 그리고 아기가 생기면 두 모녀가 함께 아기를 돌볼 수 있어서도 좋았다. 그동안 인철의 집을 청소하고 반찬 거리를 만들어 주던 도우미도 더 부를 필요가 없었다. 인철의 월급으로 두 모녀가 알뜰하게 살림해 나갈 거 같았다.

인철의 아파트는 방이 세 개였고 수진은 안방에서 떨어진 출입문 쪽 작은 방을 쓰기로 했다. 안방 옆의 방은 아이가 생기면 꾸며 줄 생각이었다. 래미와 인철이 신혼여행에서 돌아왔다. 래미와 수진을 대하는 인철의 자상함에 수진은 안도의 한숨을 쉬었다.

래미는 수진의 바람대로 결혼 삼 개월에 접어들자 임신을 했다. 인철은 기뻐서 어쩔 줄 몰라했다. 인철은 래미가 학교에 휴학계를 내지 않고 아예 그만 다니기로 결정해 준 것도 좋았다. 인철은 원하는 것들이 수학 공식이 풀어지듯 진행되어 행복했다. 그에게 행복을 주는 래미에게 변함없는 성실한 남편이 되기 위해 더 노력했다.

인철과 수진은 행복했지만 래미는 자신이 행복한 것인지 느껴지지 않았다. 행복해질까봐 무서워지기도 했다. 버린 아이를 점점 마음에서 잊어 버리게 되는 편안한 일상도 불안했다. 산부인과 초음파에 래미의 임신이 확인 되었을 때 인철은 감격하며 래미의 손을 꼭 잡았다. 래미는 이태리에서 그녀의 임신을 저주하며 생명을 버리려 했었던 것이 떠올랐다.

'축복받을 수 있는 생명만 태어날 수 있다면 얼마나 좋을까'

로마 바티칸의 시스티나 성당에서 보았던 미켈란젤로 천정화가 떠올랐다. 하나님이 첫 인간 아담에게 손 끝으로 생명을 불어넣는 장면이 제일 시선을 끌었었다. 래미가 고개가 아프도록 시선을 고정시키며 보자 옆에 있던 시모네가 자신의 손 끝을 래미의 손 끝에 겹쳤다. 시모네는 알고 있었던 것이었다. 손 끝이 맞닿는 것은 사랑한다는 말과 같다는 것을.

'생명이 실제로 사랑의 손 끝으로 만들어진다면 얼마나 좋을까.'

생명을 주고 싶은 사랑의 손 끝이 아니고서는 생명이 만들어지지 않는다면 인류 역사에서 사랑 받을 수 없는 조건으로 태어나는 생명이 없지 않겠는가. 성폭행으로는 절대로 생명이 안 만들어지지 않겠는가.

Ciao Bella

세월이 한참 흐른 뒤 어디에선가 나는 한숨지으며 말하리.
숲속에 두 갈래의 길이 있었고, 나는 사람들이 잘 다니지 않는 길을 걸었네.
그리고 그것이 내 모든 것을 바꾸어 놓았다오.

- 프로스트 『가지 않은 길』 중에서

밤비가 오고 있었다. 어둠 속 아파트 단지 숲이 빗물에 젖고 있었다. 맑은 하늘도 올려다 볼 여유가 없는 도시인들은 비가 오면 더욱 고개를 숙이며 다녔다. 고층 빌딩 숲에 둥지를 튼 새처럼 이쪽에서 저쪽으로 먹이를 찾아 날아 다닐 뿐이다.

래미가 운전하는 차의 앞 와이퍼가 빗물을 닦기 위해 움직이며 창 유리와 마찰 소리를 내고 있었다. 그 소리가 거슬려 래미는 시디 플레이어를 눌렀다. 밀바(Milva)가 부르는 〈벨라 차오〉가 흐르기 시작했다. 많은 가수들이 벨라 차오를 불렀지만 래미는 밀바가 부르는 벨라 차오를 제일 좋아했다. 깊은 우물로 고인 마음에서 퍼 올려지는 목소리이다. 스페인 광장에서 벨라 차오를 불렀던 거리 악사 소년이 이런 슬픈 노래를 춤이라도 추고 싶게 변주했던 것을 잊지 않고 있었다.

래미의 차는 입시 학원 간판이 걸려 있는 건물 앞에 세워졌다. 시계를 보니 열 시가 넘어가고 있었다. 학원 건물 창 안은 대낮의 백화점만큼이나 환한 불빛이 켜져 있었다. 조금 후 학생들이 하루 일을 마친 고단한 노동자의 모습으로 건물을 빠져 나왔다. 그중 한 학생이 래미의 차 쪽으로 걸어와 조수석에 앉았다. 피곤한 한숨을 길게 내쉬더니 아무 말없이 눈을 감았다.

래미는 조금밖에 젖지 않은 그의 머리와 얼굴을 손수건으로 아이 다루듯 닦아 주었다. 무슨 말이든 하고 싶었지만 피곤한

■ 차오벨라 □

아들을 쉬도록 내버려두고 차 시동을 걸어 출발시켰다. 빗줄기가 더 거세지기 시작해 조심하며 운전하는데 갑자기 한 차가 빨간 신호등을 무시하고 래미 차를 가로질러 질주했다. 래미가 놀라 급정거를 했다. 본능적으로 옆에 앉아 있는 아들에게 충격이 안 가도록 오른손으로 그의 가슴을 받혀 주었다.

"다음 주 중간고사 준비 잘 하고 있지?"

인철은 아침 식탁에서 신문을 보며 물었다. 대답을 들으려고 물어본 게 아니었다. 보석은 피곤하고 졸린 표정으로 밥을 먹고 있었다. 래미는 보석의 컵에 물을 따라 주고, 반찬을 보석의 밥 위에 얹어 주기도 했다.

"지난번에 전교 1등을 놓쳤으니 이번에는 좀 더 노력해 봐. 지난번 전교 1등 녀석이 얼마 전 아파서 며칠 학교 못 왔다며. 그만큼 뒤쳐졌을 테니 이번엔 너가 다시 이길거야."

인철에게 학교는 달리기 경기장이었다. 보석의 개인 코치 인철은 보석에게 전력으로 달려 일등의 결승점 테이프를 끊으라고 했다. 래미는 보석이 자체가 레이스 경기장이었다. 아들의 주변만 돌고 돌면서 달리고 있었다.

"오늘 집에서 쉬면 …. 안 되겠죠?"

인철이 신문을 보던 시선을 거두고 보석을 쳐다보았다.

"이상하게 너무 피곤해서요. 어디가 아픈 건 아니고."

보석이 아프면 극성을 피우며 돌보는 래미를 염두하고 말했다.

"그래? 보약 지어 먹을까? 너무 피곤하면 오늘 집에 있어."

역시 래미는 이미 걱정스러운 표정을 지으며 말했다.

"다음 주 중간고사라서 학교 빠지면 안되는데... 학원도 시험 준비 특강이고.."

보석은 집에서 쉬면 안 되는 이유를 스스로 다잡으며 학교 가방을 챙겼다. 인철은 주머니 속 차 키를 소리 내며 꺼냈다. 보석이 피곤해도 학교는 가야한다는 소리로 들렸다. 보석의 어깨를 힘내라고 가볍게 두들겼다. 인철의 뒤를 따라 집을 나서는 보석의 어깨 처진 뒷모습을 래미는 걱정스레 쳐다보았다.

아들과 남편이 나간 식탁에 래미가 앉아 아들과 남편이 남긴 밥과 반찬들을 먹었다. 수진이 집에 들어오는 문소리가 들렸다. 새벽마다 동네 산 약수터에 다니는 수진은 인철과 보석이 나가는 시간에 일부러 맞추어 집으로 돌아왔다.

수진이 약수물병을 식탁에 올려 놓고 식탁에 앉았다.

"보석이가 너무 힘들어 하는 거 같아요. 학교 안 가고 집에서 쉬고 싶다고 말하는 애가 아닌데.."

래미는 따뜻한 밥과 국을 새로 퍼서 수진이 앞에 놓으며 말했다.

"김서방까지 보석이 성적 때문에 신경 곤두서 있어서 내가 괜스레 눈치 보게 되는 거 같아. 행여라도 거치장스럽게 방해될까 봐."

"십칠 년 동안 같이 살았으면서 뭘 새삼스럽게…"

수진은 래미가 자신 때문에 인철과 다투는 일이 없도록 되도록 두명 인간으로 지냈다. 재혼할 생각은 제미 교포 남자에게 사기 당한 이후 생각하지도 않았다. 그렇다고 인철의 집으로부터도 독립해서 혼자 살 용기나 의지도 없었다. 인철이 성실한 교사이고 집안에 불화를 만들지 않고 장모를 기꺼이 모시고 사는 착한 사위인 것을 말년에 누리는 복이라 여겼다.

보석이 고등학생이 되면서 입시 스트레스와 사춘기를 같이 겪는지 어둡게 가라앉았고 그 만큼 집 분위기도 가라앉았다. 그래서 집 식구들에게 따돌림 당하기 시작하는 집 강아지처럼 눈치를 보면서 지냈다. 새벽 일찍 약수터에 나가 늦은 아침이 되어서야 집으로 돌아오는 것도 그래서였다. 밤에는 일찍 잠을 자서 수진의 존재성이 이 집에서 드러나지 않도록 했다.

래미가 보석의 방을 청소했다. 휴지통을 비우려 할 때 티슈들이 뭉쳐 쌓여 있는 걸 보았다. 잠시 휴지통을 내려다보며 생각에 잠겼던 래미는 행여 아니겠지하는 표정을 지으며 보석의 컴퓨터를 켜보았다. 마지막으로 본 사이트를 클릭해 보았다. 포르노 영상이 떴다. 볼륨은 이어폰이 꽂아져 있었다. 화면을 보는 래미의 얼굴이 일그러졌다. 이어폰으로도 남녀의 비릿한 신음 소리가 작게 흘러 나왔다. 그 신음 소리는 래미의 일그러진 얼굴을 조롱하듯 커졌다.

래미가 피트니스 러닝 머신에서 땀을 흘리며 뛰었다. 러닝머신 앞쪽 유리벽 아래로 밤거리의 풍경이 보였다. 래미는 무언가 머릿속 상념을 떨구고 싶은 듯 고개를 저으며 스피드 버튼을 올렸다.

피트니스에서 나온 운동복 차림으로 래미는 차를 몰고 보석의 학원으로 갔다. 열 시에 맞춰 도착했다. 학원에서 아이들이 빠져 나오기 시작했는데 보석은 보이지 않았다. 아이들이 더 이상 나오지 않을 때까지 기다렸는데도 보석은 여전히 보이지 않았다. 래미는 걱정되어 차 밖으로 나와 학원 건물 안으로 들어갔다. 래미가 이층을 오르기 위해 층계를 올라 가고 있는데 층 중간 꺾어지는 곳에서 보석의 뒷모습이 보였다.

안심이 되며 보석의 이름을 부르려는 순간, 보석이 한 여학생을 안고 있다는 것을 알았다. 서로의 입맞춤에 열중하느라 그들 뒤에 래미가 서 있다는 것을 두 아이 모두 느끼지 못했다. 래미가 뒷걸음치며 계단을 내려갔다. 운동화를 신고 있어서 계단 소리가 나지 않는 게 다행이라는 생각까지 들었다.

래미는 차 안으로 돌아왔다. 미간을 모은 어두운 얼굴로 보석을 기다렸다. 보석과 여학생이 함께 건물을 나오는 게 보였다. 여학생은 보석에게 손을 가볍게 들어 보이고 뛰듯이 걸어 멀어졌다. 보석은 여학생의 뒷모습을 잠시 지켜보다가 래미의 차 안으로 들어 왔다.

"시험 준비 특강이라 좀 늦게 끝났어요."

보석은 래미가 물어보지도 않았는데 변명부터 서툴게 했나. 래미는 되도록 태연스레 물었다.

"야식으로 뭐 먹고 싶니?"

"공부 더 안하고 그냥 잘래요. 너무 피곤해."

래미는 더 묻지 않고 차를 출발 시켰다. 보석이 눈을 감고 자신의 위아래 입술을 살짝 입안으로 오므려 넣는 것을 래미는 놓치지 않고 보았다. 마치 윗입술과 아랫입술이 입맞춤을 하고 있는 것처럼. 그 여학생의 입술이 닿은 곳을 기억하고 싶은 듯이.

중간 고사 시험이 치러지는 첫 날, 보석은 병원에 실려갔다. 래미가 하얗게 질려 택시를 타고 병원으로 갈 때 조금 전 보석의 담임으로부터 온 전화 통화 내용이 머리에 다시 울렸다.

"보석이 시험보다 의식을 잃고 쓰러졌어요."

래미는 다리에 힘이 빠진 듯 비틀거리며 병원 안으로 들어섰다. 보석은 십칠 년 동안 크게 아픈 적이 없었다. 어쩌다 감기 같은 작은 병으로 앓거나 가벼운 부상을 당해도 래미는 극성

맞게 돌보았다.

보석이 의식을 잃고 쓰러졌다는 사실만으로도 래미는 제정신을 차릴 수 없었다. 쓰러질 듯 걷는 래미를 익숙한 느낌의 손이 잡아 세웠다. 인철이었다. 래미의 연락을 받고 학교 수업을 팽개치고 바로 달려왔다.

래미는 인철의 팔에 매달리듯 의지하며 안내 데스트 쪽으로 갔다. 순서를 무시하고 다가가 보석이 어디 있는지를 물었다. 그때 보석의 담임 교사가 한 진료실에서 나오며 래미 부부를 보고 다가왔다.

"걱정 하셨죠? 의식이 돌아왔으니 안심하세요. 지금 피검사하고 있습니다. 과로나 빈혈이겠죠."

"보석이 쓰러지며 다친 데는 없었나요, 선생님?"

래미가 다급히 물었다.

"시험 시간 앉아 있다가 앞으로 쓰러지며 의식을 잃었기 때문에 다행히 다친 데는 없었어요."

인철은 보석에게 전교 1등을 다시 해보라고 말했던 게 스트레스를 주었나 싶어 미안했다. 보석의 담임 교사는 학교로 돌아가고 래미와 인철이 병원 대기실에서 초조하게 기다렸다. 담임 교사의 말처럼 그냥 과로 정도겠지, 생각하면서. 간호사가 보석의 보호자를 찾는 소리가 들렸다. 의사 진료실로 안내되었다. 의사는 래미 부부가 진료실에 들어와 앞 의자에 앉는

211

데도 환자의 진료카드와 컴퓨터만 들여다 보았다. 고개를 들었을 때 래미부부에게 감정없는 시선을 주며 말했다.

"큰 병원으로 가서서 혈액 정밀 검사를 더 해보는 게 좋을 거 같습니다."

의사의 첫 말에 래미가 지레 무서워 입술을 떨었다. 인철이 무뚝뚝한 의사에게 교사 말투로 물었다.

"아이가 시험 공부하느라 너무 피곤해서 쓰러진 거 같은데 왜 다시 혈액 정밀 검사를 해야 하죠?"

"백혈구 수치가 안 좋아서요. 큰 병원에서 정확한 검사를 해보셔야 할 것 같습니다."

동네 의사는 큰 병원으로 보내져야 될 환자의 보호자에게는 친절히 설명해 주고 싶어하지 않았다.

"백혈구 수치가 안 좋다구? 뭐, 백혈병이라도 걸렸단 말야?"

집에 돌아온 인철이 소리를 버럭 질렀다.

"보석이 들어요."

안방 안이지만 건넌 방 보석이 들을까 래미는 인철을 노려보며 말했다. 병원에서 돌아온 보석은 시험을 보지 못한 낭패감에 떨며 침대에 누워 있었다. 하필 시험보다 기절한 것에 화가 나 소리를 지르고 싶은 심정이었다. 하지만 소리는커녕 말도 하기 어려울 정도로 기운이 없어 침대에 늘어져 있어야 했다.

인철이 답답한 듯 셔츠까지 벗어 침대 위에 던지고 소리를 억지로 낮추어 말했다.

"의사들이 오버하고 오진들을 해대니까 병원 의료 사고가 그렇게 많이 생기는 거야. 내일 당장 큰 병원으로 가서 아무 이상 없다는 진단 받고 오늘 그 의사에게 똑바로 일하라고 진단서 던져 줄거야."

어떤 몹쓸 병도 보석에게 접근할 수 없다는 비장함으로 인철은 다음날 보석을 종합 병원으로 데리고 갔다. 래미는 인철이 학교까지 결근하고 보석을 태운 차를 운전할 때 그가 두려워 떨고 있다는 것을 느낄 수 있었다. 래미도 밤새 잠을 못 자긴 마찬가지였다. 뒷좌석의 보석은 오늘도 시험을 치루지 못하는 것에 울상을 지으며 고개를 숙이고 있었다. 왜 다시 검사를 받아야 되는지 이해할 수 없었다.

종합 병원에서 정밀 혈액 검사를 받으며 보석은 내내 시험 생각만 했다. 다시 전교 일등의 자리를 차지할 녀석의 승리의 웃음이 떠올랐다. 보석의 상상 속에서 그 녀석의 웃는 이빨이 호랑이 이빨처럼 사납게 길어지며 위협적으로 으르렁거리는 거 같았다. 패배감에 온 몸의 힘이 빠지는 것 같았다. 기운이 없는데 혈액 검사를 다시 받으니 어지러웠다. 머리는 여전히 온통 시험 생각뿐이었다. 내일부터 나머지 시험을 치룬다해도 성적은 끔찍할 테니 어쩌면 좋단 말인가.

수진과 인철은 의사 검진실에서 보석의 검사 결과를 얘기해

213

줄 의사의 입을 바라보았다. 그 입으로 보석이 건강하다는 말만 해주길 바라면서. 그런데 컴퓨터 모니터를 보는 의사의 표정이 신중함 이상으로 굳어 있었다.

인철은 성적이 좋은 보석이 의사가 되어 주기를 희망하고 있었다. 보호자와 환자에게 희망 아니면 절망을 전해줘야 하는 의사의 무거움을 생각해보지 않았다는 생각이 들었다. 의사의 입술이 떨어지기 몇 초를 앞두고 보석의 장래를 다시 생각해 보고 싶어졌다. 아니, 보석이 건강만 해준다면 인철의 희망사항들을 지워버릴 수 있을 것 같아졌다.

래미는 의사 검진실에서 나오자마자 다리에 힘이 풀려 스르르 바닥에 주저앉았다. 인철도 넋나가 비틀거리면서도 래미를 간신히 일으켜 의자에 앉혔다. 인철은 쇼크에 가까운 스트레스를 느끼자 오랫동안 끊었던 담배가 피고 싶어졌다.

의사는 보석을 바로 입원시켜야 된다고 했지만 래미와 인철은 보석을 데리고 집으로 돌아왔다. 믿을 수 없는 일을 당해, 믿어야 되는 일인지 생각할 시간이 필요했다. 보석은 피곤에 지쳐 잠이 들었다. 래미는 보석이 잠들어 있는 침대 옆에 앉아 보석을 바라보았다.

"백혈병이 뭔지 아시죠?"

의사가 말했었다. 래미는 망연자실해지고 인철은 목소리를 떨며 몇 가지를 의사에게 물어보았는데 래미의 귀에는 들어오

214

지 않았다. 의사가 인철에게 정상과 비정상의 혈액 수치 차이를 설명해 주었지만 래미는 여전히 충격에 멍해져 있었다. 그런데 그 와중에도 래미가 알게 된 게 있었다. 왜 의사가 중환자 보호자의 얼굴을 인간미를 가지고 바라봐 주지 않는지. 절벽에서 떨어지는 것 같은 절망의 눈빛을 바라보기 너무 버겁기 때문일 거 같았다. 떨어지며 절벽 사이로 나온 작은 나뭇가지라도 잡으려는 처절한 눈빛을 바라보고 싶지 않기 때문일 거 같았다. 절벽에서 떨어지는 래미에게 작은 나뭇가지 같은 말이 귀에 들어왔다.

"항암 치료를 시작해 혈액 수치를 안정시킨 다음, 골수이식으로 치료를 해 볼 수 있습니다."

래미는 자신이 텔레비전 드라마를 너무 봐서 드라마에서 자주 나오는 한 장면을 꿈 꾸고 있는지 모른다고 생각했다. 그러기를 바랬다.

래미에게 보석은 골수가 아니라 생명도 줄 수 있는 아들이었다. 자기 생명보다 더 귀중한 생명이 있다는 것을 아이를 기르면서 알았다. 그래서 더욱, 그것을 알기 전 또 하나의 생명을 버린 것이 뼈아프게 후회 되었다. 그 후회를 만회하기 위한 발버둥처럼 보석에게 온 마음과 정성을 쏟았다.

보석이 태어난 후에 래미는 자신의 존재성을 보석의 뒤에 내려 놓았다. 래미는 죽고 엄마라는 의무로만 살았다. 그런 보석

215

에게 죽음의 그림자가 덮쳤다는 의사의 통보를 래미는 받아들일 수 없었다. 보석이 만약 잘못되어 죽는다면 함께 죽을 거라고 앞뒤 없는 결론부터 맺었다.

오, 하나님…

래미는 하나님을 의심하고 있는데 저절로 하나님이 불러졌다. 인철을 따라 교회를 다니지만 믿음이라는 단어는 래미에게 구름빵 같았다. 빵 같지만 먹을 수 없는. 인철도 믿음을 잘 모르기는 래미와 별다를게 없어 보였다. 인철과 가까운 동료 교사의 권유로 다니게 됐고, 래미를 중매해 준 이가 교회 권사님이고 인철 부부를 특별히 살갑게 대해주어 인철도 그런저런 이유로 다니는 듯 싶었다. 목사님은 래미에게 성가대 피아노 반주를 해달라고 부탁하기도 했는데 래미는 거절했다. 래미는 사람들과의 관계에 두려움이 있어 가족 외에 다른 사람이나 집단에 어울리지 못했다. 사회 관계 능력이 깨진 시점이 언제인지 래미는 알고 있지만 치유할 수 있는 방법은 알 수 없었다.

그래서 완전한 하나님이 왜 이렇게 불완전한 세상을 만드셨을까, 하는 물음이 풀리지 않았다. 성경에서 생명을 번성하라고 명령하신 하나님이 생명의 씨앗을 뿌리기 위해 남자에게 성적 욕구를 주셨는데, 그 욕구를 폭력적으로 써서 여자의 남은 삶을 짓밟아 버리도록 허락하셨는지에 대한 물음도 풀리지 않았다. 그리고 용서의 하나님이지만 래미와 같이 생명을 버리는 어미는 용서하지 못 하실 거라는 의심에서도 벗어나지 못했다.

보석에게 죽음의 그늘이 덮치니 래미는 자신도 모르게 하나님을 불렀다. 래미의 모든 의심에도 불구하고 하나님이라는 존재만이 생명을 만들고 거두는 분일 거 같았다. 이태리 산부인과 의사가 손가락으로 하늘을 가르쳤듯이. 미켈란젤로 그림의 아담이 하나님과 손가락을 맞대었듯이.

하나님은 래미가 부르는 소리를 듣지 못했는지 래미의 골수는 보석과 맞지 않았다. 인철도 마찬가지였다. 희망의 작은 불씨를 수진이 건네받고 검사를 받아 보았지만 불씨는 지펴지지 않았다. 보석은 혈액 종양 병동에 입원했고 얼굴빛은 며칠 사이 더 창백해졌다. 항암 치료가 들어가기도 전에 머리카락은 깎여졌다. 병균 감염을 막기 위해서라고 했다.

민둥 머리가 된 보석은 정확한 병명을 알고 싶어했다. 되도록 빨리 퇴원해서 학교 수업을 따라잡고 싶었다. 보석에게 병명을 알려준 이는 인철이었다.

인철은 의사로부터 과도한 학업 스트레스 때문에 급성 백혈병에 걸리는 입시생들이 늘어나고 있다는 얘기를 들었다. 가족 병력에 백혈병이 없으니 의사의 말대로 스트레스가 원인일

217

■ 차오벨라 □

확률이 높았다. 아들이 일등의 자리를 지키길 원하는 기대감이 아들을 죽일 수도 있는 스트레스가 된다는 것을 알고 자책감에 온 몸이 후들거렸다.

보석은 놀랍게도 인철보다 침착했다. 보석의 또래 친구들의 입버릇 중에 하나가 죽고 싶다는 거였다. 성적이 안 좋아 죽고 싶고, 가정불화로 죽고 싶고, 이사친구 문제로 죽고 싶어했다. 죽고 싶어하지 않는 친구들의 입버릇은 누군가를 죽이고 싶다는 거였다. 공부 잘하는 학생만 좋아하는 선생을 죽이고 싶어했고, 자기보다 공부 잘하고 부자이고 잘생기기까지 한 녀석들을 죽이고 싶어했고, 자식을 공부 기계로 취급하는 부모를 죽이고 싶어하는 녀석도 있었다. 성적 스트레스 때문에 터지기 직전의 가스통 같아져서 아무나 한 놈 죽이고 싶어하기까지 했다. 죽음은 세상의 혼돈을 감당하기 힘든 청소년들에게 생각하기 쉬운 극단의 해결 방법이었기 때문이었다. 보석도 예외는 아니었다.

보석이 우등생이고 교사와 학교가 자랑스러워 하는 학생이지만 보석도 죽고 싶다는 생각을 종종 했다. 보석은 왜 자신이 죽고 싶은 마음이 생기는지 아무에게도 말하지 않았다. 아무도 보석을 이해하지 못할 것 같았기 때문이었다. 교사이며 자상한 아빠, 보석에게 올인해서 돌봐주는 엄마, 싸움 소리가 없는 집. 공부 머리까지 타고 나서 성적 상위를 유지하고 있는데, 어떻게 누구에게 보석의 죽고 싶을 만치의 숨막힘을 이해 시킬 수 있겠는가. 하지만 보석은 행복하지 않았고 답답함을 끝내는 방법은 죽음일 거라는 생각을 사춘기가 시작되며 했던 거였다.

그런데 일부러 목숨을 끊지 않아도 죽을지 모른다니 충격 보다 묘한 허무감이 들었다. 그리고 자신의 죽음과 연결된 부모의 고통을 구체적으로 상상하지 못했다가 래미와 인철 이 환자인 자신보다 더 아파하는 모습을 보았다. 이대로 죽 어도 괜찮겠다는 마음과, 보석이 죽으면 그 길을 따라 뛰어 들 것 같은 래미와 인철을 살려야겠다는 생각이 동시에 들 었다. 엄마와 아빠를 살리려면 자식이 살아야 했다.

"가족과는 골수가 맞지 않으니 골수기증자를 찾아야 할 거 같습니다."

골수기증자. 아직 치료 방법이 끝나지 않았다는 말은 죽음의 감옥을 탈출하는 열쇠가 아직 남아 있다는 소리로 들렸다. 항 암 치료를 시작한 후 보석의 혈액 수치가 골수 이식이 가능한 수치가 되어가고 있었다. 이때를 놓치지 않고 수술해야 정상 혈액으로 회복될 수 있다는 것이었다. 래미는 무릎을 꿇고 애 걸하고 싶은 심정으로 의사에게 말했다.

"돈이 얼마나 들던지 상관없으니 골수기증자를 찾아주세요.

제발, 제 아들을 살려 주세요!'

래미는 모든 어미가 의사에게 매달리며 하는 말을 했고, 의사는 많은 생명이 죽는 걸 지켜본 죽음의 철학자 같은 표정으로 말했다.

"형제끼리 골수가 맞을 가능성이 높은데, 보석에게 형제가 없는 게 안타깝네요."

"형제요?'

래미는 '보석의 형제' 라는 단어가 고압 전류가 되어 뇌를 통과하는 게 느껴졌다. 보석에게 형제가 있었기 때문이었다.

Ciao Bella

용서란 일종의 망각이다.
나는 그를 용서한다고 말할 때 나는 그의 과거를 잊는 것이다.
하지만 '과거'가 그렇게 쉽게 지나가 버릴 수 있는 것일까?

- 량원다오 『모든 상처는 이름을 가지고 있다』 중에서

래미는 기내용 가방을 침대 위에 펼쳐 놓았다. 그런데 무엇을 가방 안에 넣으면 좋을지 몰라 멍하니 가방을 쳐다보았다. 사형 선고를 받은 이처럼 병실에 누워있는 보석의 모습이 아른거려 생각이라는 뇌의 운동이 되지 않았다.

래미의 방문이 열리며 수진이 들어왔다. 가방이 침대 위에 놓여 있는 걸 보고 보석에게 가져갈 것들을 챙기는가 싶어, 죽을 만들었으니 먹고 보석에게 가라고 했다.

"형제가 골수 일치 가능성이 높다는 말, 엄마 무슨 뜻인지 알겠어?"

수진은 눈이 커지며 집 안에 아무도 없는데도 방문을 뒤로 닫았다.

"설마… 너 무슨 생각하고 있는 거야?"

"형제를 데려오면 살 수 있다는 거잖아."

래미는 무대의 연극 배우처럼 수진을 보지 않고 혼잣말하듯 했다.

"하지만.."

"엄마가 나라면 어떻게 할 거 같아?"

래미가 이런 비장한 표정을 지어보이는 걸 수진은 처음 보는 것 같았다. 보석을 살릴 수만 있다면 무슨 짓이고 하고 싶은건 수진도 마찬가지였다.

"그럼.. 너가 그 애를 찾아와도 보석이 애비한테는 끝까지

222

■ 차오벨라 □

말해선 안돼. 알았지?"

수진이 래미의 얼굴을 쳐다보며 다짐시켰다.

"골수기증자 찾아 왔다고만 해. 그리고.. 그 애가 보석이를 살릴 수 있는지도 모르는 거잖아."

래미는 대답하지 않고 인철에게 전화했다. 휴대폰 진동으로 해놓고 보석의 병실을 지키고 있던 인철이 병실 밖으로 나와 전화를 받았다.

"보석이 아빠, 지금 이태리에 가야겠어요. 이태리 유학할 때 알았던 의사 선생님이 계시는데 보석이를 도와줄 수 있을 거 같아요."

수진은 거짓말하는 래미를 안쓰러운 듯 바라보았다. 래미는 전화를 끊고 손에 잡히는 대로 여행에 필요한 몇 가지를 챙긴 후 집을 나섰다. 공항으로 가서 이태리로 가는 첫 번째 비행기를 탈 생각이었다. 래미는 한 번도 이렇게 돌발적으로 어디론가 떠나 본 적이 없었다. 한 번도 경험하지 못한 자신의 모습에 래미 자신도 낯설었다. 모든 비용은 신용카드에 의지하기로 했다. 이태리에 가도 래미가 찾기를 원하는 아이를 만날 수 없을지도 모르면서 떠났다.

로마 공항은 이십년 전과 거의 달라져 있지 않았다. 래미는 많이 달라져 있었다. 열여섯 살이었던 래미는 흰 티에 청바지,

223

긴 생머리를 질끈 매고 커다란 가방을 끌며 공항에 도착했었다. 낯선 먼 나라에 도착한 불안감에 소녀의 눈망울이 떨렸었다. 세상을 떨림과 호기심으로 바라보던 소녀의 모습은 아름다웠었다.

화장기 없이 피곤한 표정인 중년의 래미가 입국 게이트를 나왔다. 아무도 기다리는 이가 없는 공항에 도착하는 것은 쓸쓸했다. 밀라노로 가기 위해 로마 중앙역으로 갔다. 로마 공항에서 밀라노 가는 국내선을 탈 수도 있었지만 래미는 기차를 타고 가고 싶었다. 기차를 타고 가야 시간의 흐름을 되돌아 갈 수 있을 거 같았다.

로마 중앙역에서 밀라노행 고속 기차를 탔다. 일등석 쾌적한 의자에 앉아 래미는 잠을 청하기 위해 눈을 감았다. 서울에서 로마까지 긴 하늘 여정에서 래미는 거의 잠들지 못했다. 죽어가는 아들을 살리기 위해 이태리로 향하고 있었지만 이태리에서 어떤 시간이 기다릴지 무서웠다.

졸음이 쏟아지는 눈으로 래미는 기차 창밖을 보았다. 풍경이 낯이 익어 기차가 밀라노를 향해 달리는 게 아니라 옛시간을 향해 달리고 있는 것 같았다. 그러다 눈살이 찌푸려졌다. 민수와 열여섯 살의 래미가 시디 플레이어 이어폰을 나눠 끼고 오페라 음악을 들었던 장면이 떠올랐기 때문이었다. 약한 수면제라도 있으면 먹고 그와의 기억들이 더 떠올려지기 전에 잠을 자고 싶다는 생각이 들었다. 래미는 휴대폰을 꺼내 다운로드 받은 쇼팽의 녹턴을 이어폰으로 들었다. 술도 수면제도 없을 땐 쇼팽의 녹턴이 래미를 재워주는 약이 되어 주었다.

래미는 무슨 꿈인가 어지럽게 꾸었고, 밀라노에 도착했다는 안내 방송이 들려 눈을 떴다. 잠을 잤는데도 쉬지 못한 느낌이었다. 래미는 커피부터 마셔야겠다고 생각하며 기차에서 내렸다. 가방을 끌며 역을 나가기 위해 플랫폼을 걸었다. 로마로 되돌아가는 이 기차를 타기 위해 반대편에서 사람들이 래미쪽으로 걸어왔다.

기차 쪽으로 걷던 사람들 중 한 이태리 중년 남자가 래미를 보고 주춤 걸음을 멈추었다. 순간 멈추어 래미에게 시선을 주는 남자와 래미의 시선이 마주쳤다. 래미는 그 남자가 래미를 아는 듯 바라보는 시선 때문에 그와 시선이 마주쳤지만 그를 알지 못했다. 그래서 고개를 다시 돌려 걷고 있는데 그 중년 남자가 래미 쪽으로 가까이 다가왔다.

"도래미?"

래미가 자신의 이름을 부르는 중년 이태리 남자를 다시 바라보았다. 그 남자가 더 가까이 래미에게 다가왔기 때문에 래미가 그의 얼굴을 가까이서 볼 수 있었다. 역시 모르는 남자였다. 얼굴 나이에 비해 머리가 많이 벗겨진 중년 남자가 살짝 자기 코를 만졌다. 래미는 아,하고 놀라고 말았다.

"시모네?"

열여덟 살이었던 시모네의 얼굴은 없지만 코를 만지며 짓는 장난스러운 표정을 보고서야 시모네라는 걸 알 수 있었다. 열여덟 살 시모네가 래미에게 말했었다.

- 너를 좋아한다고 말하고 싶을 때 코를 만질게. 좋아한다는 말이 너무 흔해서 난 좀 다르게 말하고 싶어서.

"많이 변했네."

래미는 시모네를 이렇게 우연히 만난 게 믿을 수 없었지만 애써 미소를 지으며 말했다.

"도래미는 안 변했어. 바로 알아 봤다니까. 아시아 여자들은 천천히 늙어가는 마법에라도 걸린 거 같아."

시모네가 들고 있던 모자를 벗겨진 머리에 쓰며 말했다. 마법에 걸린 걸 증명하는 또 한 명의 젊고 아름다운 아시아 여자가 시모네에게 다가와 섰다. 시모네가 그 여인의 어깨를 부드럽게 감싸며 래미에게 소개했다.

"도래미, 내 아내 아링이야."

아링이 고혹적인 눈매로 래미에게 눈인사를 했다. 그녀의 외투 안에 입은 빨간 차이나 칼라가 눈에 들어왔다. 저 외투를 벗으면 온 몸의 선이 그대로 드러나고 허벅지에서부터 치마 끝단까지 찢어진 섹시한 여인의 모습이 상상되었다. 시모네가 일본 여자, 한국 여자 다음에 결국 중국 여자와 결혼 했나 보았다. 사랑이 스포츠 경기 같은 거라면 중국 선수에게 승리를 뺏긴 패배감이라도 느낄 거 같았다.

시모네의 아름다운 중국인 아내는 바이올린 케이스를 들고 있었고, 그녀 등 뒤쪽을 따라오던 열 살쯤 되어 보이는 소녀가 시모네 다른 쪽 옆에 섰다. 예쁜 혼혈아의 매력이 흘렀다.

"내 딸이 어젯밤 밀라노에서 바이올린 연주가 있었어. 다시 로마 집으로 가는 중이야."

시모네가 래미에게 무슨 일로 밀라노에 왔냐고 감정을 누르며 물었다.

"밀라노에 꼭 만날 사람이 있어서 한국에서 왔어."

한국에서 왔어, 라는 말에 시모네는 여러 감정이 교차하는 묘한 표정을 지었다. 더 많은 얘기를 하고 싶어 하는 것 같지만 가족이 있고 기차에 올라타야 해서 안타까운 듯 겨우 한마디만 했다.

"… 그랬구나… 한국에 있었구나…"

시모네가 열여덟 살 때 래미를 바라보던 눈빛으로 돌아와 달콤하고도 쓴 인사를 했다.

"차오 벨라!"

차오 벨라… 어여쁜이여, 안녕. 아름다웠던 지난 시간도 안녕.

227

뒤돌아선 시모네는 아내와 딸을 양손으로 감싸며 걸었다. 래미가 부러운 시선으로 그들의 뒷모습을 바라보았다. 시모네의 등을 바라보니 갑자기 차가운 바람이 그녀의 가슴에 파고드는 거 같았다. 열여섯 살, 시모네를 만났을때부터 시모네의 등을 보면 이상하게 외로움이 스며들었다. 이제야 생각해보니 달려가 그 등을 돌려 그녀를 보게 하고 싶었던 거 같았다.

자신의 마음이 누군가에게 가버리는 그 생경한 감정이 무엇인지 혼돈스러웠던 열여섯 살이었다. 더 만날 수 있었다면 그 혼돈의 터널을 지나고 사랑했을 사람이었다. 아니, 어쩌면 그때 이미 사랑이었는지 모른다. 아니 사랑이었던 거 같다. 그렇다. 첫 사랑이었다.

아, 첫사랑인 그에게 무슨 짓을 했는가.

시모네가 아이들 합창 지휘를 마치고 관객에게 인사할 때 래미를 향해서 코를 만졌던 기억이 떠올랐다. 축구를 하다가도, 콜로세움이 보이는 언덕에서도 코를 만졌었다.

옛 추억에 래미는 쓴 미소가 지어졌다.

"도래미, 사르데냐 섬에 같이 갈 수 있지?"

사르데냐섬 큰아버지 집에 같이 갈 수 있는지를 묻는 시모네의 허리를 조심스레 감았었다. 단단한 근육 느낌이 좋았다. 시모네가 자신의 허리를 감싸는 래미를 쳐다보며 다시 코를 만졌다. 시모네 부모가 아들이 합창 지휘를 마치고 왜 코를 만졌는지 알겠다는 미소를 나누었었다.

로마 치비타베키아 항구에서 시모네는 래미를 기다렸었다. 래미하고 멋진 시간을 보낼 생각에 기분이 들떠 있었다. 시모네 부모가 여행 가방을 옆에 놓고 함께 기다렸다. 그 날 그 시간 래미는 민수와 함께 밀라노행 기차를 타고 있었다.

밀라노 기차를 타게 될 줄은 래미도 몰랐었다. 시모네와 사르데냐섬에 갈 생각에 래미는 내심 들떠 있었다. 사르데냐 여행 정보가 있는 잡지를 사서 노천 카페에서 주스를 마시며 읽었다. 사르데냐가 왜 최고의 휴양지인지 얼마나 많은 영화가 사르데냐를 배경으로 만들어졌는지를 읽었다. 사진들만 봐도 그곳에 가면 몸과 마음이 에메랄드 바다와 하나가 될 거 같았다.

바로 그 날 저녁 래미는 성희와 민수와 함께 한식당에 갔었다. 사르데냐 여행에 들떠있는데다 한식을 먹을 수 있어서 래미는 기분이 좋았다. 그런데 성희와 민수가 다투었고 그 날 밤 래미는 민수의 집에서 잠이 들고 말았다. 바로 다음날 래미는 성희네 집에서 나와야 했다. 그리고 민수가 래미를 데리고 밀라노행 기차를 탄 날이 시모네와 사르데냐 섬에 가기로 한 날이었다.

민수가 로마 기차역에서 밀라노행 플랫폼을 확인하려 전광판을 바라볼 때 래미는 치비타베키아가 써 있는 곳에 시선이 갔다. 저 기차를 타야 시모네를 항구에서 만날 수 있었다. 시모네가 기다리고 있다는 것을 알면서도 래미는 연락할 수 없었다. 뭐라 변명할 수 있는 얘기가 없었다. 그러나 마음은 치비타베키아 기차를 타고 싶었다.

민수가 자신의 가방과 래미의 가방을 함께 끌고 밀라노행 기차를 탈 플랫폼으로 걷기 시작했다. 래미는 민수 뒤에 자꾸 뒤쳐지면서 두 단어만 떠올렸다. 치비타베키아. 시모네.

래미가 탄 밀라노행 기차가 로마를 벗어났을 때 시모네의 부모가 시계를 보더니 그만 기다리자는 말 대신 시모네의 어깨에 손을 얹었다. 그리고 시모네의 어깨를 감싸면서 배를 향해 걸었다. 시모네가 몇 번이나 뒤돌아보았다.

시모네는 뱃머리에서 멀어지는 치비타베키아 항구를 바라보았다. 그렇게 래미와 마지막 추억이 끝난다는 것은 몰랐다.

시모네는 래미를 우연히 다시 만나고 마음이 진정되지 않았다. 눈치 빠른 아링이 행여 그의 표정을 읽을까봐 시선을 피했다. 래미는 소녀에서 여인으로 변해 있었지만 시모네를 사로잡았던 그녀만의 아름다움은 변하지 않은 듯 보였다. 신비로운 막으로 감싸여 있는 보석 같은 아름다움. 그런데 그 보석은 자신이 다른 돌과 다르다는 것을 알지 못하고 있었다. 그래서 수줍게 움크리며 보석의 빛을 감추고 있었다.

기차에 올라 아내와 딸의 짐을 선반 위에 올려 준 후 의자에 앉아 창밖을 보았다. 래미를 만났던 자리를 다시 쳐다보았다. 그 자리에 없을 거라 생각했는데… 래미가 서 있었다. 기차 쪽을 쳐다보며 무슨 생각인가에 잠겨 있었다. 시모네는 자리에서 일어나 기차 복도를 걸어 기차 칸 사이에 있는 승하차 문으로 갔다. 아내와 딸이 기차에 타고 있지 않았다면 시모네는 다시 기차에서 내려 래미에게 다가가고 싶었다. 꼭 물어보고 싶은 게 있었다. 왜, 치비타베키아 항구에 나타나지 않았는지, 왜 그 후 바람처럼 사라졌는지… 왜, 도대체 왜?

시모네는 아직 열려있는 승하차 문의 계단을 내려 갔다. 래미를 바라보았다. 래미도 시모네가 기차에서 내린 모습을 보았다. 두 사람은 서로 움직이지 않은 채 바라보았다.

시모네는 보았다. 래미가 울고 있는 것을.

사르데냐를 향하는 배가 치비타베키아 항구에서 멀어질 때 배 끝에 서 있던 시모네는 눈물을 흘렸었다.

- 그녀도 울고 있구나.

시모네는 이십 년만에야 그녀를 떠나보낼 수 있을 것 같아졌다. 이제 정말 이별 할 수 있을 것 같았다. 왜 치비타베키아 항

231

구에 나타나지 않았는지, 왜 바람처럼 사라졌는지 더 이상 물어보지 않아도 될 거 같았다. 래미의 눈물을 보니 먼지로 켜켜이 쌓인 아련한 아픔이 씻기는 거 같았다. 중년 남자 시모네의 눈이 엷게 젖으며 흐릿한 미소가 지어졌다. 그리고 혼잣말로 작게 읊조리며 기차에 올랐다.

"차오, 벨라…"

안녕, 내 사랑…

Ciao Bella

잊지 않고도 용서할 수 있으며, 용서하지 않고도 화해할 수 있다.

- 아르투어 슈니츨러

기차에서 내린 시모네가 보였다. 그의 몸이 흔들리는 거 같았다. 래미에게 가고 싶은 마음과 갈 수 없는 마음 때문에 흔들리고 있는 게 느껴졌다. 래미도 시모네와 똑같은 마음으로 흔들렸다. 그래서 두 사람은 고통스럽게 제 자리에서 움직이지 못하고 서로 바라보았다. 기차가 출발한다는 호루라기가 울리고 시모네가 천천히 기차에 올랐다. 그의 한 손이 살짝 올려져 작별의 손짓을 보였다. 우연으로라도 더 만나지못할 것을 아는 작별의 인사라는 걸 래미도 느낄 수 있었다.

시모네가 탄 기차가 천천히 출발하기 시작했다. 조용히 흐르던 래미의 눈물이 기차가 멀어질수록 흐느낌으로 바뀌었다. 기차가 한 점으로도 보이지 않을 때까지 래미는 서 있었다. 래미에게 마음 떨리는 사랑은 시모네 뿐이었다는 걸 이렇게 뒤늦게 다시 깨달아진게 슬펐다. 천사의 성에서의 현기증 나는 첫키스도 떠올랐다. 그에게 첫사랑이었노라, 말도 못하고 떠나야 했던 게 슬펐다. 사랑인지 모르고 사랑을 떠난 자신의 열여섯이 원망스럽기조차 했다. 래미의 손을 잡았던 시모네를 떠나지 않았더라면 오늘 밀라노 역에서 딸의 바이올린 케이스를 들고 서 있는 래미가 되었을지도 모른다는 생각마저 들었다. 시모네와의 사랑을 잡았더라면, 민수와의 악몽도 없었을 것이고, 사랑없는 인철과의 결혼도 없었을 것이었다. 사랑없이 시작한 결혼에서는 새롭게 사랑이 피어나지도 않았다.

■ 차오벨라 □

사랑은 다른 영혼이 내 안으로 서서히 스며들어 내 영혼과 하나되는 완전함 같은 거 아닐까. 그런 완성의 황홀감이 인철과는 처음부터 없었고 결혼을 하고 난 후에 새로이 생기지도 않았다. 래미는 결혼 후 새로운 생명이 자신 안에 다시 담겨진 것에 속죄의 마음으로 집중했을 뿐이었다. 그것은 보편적 모성과도 다른 어떤 것이었다.

　래미는 밀라노 역에서 택시를 타고 마에스트로 살바토레 집을 찾아 갔다. 아직도 마에스트로가 그 집에 사는지조차 알 수 없었다. 그 집에 살고 있지 않는다면 어떻게 할 것인지조차 대책이 없었다.

　살바토레 집 낯익은 대문 앞에서 래미는 한참을 서 있었다. 살바토레가 절대 찾아오지 말라고 했던 말이 떠올랐다. 이 집을 찾아 온 게 그녀에게도 고통스러운 기억을 다시 껴안는 일이었다. 그리고 바로 이 집에서 래미의 아들이, 보지도 못했던 아들이 자랐을 거라고 생각하니 목이 메였다. 래미는 떨리는 손으로 대문 초인종을 눌렀다. 인터폰으로 누구냐고 묻는 목소리가 들렸다. 래미는 그 목소리를 듣자 몸이 굳어지듯 긴장되었다. 아무나 흉내낼 수 없는 귀족적인 말투인 엘리사였다. 래미는 입이 굳어 자신이 누구인지 대답하지 못했다.

　래미가 망설이며 있는 얼굴을 엘리사는 인터폰 모니터로 보았다. 엘리사는 자신의 눈을 의심했다. 인터폰 모니터라 얼굴이 선명하게 보이지 않았지만 동양 여자의 눈이 슬프게 껌뻑거리고 있는 모습이 래미를 닮은 것 같아 화들짝 놀랐다. 아니겠지, 하는 마음으로 물었다.

"도 래 미 ?"

래미는 인터폰 앞에서 미안한 듯 시선을 내리며 말했다.

"찾아오지 않겠다는 약속을 못 지켜 죄송해요."

대문은 열리지 않았다. 래미는 그대로 서서 기다렸다. 눈을 감았다. 얼마쯤 시간이 지났을까, 탈칵하며 철 빗장이 열렸다.

래미가 대문 안에 들어서자 예전과 다름없이 아름답게 가꾸어진 정원이 보였다. 달마시안 개는 보이지 않았다. 엘리사는 거실 문을 열어 주었지만 들어서는 래미에게 인사하지 않았다. 따뜻한 그녀답지 않았다. 래미는 초대받지 못한 곳에 들어간 불청객의 불편함으로 엘리사를 쳐다보지 못했다.

엘리사는 래미에게 거실 의자에 앉으라고 손으로만 얘기하고 커피를 준비했다. 래미는 에스프레소 커피가 만들어지는 향에 순간 미소까지 지을 뻔했다. 엘리사가 커피를 한 잔만 테이블에 놓았다. 두 잔이 아닌 한 잔의 의미가 같이 마시고 싶지 않다는 의미고, 빨리 마시고 가달라는 의미라는 걸 래미는 알았다.

"이 커피 맛, 한국에서 가끔 그리웠었어요."

엘리사의 집에 커피를 마시러 한국에서부터 온 것처럼도 들렸다.

"난, 남편이 가끔 그리운데."

커피를 마시던 래미가 놀라 엘리사의 얼굴을 바라보았다. 엘리사의 얼굴이 슬프게 굳어졌다.

"언… 제..?"

"작 년."

엘리사가 힘없이 대답했다.

"살바토레는 안드레아가 어른이 된 것을 보고 떠나는 걸 감사해했어."

내 아들 이름이 안드레아구나. 래미는 자신이 이십이 년만에 아들의 이름을 알게 된 친모라는 사실이 새삼 믿기지 않았다.

"안. 드. 레. 아."

래미가 글씨를 눌러 쓰듯 이름을 불러 보았다. 엘리사가 고개를 돌려 거실 한쪽 장식장을 가리키듯 바라보았다. 래미가 일어나 장식장 있는 곳으로 천천히 걸어갔다.

안드레아의 사진 액자들이 있었다. 아기 안드레아, 소년 안드레아, 그리고 지금 청년의 안드레아까지. 한국 아이인데 이태리에서 자라서 이국적인 분위기가 있었다. 안드레아는 아이 때부터 청년까지 모든 사진에서 웃고 있었다. 사진 속 안드

237

레아 옆에서 살바토레 부부도 행복한 웃음을 짓고 있었다. 행복하게 자랐구나…

래미는 몸을 부들부들 떨었다. 자기의 아들인데 이십이 년이 흘러 이렇게 사진으로 먼저 만나다니… 래미는 가시 박힌 채 찍을 맞는 기분이었다.

"안드레아를 만나야 해요. 허락해 주세요."

래미가 몸을 돌려 장식장을 등지고 엘리사에게 말했다. 엘리사는 대답을 피하듯 고개를 돌렸다.

"안드레아는 당신 아들이에요. 돌려달라고 온 게 아니예요."

래미는 엘리사의 차를 몰고 고속도로를 달렸다. 코모 (Como) 표지가 보이자 핸들을 꺾었다.

"안드레아는 살바토레 묘지에 갔어. 매주 한 번은 가거든. 저녁 시간에 집에 올거야."

래미는 저녁 시간까지 안드레아를 엘리사 집에서 기다리고 싶지 않았다. 살바토레 묘를 찾아가겠다고 했다. 엘리사는 묘지가 코모 호수에 있다면서 그녀의 차 키를 래미에게 내밀었다. 래미는 차 키를 받으며 엘리사를 바라보았다. 두 사람은 잠시 아무 말 없이 서로 바라보았다. 서로 많은 얘기를 가지고 있지만 서로 아무 얘기도 나눌 수 없음을 슬퍼하면서. 밀라노

238

에서 코모까지는 한 시간에 갈 수 있었다.

코모는 자연의 고요한 평화를 그리는 화가의 그림 같은 마을이었다. 그 푸른 호수가 내려다보이는 전망좋은 곳에 묘지가 있었다. 마에스토로 살바토레의 묘가 있기에 어울리는 곳이었다. 래미는 호수의 작은 물방울 같은 자신의 작은 존재를 느끼며 묘지 안으로 들어섰다. 사진으로 먼저 만난 안드레아가 눈에 띄면 바로 알아볼 수 있을 거 같았다. 묘지는 넓지 않았고 짐작대로 한 동양 청년의 모습이 멀찍이 눈에 보였다. 그는 한 묘를 등지고 앉아 호수쪽을 쳐다보고 있었다.

안드레아는 한 아시아 여자가 걸어오는 걸 보았다. 다른 묘를 찾아온 이로 여기고 곧 시선을 바꾸었다. 그런데 그 여자가 안드레아에게 가까이 다가오자 안드레아는 다시 그 여자를 바라보았다. 이곳 묘지를 아시아 여자가 찾아 온 것이 이상했고, 그 여자가 안드레아를 아는 듯이 다가오는 것도 이상했다.

안드레아는 혹시 그 여자를 만난 적이 있었는데 자신이 기억하지 못하는 것은 아닌지 순간 혼돈스러웠다. 그러고 보니 그녀를 어디선가 본 듯한 느낌도 스쳤다. 스치는 느낌일 뿐 낯선 여자였다.

낯선 여인이 안드레아 가까이 다가와 서자 안드레아는 경계하는 눈빛으로 서서히 일어났다. 래미는 안드레아의 얼굴을 한 조각씩 눈에 새겨 넣을 듯 바라보았다. 벅찬 감정을 누르느라 래미의 얼굴이 이상하게 실룩거리고 있었다.

"누구세요?"

안드레아가 차가운 목소리로 물었다. 낯익음과 낯섬의 혼돈을 주는 이 여자의 정체를 빨리 알고 싶어졌다. 여자는 대답 대신 눈에 물기가 고였다.

"나를 아나요?"

"……"

"왜 우나요?"

"… 내가 너에게 용서받을 수 없는 잘못을 했으니까."

안드레아가 잠시 말을 잇지 못하더니 한국말로 말했다.

"엄… 마..?"

래미는 엄마, 라는 말에 주저 앉았다. 안드레아는 낮꿈을 꾸는 것 같아 묘지 주변을 둘러 보았다. 새들이 재잘거리며 이리 저리 날아다니고 있었다. 안드레아는 살바토레 묘지를 향해 부르짖듯 물었다.

"아빠, 어떻게 해야 하는 거죠?"

안드레아의 눈이 순간적인 극도의 충격으로 충혈되었다.

그날 밤, 엘리사의 집 식탁에 엘리사와 안드레아, 래미가 앉았다. 집 밖의 밤의 정적이 세 사람에게도 흘렀다. 세 사람은 어색함을 피하기 위해 음식을 조금 먹는 체 했지만 접시의 음

식이 거의 그대로 남아 있었다. 래미가 와인을 한 잔 성급히
비웠다.

"사람이 얼마나 나빠질 수 있는지 지금 제가 보여드릴게요."

취하지 않은 래미가 취한 듯한 목소리로 말했다.

"한국에 열일곱 살 아들이 있어요. 많이 아파요. 죽어가고
있어요. 그런데 골수 이식이 성공하면 살 수 있대요. 형제가
가능성이 높다고⋯ 수술해 볼 수 있는 시간이 얼마 남지 않았
다고.."

엘리사는 침착하려 애쓰며 안드레아의 어깨를 살짝 감싸주
고 나서 조용히 일어났다. 엘리사가 그녀의 방으로 가고 안드
레아와 래미만 식탁에 남았다.

"버렸던 아들을 만나러 온 게 아니었네요. 버렸던 아들, 이번
엔 골수를 빼달라고 하러 온 거네요."

안드레아가 자조적인 미소를 지으며 차갑게 물었다. 그의 눈
은 분노로 뜨거워지고 있었다.

"나는⋯ 용서를 구할 자격도 여유도 없어. 죽어가는 내 아들
살리고 싶을 뿐이야.."

"버린 아들은 죽어도 괜찮다고 버린거구?"

래미가 괴롭게 머리를 도리질했다.

"아니야, 아니야⋯ 난 그때 열여섯 살이었어. 너를 키울 수가
없었어."

241

"이태리 여자들은 열여섯 살에 아기 낳고도 잘 기르는데 왜 당신은 키울 수 없었어? 왜?"

외치듯 왜,라고 물었다. 안드레아는 너무나 오래되고 감당할 수 없이 무거웠던 화가 치밀어 올라 괴로웠다.

"……"

래미는 고여시는 눈물로 눈앞의 모든 것이 출렁였다. 래미의 눈물이 흘러내리려 할 때 얼음같이 차가운 목소리가 들렸다.

"난 나를 버린 여자의 아들을 위해 골수를 줄 수 없어!"

안드레아는 더 이상 말할 게 없다는 듯 일어나 그의 방으로 올라갔다. 홀로 식탁에 남은 래미는 기운이 모두 빠져나가는 것 같았다. 쓰러질 것처럼 어지러워 와인을 다시 마셨다. 울음이 터질 것 같았다. 하지만 이곳은 남의 집이어서 울 수도 없었다. 래미는 식탁에 얼굴을 파묻고 엎드렸다. 그녀의 어깨가 소리없이 들썩였다.

교회 종소리가 들렸다. 아침 햇살이 식탁에 엎드린 채 잠들어 있는 래미를 감싸주듯 비쳤다. 종소리를 들으며 잠이 깬 래미는 눈을 뜨려했지만 눈물이 풀처럼 말라붙어 있어 쉽게 떠지지 않았다. 온 몸의 근육은 쑤셨다.

"엄마 교회 갈 건데 같이 갈래?"

엘리사의 차분한 목소리가 들렸다.

"오늘 줄리아 만날 거예요. 아침에 집으로 오라고 했어요."

안드레아의 목소리가 들리자 래미가 간신히 눈을 뜨고 식탁 의자에서 일어났다. 외출복을 입고 막 나가려는 엘리사에게 식탁에서 무례하게 잔 것을 먼저 사과했다.

"방에 가서 자라고 흔들어 깨웠는데 잠이 너무 깊이 들어서 깨질 않더라구."

엘리사가 어떤 상황에서도 몸에 배어있는 자상함으로 래미에게 말했다.

"피곤할텐데 지금이라도 방에 가서 더 쉬어."

엘리사가 말하고 나서 현관 문을 나섰다. 이때 초인종이 울렸다. 싱그럽게 예쁜 아가씨가 거실 문 안으로 들어섰다. 엘리사와 서로 뺨을 대며 인사했다. 이번엔 안드레아에게 안기며 가벼운 입맞춤을 했다. 엘리사가 먼저 나가자 줄리아가 안드레아에게 밝게 물었다.

"어디 가고 싶어?"

"어디든… 스위스 다녀올까?"

안드레아가 대답할 때 줄리아가 거실에 정물처럼 서 있는 래미를 보았다.

"누구?"

안드레아는 뭐라 대답해야 할지 몰랐다. 래미는 안드레아를 더 당황하게 만들고 싶지 않아 가방과 외투를 급히 챙겨들었다. 문 쪽의 안드레아에게 다가섰을 때 봉투 하나를 건넸다. 항공권 봉투였다.

"난 내일 한국으로 돌아가야 해. 이거 비행기 티켓인데 혹 마음이 바뀌면…"

래미는 여기까지 간신히 얘기하고 밖으로 나가려 거실문을 열었다. 쥴리아는 무슨 영문인지 놀라 안드레아를 쳐다보았다. 안드레아는 얼떨결에 받아든 항공권을 내려다 보며, 나가는 래미 등 뒤로 말했다.

"쥴리아, 오늘 스위스에 가서 며칠 있다 올까?"

차 속도기가 140에 이르자 소형 폭스바겐차가 바람을 가르는 속도만큼 흔들렸다. 운전하는 안드레아의 표정이 흔들리는 차보다 더 불안해 보였다. 쥴리아가 옆에 없는 듯 혼자 깊은 생각에 빠져 얼굴을 찌푸리고 있었다. 쥴리아는 안드레아 집에 있었던 여자가 누구일지 짐작이 되었다. 안드레아와 같은 아시안 얼굴이고 한 눈에도 어딘가 닮아 있었기 때문이었다. 안드레아가 입양된 아들이고 안드레아가 친엄마를 오랫동안 만나고 싶어했다는 것을 잘 알고 있었다. 그러다 불안한 생각이 스쳤다.

'그 한국 여자가 안드레아를 한국으로 데려가면 어떡하지?'

안드레아의 과속 운전으로 한 시간만에 스위스 루가노 호수

244

에 도착했다. 차에서 내리자 쥴리아는 차멀미로 거북해서 호수 벤치에 앉았다. 스위스 호수는 이태리 호수와 또 다른 아름다움이 있었다. 호수 주변의 산은 이태리보다 더 높이 거칠게 솟아 있고 그 산 아래 사람들은 자연을 이기며 살려는 강한 모습들이었다. 자연과 더불어 노는 듯한 이태리 사람과 달랐다. 유람선이 유유히 호수를 가르며 지나가고 있었다.

"스탕달의 〈파르마 수도원〉에서 왜 루가노 호수가 배경이 되었는지 알 거 같아. 주인공 파브리스가 왜 연인을 이곳에서 만났는지. 연인과 같이 있기만 해도 로맨틱해지는 곳인거 같아."

혼자 생각에 빠져있는 듯한 안드레아에게 말을 걸기 위해 쥴리아가 책 얘기를 꺼냈다. 안드레아는 관심이 없어 보였다.

"안드레아, 우리 열다섯 살때부터 연인이었잖아. 그래서 난 너를 잘 알아. 너가 한 번도 친엄마를 만나고 싶다는 말을 하지 않았지만 얼마나 만나고 싶어 했는지도."

안드레아는 영리하고 눈치 빠른 쥴리아가 자기 집에서 본 여자가 누구인지 짐작했을 거라는 것을 알았다.

"너는 절대 이해할 수 없어. 친엄마한테 버려졌다는 생각이 얼마나 고통스러운 감옥이었는지."

쥴리아는 안드레아가 슬픈 감정으로 더 기울어지지 않도록 잠시 침묵했다.

"넌 양부모 밑에서 행복하게 살았잖아."

"그래, 난 좋은 양부모 밑에서 자랐어. 양부모는 내게 최선을 다했어. 그런데 그것마저도 방해하려고 친엄마가 나타난 거 같아."

"행복하게 자랐으니까 친엄마를 만나도 미워하지 않을 수 있지 않아?"

안드레아는 쥴리아처럼 친부모 밑에서 자란 아이가 절대 알 수 없는 어떤 것을 더 설명하고 싶지 않아졌다.

"내가 보고 싶어 친엄마가 온 게 아냐. 나보고 백혈병으로 죽어가는 한국의 자기 아들을 위해 골수를 달래."

밝은 쥴리아의 얼굴에 그늘이 졌다. 안드레아는 쥴리아 옆에 앉아 있기 힘든지 벌떡 일어나 혼자 걷기 시작했다. 쥴리아는 안드레아의 뒷모습이 가여워 안아주고 싶었지만 그에게 혼자만의 시간을 주어야 할 것 같아 참았다.

한참 후에 쥴리아에게 되돌아온 안드레아의 표정은 여전히 어두웠다. 무거운 분위기를 바꾸고 싶은 쥴리아는 아이 같은 귀여운 표정을 지으며 배고프니 퐁뒤 요리를 먹으러 가자고 했다. 쥴리아는 자기가 좋아하는 치즈 퐁뒤 대신 안드레아가 좋아하는 오일 퐁뒤를 주문했다.

쥴리아는 안드레아가 친모나 양모에게 얻을 수 없는 위안을 쥴리아에게서 찾고 싶어한다는 것을 느꼈다. 속으로 은근히 행복하기조차 했다. 줄리아는 안드레아에게 소중한 연인이 되기 위해, 그가 그녀에게 더욱 기대게 하기 위해, 때론 엄마처럼 때론 아이처럼 적절한 역할을 했다. 사랑을 위해서는 연극이 필요하다는 걸 영리한 여자들은 잘 알고 있다.

"톨스토이가 쓴 '사람은 무엇으로 사는가'라는 책 읽어 봤어?"

퐁뒤를 먹고 호수가 보이는 벤치에서 핫초콜릿을 마실 때 줄리아가 다시 책 얘기를 하기 시작했다. 안드레아는 문학을 전공하는 줄리아가 책 얘기를 들려주는 걸 좋아했다.

"한 천사가 하나님의 벌을 받아 땅에 내려왔어. 하나님이 천사에게 세 가지를 깨달으면 하늘로 돌아올 수 있다고 했어. 첫 번째 질문은 인간의 내면에 무엇이 있는지? 두 번째는 인간이 모르는 것이 뭔지? 세 번째는 인간은 무엇으로 사는지,였어. 천사는 자신이 땅에 떨어진 날, 추위와 배고픔으로 죽어갈 때 살려준 이로부터 하나님의 첫 번째 질문의 답을 얻었어. 인간의 내면에 있는 건 사랑이었어. 그리고 몇 년이 지난 후에, 자신이 죽는 날이라는 것을 모르고 이기적으로 사는 사람을 보고 인간이 모르는 것이 '진리'라는 것을 알았어. 그리고 세 번째, 인간은 무엇으로 사는가에 대한 답은 다시 몇 년이 지난 후에야 알게 돼. 부모없이 버려진 아이들을 키우는 여인을 보며 알았어. 인간은 무엇으로 사는가도 사랑이었어."

247

줄리아가 안드레아의 어깨에 그녀의 머리를 기대었다. 안드레아가 고개를 돌려 그녀의 입술에 가볍게 입을 맞추었다. 안드레아가 입을 떼었을 때 줄리아가 그녀의 손을 안드레아의 머리 뒤로 감고 그녀의 얼굴로 다시 당겼다. 안드레아는 그녀 입안의 초콜릿 맛을 느꼈다.

안드레아는 다시 밀라노로 되돌아가기 위해 고속도로를 달렸다. 스위스 올 때와 같이 난폭하게 운전하지 않았다. 밀라노에 도착한 안드레아는 그의 친구 톰마소를 찾아 갔다. 화가인 톰마소의 작업실은 밀라노 두오모 광장 근처에 있었다. 안드레아는 그의 친부모였던 래미와 민수가 이십이 년 전 이 광장을 함께 산책했었다는 것을 짐작할 수도 없었다.

톰마소는 그림 그릴 때 누군가 불쑥 찾아오는 것을 싫어 했지만 안드레아만은 예외였다. 톰마소와 안드레아는 한국인 입양아로 이태리에서 자랐다는 특별한 관계가 있었기 때문이었다. 두 사람 말고도 다른 한국인 입양아들이 이태리에 많다는 것을 알고 있었지만 만나지 않았다. 아니 오히려 만나는 걸 피하고 싶었다. 톰마소 양아버지와 안드레아 양아버지 살바토레가 친구였기에 톰마소와 안드레아는 자연스레 친해졌고, 입양아들만이 통하는 상처를 쓰다듬어 주는 친구로 지냈다. 톰마소가 안드레아보다 열다섯 살이나 더 많았지만 이태리는 나이와 친구가 상관이 없었다.

안드레아는 톰마소의 유화 작업을 방해하지 않고 기다렸다. 어느 정도 마무리되자 톰마소는 붓을 내려놓고 커피 원두를 갈았다. 톰마소는 까다로운 커피 취향을 가지고 있고 그의 성격도 그의 그림도 특이했다. 주로 사람의 얼굴을 그리는데 얼굴 안에는 기이한 모형과 생물들이 강렬한 원색들로 그려졌다.

물감으로 얼룩진 티셔츠를 입은 톰마소가 짙은 향이 퍼지는 커피를 안드레아와 줄리아에게 건네주었다. 톰마소도 커피를 마시며 안드레아에게 미소 지었다. 늘 차가운 인상을 주는 톰마소는 안드레아에게는 그의 귀한 미소를 지어 주었다.

"이런 늦은 시간 둘이 데이트해야지 왜 나한테 왔어?"

"한국에서 친엄마가 찾아왔어."

안드레아의 대답에 톰마소가 펀치라도 맞은 듯 고개를 옆으로 돌리며 이상한 형태로 굳었다. 축하한다고 얘기를 해야하는데 잘 안되는 모양이었다.

"너는 젊어서 엄마를 만나는 날이 오는구나. 내 나이쯤 되면 친엄마 찾는 걸 포기해야 되거든."

평소에도 톰마소는 자기 조롱하는 말을 습관처럼 했다.

"그런데 날 찾아온 게 아니야. 친엄마한테 아들이 있는데 백혈병에 걸렸데. 골수가 필요해서 온 거야."

다혈질인 톰마소가 마신 에스프레소 잔을 바닥에 던져 버렸다. 세라믹 잔은 깨지지 않고 신경질적인 소리로 나무 바닥을 뒹굴었다. 톰마소는 분노하는 얼굴로 욕을 해대었다.

"빌어먹을 한국, 입양아 팔아 먹는 돈에 미친 나라! 친엄마가 무릎 꿇고 용서를 빌러 찾아 온 게 아니라 한국의 아들 살리려 골수를 달라고 왔다고? 난 죽을 때까지 친엄마를 안 찾을거야!"

톰마소가 끓어 오르는 화를 못참겠는지 벌떡 일어났다. 갑자기 제 정신이 아닌 듯, 방금 전까지 그리던 유화 작품을 미술용 칼로 긋기 시작했다. 쥴리아가 말리고 싶어 일어나려 하자 안드레아가 쥴리아의 손을 잡았다. 그리고 귓속말로 쥴리아에게 뭐라 말했다. 쥴리아는 안드레아의 뺨에 가볍게 입을 맞춘 후 가방을 들고 나갔다.

톰마소는 칼로 찢긴 그림 앞에서 고개를 떨구고 서 있었다. 안드레아는 톰마소의 뒤로 다가가 한 손을 그의 어깨에 올려 놓았다.

"나도 화가 나. 미쳐버릴 정도로. 그래서 형을 만나러 왔어."

톰마소가 그의 어깨에 올려진 안드레아의 손이 떨리는 게 느껴졌다. 몸을 돌려 안드레아를 안았다. 그리고 혼잣말처럼 말했다.

"우리같이 친엄마한테 버림받은 이들이 사랑을 안다는 건..

기적이야."

안드레아는 이십이 년 동안 자기 모습과 다른 사람들을 엄마 아빠라고 불러야 되는 혼돈을 감당할 수 없을 때가 많았다. 살바토레와 엘리사는 안드레아를 친아들처럼 사랑해 주었고 최상의 교육을 받게 해 주었다. 누가봐도 안드레아는 행복하지 않을 이유가 없는 아이로 자랐다. 그런데도 안드레아는 늘 마음 한 편이 공허했다. 밤에 혼자 울곤 했다. 친엄마를 모르는 것은 삶의 제일 중요한 뿌리의 퍼즐을 잃어버린 거였다. 그 잃어버린 퍼즐은 안드레아를 행복하지 못하도록 옭아매는 저주의 퍼즐이었다.

한국은 전쟁 후 고아들을 외국으로 입양시키기 시작했다고 들었다. 그런데 배고픔이 없는 경제 성장을 한 후에도 여전히 해외로 입양시키고 있는 것을 안드레아는 이해할 수 없었다. 안드레아가 더 혼란스러웠던 것은 한국 입양아들이 한국에서 해외로 입양되는데 왜 자신은 이태리에서 태어났고 이태리 양부모의 손에서 키워졌는지에 대한 의문이었다. 혼돈의 사춘기 앓이를 할 때 안드레아는 몇 차례 살바토레에게 자신의 친부모 얘기를 물어 보았었다. 살바토레는 모르는 것이 안드레아에게 좋을 것 같다면서 안드레아의 마음을 달래주려고만 했었다.

안드레아는 사실을 알고 더 상처받는 것보다, 모르고 혼돈에

251

간혀 있는 게 나을 것 같다는 살바토레의 생각을 이해하려 애썼다. 안드레아는 양부모에게 한 번도 자신만의 고집을 주장하며 떼를 쓴 적이 없었다. 양부모는 안드레아의 순종에 흡족해 했지만 안드레아는 친부모가 아닌 사람들에게 떼를 쓸 용기가 없었기 때문이었다.

안드레아는 어릴 적 이태리 친구들이 그들의 부모에게 소리지르고, 때론 땅바닥에 뒹굴며 막무가내 떼를 쓸 때 마음이 쓰리도록 부러웠다. 유년 시절 안드레아가 가장 해보고 싶은 거였다. 부모에게 막무가내 떼쓰기가 소망인 소년으로 자라면서 안드레아는 일찍 철든 모범생의 자리를 스스로를 보호하는 자리로 선택했다.

살바토레는 안드레아를 훌륭한 음악인으로 키우기 위해 신생아 때부터 노력을 시작했다. 안드레아는 오페라 음악을 늘 들으면서 자랐다. 말을 배우기 시작할 때부터 성악가 훈련이 시작되었다.

안드레아는 또래 아이들은 물론 음악에 재능을 보이며 음악가로 훈련받는 아이들과도 비교할 수 없는 집중적인 음악 교육을 받으면서 자랐다. 피아노 연주는 기본이었다. 엘리사가 안드레아에게 바이올린 레슨도 받게 했지만 안드레아는 바이올린 소리가 슬퍼서 배우고 싶지 않았다. 감추고 싶은 깊은 슬픔을 바이올린 소리가 건드려서 싫었다.

최고 사립 음악 학교를 다녔고, 음악 대학교를 들어가면서 밀라노 오페라 극장 공연 배우가 되었다. 살바토레의 인맥이 도와준건 당연했다. 살바토레는 몇 년 안에 안드레아를 스칼라 극장에 들어가게 하려는 계획을 가지고 있었다. 스칼라에 들어가는 안드레아는 보지 못하고 살바토레는 세상을 떠났다.

안드레아를 음악가로 만들어 놓는 과정들을 살바토레는 인생의 낙으로 즐겼었다. 당뇨가 심해지면서 오는 일상의 불편함도 낙심하지 않고 인내했다. 끝내 당뇨 합병증으로 심각한 건강 이상이 와서 죽음을 통과해야 하는 시간을 맞을 때도 삶의 행복을 마음껏 누리지 못한 아쉬움이 없었다. 모래시계처럼 자신 몫의 모래가 아래로 다 쏟아지면 삶에서 죽음으로 뒤집어져야 하는 하나님의 법칙에 순응하며 평온히 눈을 감았다.

Ciao Bella

모든 진실이 모든 이의 귀에 들리는 것은 아니다.

- 움베르토 에코 『장미의 이름』 중에서

비행기 안이다. 래미의 눈은 움푹 꺼져 다크서클이 드리워 있있다. 비즈니스석 의자에 몸을 파묻듯 기대었다. 그녀는 비어있는 옆 자리를 쳐다보았다. 슬픈 눈으로 입술을 지그시 깨물었다.

'미안해 보석아'

패잔병 같은 심정이었다. 이제 보석과 맞는 골수기증자를 찾을 때까지 기다리는 방법만 남았다. 언제가 될지도 모르고, 수술 성공률은 더욱 낮아진다.

비즈니스석 커튼 뒤로 이코노믹 승객들이 탑승을 시작하는 소리가 들렸다. 래미는 비즈니스석 서비스를 맡은 승무원에게 와인을 마실 수 있는지 물었다. 래미는 기내용 작은 병 와인을 마시고 나서 한 병 더 부탁했다. 승무원은 피곤한 얼굴로 교양있게 부탁하는 래미의 기분을 이해한다는 듯 미소를 지으며 다시 작은 와인병을 가져 왔다. 빈 위장에서 알코올이 퍼지자 몸이 밑으로 가라앉는 것 같았다. 이 상태로 잠이 들 수 있을 것 같아 수면 안대를 끼었다. 아직도 출발하려면 이십여 분쯤 남아 있었다. 기내의 얇은 복도가 이코노믹 승객들의 걸음걸이로 미세히 진동하는 것을 느끼면서 래미는 잠이 들었다.

비행기가 추락했다. 사람들은 지옥으로 떨어지고 있는 듯 비명을 질렀다. 래미는 마지막 순간이 몇 초 후에 있을 거라는 소름끼치는 공포를 느꼈다. 보석이 떠올랐다. 우리 보석이는 어떡하지, 생각하는데 보석의 뒤에 또 다른 이가 있었다. 아, 안드레아…

이렇게 죽는 게 미안했다. 래미는 비명도 지를 수 없었다. 온몸은 추락하는 속도에 마비되었다. 극한 공포의 현기증을 마지막으로 느끼며 의식을 잃어버렸다. 캄캄한 무의식의 세계를 지나니 비현실적인 차원의 시공간으로 다시 들어가는 것 같았다. 그런데 또다시, 여전히 보석이 생각만 났다. 안드레아도 함께. 두 아이를 다시 만날 수 없는 곳에 갇힌 곳이 지옥이라는 것을 알고 절망의 비명을 질렀다.

래미는 신음 소리를 내며 꿈에서 깼다. 심장이 가슴을 압박하듯 뛰었고 숨이 가파왔다. 신경이 쇠약해지면 래미는 예외없이 악몽을 꾸었다. 출산실에서 아기를 낳자마자 빼앗기는 꿈을 오랫동안 반복해서 꾸었었다. 비행기가 낙하하는 꿈은 처음이었다.

비행기는 흔들림 없이 날고 있었고 어디쯤 왔는지 모니터를 보려 래미는 수면 안대를 벗었다.

"어떤 음료 드릴까요?"

음료 서비스 중이었던 스튜어디스가 상냥하게 물었다. 래미가 수면 안대 안에서 고여있던 눈물을 손으로 닦고 오렌지 주스를 달라고 했다. 스튜어디스가 래미의 비어있는 옆자리를 바라보며 원하는 음료가 무엇인지 물었다.

래미가 이상한 느낌으로 옆을 바라보는 순간 동시에 옆 좌석에서 남자의 목소리가 들렸다.

"Same here."

래미가 입을 벌리며 놀랐다. 안드레아가 앉아 있었다! 좀 전에 닦았던 눈물이 다시 고였다. 래미는 안드레아를 덥썩 안아주고 싶었다. 두 사람은 서비스 받은 오렌지 주스를 되도록 자연스럽게 마시려 애썼다. 안드레아는 래미의 시선을 피하려는 듯 기내 음악을 이어폰으로 들었다. 그리고 책을 읽었다. 시선을 피하기 좋은 방법이기도 했다. 래미는 안드레아가 무슨 책을 읽는지 궁금했다. 비행기가 출발하면서부터 읽기 시작했는지 책의 앞부분을 읽고 있었다.

안드레아가 아들인데도 그에 대해 아는 게 아무것도 없다는 걸 다시 생각했다. 무엇을 좋아하고 싫어하는지, 무엇을 잘하고 못하는지...

왜 마음이 변해 보석을 도와주기로 했는지도 궁금했다. 알고 싶고 묻고 싶은 것들이 너무 많았다. 그러나 안드레아는 래미가 건네 준 티켓으로 비행기를 탑승했지만 그녀와 얘기할 준비는 안되어 있었다. 래미는 안드레아가 다시 마음을 바꾸어도 이태리로 돌아갈 수 없는 비행기를 타고 있다는 게 다행이

■ 차오벨라 □

라고 생각했다. 안드레아의 마음을 불편하게 건드리지 않아야겠다는 생각에 래미는 오렌지 주스를 마시고 나서 그녀 역시도 이어폰으로 음악을 들었다. 눈을 감았지만 다시 잠이 오지는 않았다. 읽을 책도 없었다. 기내에 배치된 항공사 잡지와 쇼핑 리스트 책은 관심이 없었다. 기내 영화 프로그램 보는 것도 내키지 않았다.

이어폰을 끼고 있던 안드레아의 팔을 살짝 건드려 그의 시선을 돌리게 했다. 용기를 내어 말을 걸었다.

"무슨 책을 읽는지 물어 봐도 돼?"

안드레아는 조금 어색해하며, 읽고 있는 책의 표지를 래미에게 보여 주었다. 『장미의 이름』. 움베르토 에코의 책이었다.

"이해하기 힘들어서 난 몇 페이지 보다가 포기했던 책인데."

래미의 말에 안드레아가 희미한 미소를 보였다. 상대의 말을 존중하는 대화를 교육 받은 사람들의 의례적인 표정이었다.

"아빠가 움베르토 에코의 책들을 읽어 보라고 하셨어요. 계속 미루었었는데 이번에 읽어 보려구요. 에코의 다른 책 몇 권 더 가져 왔어요."

"그래? 나도 갑자기 다시 읽어보고 싶어지네."

안드레아가 순간 멈칫 생각하더니 읽고 있던 책을 덮었다.

그리고 래미에게 내밀었다.

"읽고 싶으면 읽으세요."

래미가 지금 읽고 싶다고 한 말이 아니였다는 걸 안드레아도 알았지만 래미가 에코의 책을 읽고 싶다면 주고 싶었다. 친엄마를 이십이 년만에 만났으니 책 한 권 정도는 줄 수 있지 않을까 싶었다. 어떤 마음인지와 상관없이.

래미는 안드레아의 손이 닿았던 책을 만지고 싶어 그가 내민 책을 받았다. 안드레아는 자신의 가방에서 또 다른 책을 꺼냈다. 제목을 래미에게 보여 주었다. 『*세상의 바보들에게 웃으면서 화내는 방법(il secondo diario minimo)』이었다.(*한국어판 번역 제목)

"에코가 60세 때 쓴 수필이에요. 에코의 글이 어렵다고 생각하는 사람들이 읽으면 좋은 가벼운 수필인데 이것도 드릴까요?"

래미가 가볍게 고개를 저었다. 두 사람은 더 이상 대화를 이어가지 못하고 어색하게 각자의 책을 펼쳤다. 두 사람 모두 새로운 책을 처음 페이지부터 읽어 나가기 시작했다. 래미는 안드레아와의 이야기도 새로 시작될 수 있을까, 생각했다. 늦었지만, 많이 늦었지만 더 늦어지기 전에, 아예 시작되지도 못할 시간에 이르기 전에.

래미는 안드레아의 손 체온이 책에 아직 남아있는 것처럼 펼

처진 책 위를 손으로 쓰다듬었다. 소중한 무엇을 다루듯 페이지를 넘겼다. 첫 페이지부터 읽기에 녹녹한 책이 아니라는 것을 다시 느꼈다. 하지만 이번엔 끝까지 읽기로 결심했다. 더이상 내가 할 수 없다고 읽기도 전에, 알기도 전에 팽개치지 않기로 했다. 어렵다고 팽개쳐진 책 같았던 안드레아를 생각하면서.

살면서 어렵다고 선을 그어놓고 하지 못한 것들이 얼마나 많았는가. 그래서 안드레아가 버려졌고, 안드레아를 버린 후에는 그녀의 꿈도 버려졌다. 버리면 가벼워지는 게 아니라 공허해졌다. 공허는 물속에서 숨을 쉬는 거 같이 무겁게 압박했다. 이제 더 이상 과거의 숨 막히는 웅크림에서 머물고 싶지가 않아졌다.

보석이 병마와 싸워야 하는 현실에서 래미는 마치 전사라도 된 듯 변화하는 자신의 모습을 보았다. 앞으로 남은 래미의 인생은 이렇게 눈을 부릅뜨고 내 것인 것들을 지켜나가고 싶어졌다. 래미는 이 생각에 미쳤을 때 안드레아를 다시 자신의 아들로 만들고 싶다는 바람까지 생겼다. 『장미의 이름』을 읽는 것과 비교할 수 없는 어려운 일이었다. 동네 뒷 산을 오르고나서 다음 목표를 에베레스트산 정복으로 계획하는 것과 같은 거였다.

안드레아는 래미에게 『장미의 이름』 책을 준 것에 작은 만족감을 느꼈다. 한국까지 비행 시간 동안 서로 각자 책 읽기를 하며 어색함을 지탱하기에도 좋았다. 래미가 이태리어를 아는 게 다행이라고 생각했다. 만약 자신이 한국에서 입양된 아이였다가 한국 친부모를 만나게 되면 서로 말도 통하지 않았을 것이다. 안드레아가 알고 있는 입양아들 중 한국 친부모를 찾은 이들이 있지만 간단한 인사말 외에는 대화가 불가능했다는 것을 알았다. 그리고 입양아가 친부모를 찾더라도 뿌리가 뽑혔던 상처가 회복되는 것은 불가능하다는 것도 알고 있었다. 친엄마가 절대 필요한 유아 시절 버림받은 상처는 자신의 생명이 버려도 되는 쓰레기 취급 받았다는 느낌과 다르지 않았다. 이 자괴감은 성장 후 회복되는 상처가 아니었다.

안드레아가 갑자기 한국행 비행기를 오른 것은 친엄마라며 나타난 래미의 부탁을 들어주고 싶어서가 아니었다. 얼굴도 모르는 이복동생의 생명을 살려주고 싶은 동정심도 아니었다.

자신의 잃어버린 퍼즐을 찾을 수 있는 유일한 기회일거라는 생각이 들었기 때문이었다. 이 기회를 외면하면 언젠가 후회하게 될 거 같았다. 알고 싶었다. 자신은 왜 한국 사람처럼 생겨 이태리에서 살아야 했는지.

안드레아는 성장하며 막연히 언젠가 한국에 가보려고 생각

■ 차오벨라 □

했었다. 친부모를 찾을 것인지는 결정하지 않았었다. 만나고 싶은 본능과 저주하고 싶은 분노가 늘 교차했다. 그런데 친모가 돌연 나타나 한국에 함께 가달라고 하소연을 했다.

만나고 싶어 온 것도 아니었고, 한국을 보여주고 싶어 한국에 가자는 것도 아니었다는 게 안드레아에게 또 한 번의 상처였다. 이 모든 상황이 괴롭기만 했지만 자신의 출생 스토리를 더 알아야겠다는 생각만 붙들고 비행기를 탔다. 자신의 모습과 같은 사람들이 살고 있는데, 자신을 버린 한국을 어디 한번 보기나 하자는 심보이기도 했다.

래미가 안드레아 집을 나서기 전에 건네준 비행기 티켓을 그 자리에서 던져버리고 싶었었다. 그러나 영리한 줄리아는 안드레아가 스위스에서 며칠 지내자고 한 말이 한국을 가보고 싶은 마음이 생길까봐서였다는 걸 알고 있었다. 버림받은 이들이 사랑을 아는 것은 기적이라고 했던 톰마소의 말이 마음에 울렸다.

사랑은 기적이다. 안드레아는 스스로 기적을 만들 수 없기에 그의 마음의 미움을 미워하지 않기로 했다. 사랑만을 정답으로 살기에 괴로운 이는 미움과 증오라도 생의 에너지로 껴안아야 살아남을 수 있다.

오늘 아침 공항으로 오기 전까지 안드레아는 항공권을 손에 쥐고 망설였다. 밀라노 말펜사 공항 출발이고 비지니스석이었다. 비행기 출발 시간을 두 시간도 채 안 남기고 여행 가방을 매었다. 말펜사까지 먼 거리가 아닌데 교통이 막혔다. 운전하는 차의 시계를 계속 보면서 비행기를 놓칠 것 같은 조바심과 차라리 게이트가 닫혀져 포기해야 되는 상황이 되기를 바라는 마음이 여전히 교차했다.

공항에 도착해 보딩패스 수속 창구로 뛰어갔다. 비즈니스 티켓용 창구는 비어있었고 티켓을 내밀자 직원은 바로 무전기로 항공 게이트 직원에게 상황을 알렸다. 안드레아가 소지품 검사를 받는 출국 게이트를 통과할 때 안드레아가 타야 될 비행기 이코노믹 손님 줄이 거의 끝나가고 있었다. 안드레아가 탈 항공편 안내 방송이 들렸다. 비행기 문을 닫을 거라는 마지막 안내방송이었다. 출국 검사를 받는 줄을 무시하고 검사원에게 티켓을 내밀었다. 탑승 게이트까지 숨차게 뛰었다. 게이트 앞은 텅비어 있었고 티켓 체크 직원은 데스크를 정리 하고 있었다. 숨을 몰아쉬며 안드레아가 나타나자 서둘러 무선전화기로 마지막 탑승객 도착을 보고했다.

비즈니스석 승객들은 이미 비행하기에 제일 편한 자세로 쉬고 있었다. 자신들이 이코노믹과 다른 공간에 있다는 여유로운 포즈였다. 비행기 좌석표를 볼 필요없이 래미를 알아보고 옆 자리에 앉으면 될 거라고 생각했는데 어제 본 래미의 얼굴이 보이지 않았다. 순간 뭔가 잘못 됐나 싶었다. 스튜어디스가 비행기 출발을 서두르기 위해 안드레아의 티켓 좌석 번호를 확인하고 안내했다. 그의 옆 좌석에 한 여인이 수면 안대를 낀 채 잠들어 있는 모습이 보였다. 기내 담요를 어깨까지 덮고 있었다. 담요 위로 드러난 하얗고 긴 목선에 십자가 목걸이가 걸려 있는 게 보였다. 어제 본 래미의 목에 걸렸었던 목걸이였다. 가죽 줄에 나무 십자가 팬던트여서 눈이 몇 번 갔었다.

안드레아의 집에서 와인을 마시고 테이블에 엎드린 채 잠이 들었던 래미를 떠올렸다. 그녀가 술을 마셔야 잠이 들 수 있는 신경 쇠약 상태일지 모른다는 생각이 들었다. 문득 신생아였던 안드레아를 버린 후에 래미가 편히 잠을 자며 지냈을까,하는 의문이 생겼다.

만약 안드레아를 버리고 이십여 년 동안 래미가 편안 잠을 자지 못했다면 조금은, 아주 조금은 용서해 줄 수 있을 것도 같았다. 적어도 친엄마가 자식을 버리고도 행복해하는 괴물은 아니라는 안도감에 의한 최소의 용서가 될 것이었다.

안드레아는 래미의 얼굴을 옆으로 바라보았다. 수면 안대를 끼고 있어 그녀의 건조한 입술에 눈이 갔다. 그녀의 입술이 거울 속의 그의 입술과 닮아 보였다. 안드레아의 가슴 안에서 피가 뭉치는 것 같은 뭉클함이 느껴졌다. 생김새가 너무나 다른 양부모와 가족의 이름으로 묶여져 있는 게 거짓 상황극처럼 부자연스럽게 느껴지곤 했는데 바로 이런 유전자의 닮은꼴이 없어서였다.

안드레아는 이태리 여자 친구들로부터 그의 도톰한 입술이 매력적이라는 말을 종종 들었다. 웃으면 부드럽고 다물면 도도해 보이는 동양적 입술이라면서. 그의 입술 모양이 래미의 입술 유전자에서 생긴 거라는 걸 확인하는 순간, 래미와 유전자적 혈연관계가 맞다는 확인 도장이라도 보는 듯했다.

래미는 한 자세로 자는 게 불편한지 몸을 뒤척였다. 그녀가 깨어날까 싶어 안드레아는 그녀를 바라보던 시선을 거두어 책 쪽으로 떨궜다. 오늘 아침 집을 나서기 전 살바토레의 서재에 들어가서 여행 중 읽을 책 몇 권을 급히 챙겼다. 이태리 현시대 최고 지성인 에코의 책을 읽어 보라던 살바토레의 말이 생각나 에코의 책 몇 권을 가방에 넣었다. 한국에 있는 동안 아빠가 읽으라고 한 책들을 읽는 것만으로도 그 책들이 아빠처럼 부적처럼 이번 한국 여행을 도와줄 것만 같았다.

한국 부모가 안드레아를 버렸지만 살바토레에 의해 그의 삶이 이태리에서 이어질 수 있었다. 살바토레가 아니었다면 고아원에서 버려진 물건 취급 받으며 몸만 커갔을 것이었다. 아니, 아무도 돌봐주지 않아 병에 걸리거나 사고로 이미 죽었을지도 몰랐다. 아니, 스스로 목숨을 끊었을 수도 있었다. 스위스에 사는 그가 아는 한국인 입양아가 자살로 괴로운 생을 접은 것처럼.

이태리를 떠난지 두 시간쯤 지났을 때 래미가 악몽을 꾸는지 괴롭게 입술이 떨리는 것을 보았다. 짧은 신음 소리가 작게 들렸다. 그녀를 흔들어 악몽에서 깨어나게 해주고 싶다는 생각이 스쳤다. 그녀는 조금 후 가픈 숨을 몰아쉬며 잠에서 깨어났고 수면 안대를 벗었다. 그녀의 눈에 눈물이 고여 있는 것을 보았다. 안드레아는 아무것도 못 본 듯이 그의 시선을 내리고 책을 다시 읽기 시작했다. 듣고 있던 음악 이어폰이 한쪽 귀에서 떨어져 있어 다시 재빨리 귀에 꽂았다.

잠에서 깨어난 래미가 자신을 쳐다보고 놀란 것도 느낄 수 있었다. 마침 스튜어디스가 음료 서비스를 하는 중이었다. 래미는 안드레아에게 말을 걸 용기도 없는 여자였다. 한참이나 망설이다가 떨리는 목소리로 겨우 한마디 물었기 때문이었다.

"무슨 책을 읽는지 물어봐도 돼?"

하늘에서 한국이 내려다 보였다. 비행기가 조금씩 하강할 때 안드레아는 긴장으로 몸이 경직되었다. 래미가 내국인 입국 절차를 밟을 때 안드레아는 외국인 줄에 서야 했다. 입국 심사가 신속히 끝난 래미가 안드레아를 기다렸다. 외국인 줄은 내국인보다 길고 절차가 느렸다. 기다리면서 래미는 자신과 아

266

들이 국적이 다르다는 것에 다시 미안함이 올라왔다.

안드레아가 입국 심사를 마치고 래미에게 다가왔다. 두 사람 모두 보낸 짐이 없었기 때문에 바로 입국 게이트를 나왔다. 안드레아는 공항에 있는 수많은 사람들의 얼굴이 그의 얼굴과 너무나 비슷하게 생겼다는 것에 현기증이 났다. 더욱 이상한 것은 그렇게 닮은 사람들의 말을 이해할 수 없다는 거였다.

래미는 안드레아에게 호텔을 예약해 줄테니 오늘은 쉬라고 했다. 안드레아는 래미가 한시라도 빨리 안드레아를 병원에 데려가고 싶어할 거라는 걸 알기에 병원으로 바로 가자고 했다. 래미는 미안하다는 말을 먼저 해야할지 고맙다는 말을 해야할지 몰라 아무 말도 못했다. 미안하다는 말로 안 되는 미안함이고 고맙다는 말로 충분할 수 없는 고마움 때문이었다. 그 마음을 안드레아가 알아주었으면 좋겠다는 눈빛으로 안드레아의 눈을 바라보았다. 안드레아는 의젓하고 침착했다. 한국의 스물두 살 청년들에게서 좀처럼 볼 수 없는 어른스러움이 배어 있었다.

정말 잘 자라주었구나.

키만 래미보다 컸지 모든 것을 아직도 챙겨줘야 하는 열일곱의 보석과 안드레아가 비교되기까지 했다. 제발 보석과 안드레아의 골수가 맞아 주기를 간절히 바라며 병원으로 가는 택시를 탔다.

택시가 병원에 도착할 때까지 래미와 안드레아는 아무 말도 나누지 않았다. 안드레아는 창밖으로 보이는 뿌연 안개가 스모그라는 것을 알고 눈살을 조금 찌푸렸다. 시내 중심으로 갈수록 하늘이 안 보일 정도의 빌딩 숲이었다. 한국만의 고유한 풍경은 무엇일까, 궁금했다.

래미는 병실의 보석만을 떠올리며 긴장이 되어 손가방을 만지작거렸다. 제발 골수가 맞아주길. 제발.

안드레아가 골수 검사 절차를 밟는 동안 래미는 옆에서 일일이 이태리어로 설명을 해주었다. 안드레아는 긴 바늘이 척추에 들어갈 때 아픈 신음 소리도 내지 않았다. 입을 앙다물고 참았다. 래미는 신음까지 삼키는 안드레아의 모습이 가슴 아팠다. 보석이 골수 검사를 받을 때, 아프다고 소리를 질러대던 것과 비교되었다.

골수 검사 결과를 듣기 위해 래미는 담당 의사 진찰실로 갔다. 의사는 래미를 향해 미소를 지으며 고개를 끄덕였다. 천사의 미소에 래미도 기뻐 울 것 같은 미소를 지었다.

"어떻게 이런 골수기증자를 찾으셨나요? 형제나 친척이 아니면 설명이 안 될 정도로 많이 일치하거든요."

래미는 희망을 얻게 되어 소리를 지르고 싶었고, 소리가 빠져나올까봐 두 손으로 입을 막았다. 래미는 자신이 데려온 골수기증자의 개인 신상을 자신의 가족에게는 비밀로 해달라고 부탁했다. 의사는 뭔가 비밀스런 사연에 호기심이 생겼지만 알겠다고 했다. 왠지 짐작되는 바가 있지만 의사가 물을 수 있는 범위를 벗어나지 않아야 하기에 호기심을 접고 수술 날짜를 사흘 뒤로 잡았다. 래미는 내일 당장 해달라고 조르고 싶은 걸 참았다. 안드레아도 수술 전 쉬게 해주어야 한다는 걸 생각하면서.

골수 검사를 끝낸 안드레아는 가방을 챙겨 병원을 나섰다. 래미가 밥을 먹으러 가자고 했지만 거절했다. 등이 아프고 힘들었다. 래미는 휴대폰으로 병원에서 가까운 오성급 호텔 방 예약을 하고 안드레아를 택시에 태워 보냈다.

안드레아가 병원을 떠나자 래미는 바로 보석의 입원실로 달려 갔다. 수진이 보석을 지키고 있었다. 래미는 보석에게 골수를 줄 수 있는 이를 이태리에서 데려왔다고 말했다. 보석은 무슨 동화를 듣는 것 같았다.

'어떻게 그럴 수가 있지?

보석은 의구심이 먼저 앞섰는데 수진은 래미의 얘기를 듣고 기뻐 손수건으로 눈가를 닦았다. 래미가 이태리에서 잠시 유학했다는 얘기는 보석도 들었지만, 이태리가 많은 것들이 유명한 나라인 것도 들었지만, 식구들도 맞지 않았던 골수를 해결할 수 있는 나라가 될 줄은 몰랐다.

래미는 보석 앞에서 인철에게 전화를 걸었다. 인철의 뛸듯이 기뻐하는 목소리가 수화기 밖으로 보석에게까지 들렸다. 학교 끝나고 바로 병원으로 오겠다고 했다.

래미는 수진에게 인철이 올 때까지 자신이 보석 옆에 있을 테니 집에 가서 쉬라고 했다. 래미의 피곤에 지친 얼굴을 본 수진은 래미를 먼저 집으로 돌려 보내고 싶었지만 집에 가서 래미에게 차려 줄 식사를 준비하는 게 좋겠다고 생각했다.

며칠 만에 보는 보석은 더 야위었고 창백했다. 멸균 커튼 안에 있는 보석을 바라보며 래미가 물었다.

"의사 선생님이 너가 이런 나쁜 병에 걸린 게 엄청난 스트레스 때문일 수 있대. 학교 공부, 그렇게 힘들었어? 일등 자리 안 놓치려고 힘들었던 거야? 제일 힘들었던 게 뭐였는지 엄마한테 말해 줄 수 있니?"

누워있는 보석은 눈을 아래로 내리고 입을 다물었다.

"말하기 힘들면 안 해도 돼. 사춘기가 누구한테나…"

말이 마쳐지기 전에 보석이 말했다.

"엄, 마."

"응?"

래미는 의미를 알아듣지 못하고 래미를 부른다고만 생각했다. 보석이 다시 어둡고 낮은 목소리로 말했다.

"엄마. 엄마가 제일 힘들었어요."

래미는 자신의 귀를 의심했다.

"엄마가… 제일 힘들었다고 했니, 지금?"

"나의 모든 것을 통제하는 엄마가 힘들었어. 어렸을 때부터 너무 많은 것을 못하게 했어. 엄만 내가 아플까봐 잘못될까봐 못하게 하는 거라고 했어. 하고 싶은 거 못하고 놀고 싶은 거 못 놀고 가고 싶은 곳 못 가고 너무 답답하고 외로웠어. 내가 더 이상 아이가 아닌데도 엄마는 나를 계속 가두었어. 나는 엄마라는 감옥에 갇혀있는 거 같았고 싫었지만 반항하지도 못했어."

래미는 핑,하고 총알이 뇌에 박히는 것 같은 현기증을 느꼈다. 그랬다. 한 번 아이를 버렸던 엄마라서 죄의식 때문에 새로 태어난 아이에게 모든 걸 걸듯이 집착했었다. 래미는 많은 엄마들이 착각하듯이 그것이 엄마의 고귀한 희생이고 사랑이라고 믿고 싶었다.

'답답하고 외로웠다니? 내가 얼마나 많은 것들을 주었는데. 내가 얼마나 많은 것들을 포기하며 너를 위해 살았는데… 엄마의 집착이 무서웠다니! 그럼, 내 아들이 이 고약한 병에 걸린 게 내 탓이었다는 것인가.'

래미는 뇌수가 쏟아지는 것 같이 머리가 아팠다. 보석에게 서운해서, 그렇게밖에 엄마를 이해하지 못한 아들이 괘씸해서. 병실 밖으로 나가려고 의자에서 일어섰는데 몸이 휘청거

271

렸다. 풀어진 다리 때문에 다시 의자에 앉아야 했다.

"미안해요, 엄마. 엄마가 물어보지 않았다면 평생 말하지 않았을 거예요."

보석이 충격으로 멍해져 있는 래미를 보며 작은 소리로 말했다. 엄마를 힘들어했던 비밀을 얘기하지 말았어야 했다는 후회감이 밀려왔다. 하지만 어쩌면 자신의 속마음을 얘기할 마지막 기회가 될지 모른다고 생각했다. 래미가 보석이 무엇을 힘들어하는지 진심으로 물어 본 적이 처음이었기 때문이었다.

보석은 자신이 건강해져서 퇴원하게 되면 새로운 시간을 살고 싶었다. 새로운 시간 속에서 자유를 누리고 싶었다. 래미의 어린 아이 취급받는 보호에서 벗어나 홀로 마음껏 선택하고 도전 해보고 싶었다. 그런 생의 욕망들이 분수처럼 가슴에서 품어져 나왔기 때문에 래미에게 얘기하지 않을 수 없었다.

인철이 흥분된 걸음걸이로 병실로 들어 왔다. 그의 오래된 가죽 가방이 불룩했다. 일할 거리들을 챙겨 온 것이다. 얼빠진 래미의 얼굴을 눈여겨 보지 않고 말했다.

"당신 정말 수고했어. 우리 보석이 당신이 살리는군. 피곤할 테니 집에 가서 쉬어."

래미는 보석이 살릴 아이가 누군지 모르고 기뻐하는 인철을 보기가 괴로웠다.

"내일 휴일이니 내가 계속 병원에 있을게. 당신은 쉬면서 여독을 풀도록 해."

래미는 되도록 휘청거리지 않으려 노력하며 병실을 나왔다. 병원 앞에서 택시를 탔지만 택시 기사에게 집 방향과 다른 곳을 얘기했다. 래미가 도착한 곳은 서울 E구에 있는 납골당이었다. 지석이 그곳에 있었다.

지석은 언제나처럼 래미를 미소로 맞아 주었다. 사진 속의 그가 금방이라도 안아 줄 것만 같아 래미는 자신의 팔을 안았다. 그런 무모한 포즈라도 지석이 그녀를 잡아주는 것처럼 느끼고 싶었다.

'아빠의 사랑하는 딸, 왜 이렇게 슬퍼 보이지?'

지석이 말을 걸어 주는 거 같았다. 래미는 그의 어깨에 고개를 파묻고 싶어졌다.

'아빠 죄송해요… 잘못 살아서 죄송해요.'

세상에서 유일하게 언제나 래미의 편을 들어 주었던 지석이었다. 살림을 이끄는 역할까지 해야 했던 수진은 다정한 엄마의 얼굴만 보여줄 수 없었다.

수진은 부러진 화살 같은 그녀의 꿈을 래미에게 다시 재조준해서 쏘았다. 래미는 수진이 무거웠다. 순종하지 않을 수 없는

■ 차오벨라 □

'엄마' 라는 존재였기에.

래미는 수진과 같은 엄마가 안 되고 싶었는데, 수진보다 더 심하게 자식에게 집착하는 엄마가 되어 있었다. 탑을 쌓듯이 혼신으로 래미의 몸에서 나온 새 생명의 삶을 쌓아 올렸다. 래미는 보석이 그녀의 희생에 감사하고 행복해 하는 줄만 알았었다. 그런데 그런 혼신의 노력으로 쌓은 탑이 저주의 바벨탑이었다고 보석이 선포한 것이었다.

존재는 스스로의 힘으로 삶의 여정을 가고 싶어하는 욕망이 있다는 것에 래미는 눈을 감고 살았다. 보석의 인생을 지키는 파수꾼으로만 살고자 했다. 아무도 달아주지 않는 칭찬의 메달을 스스로 목에 주렁주렁 달아주며 잘 하고 있어, 이게 최선인 거야, 라고 혼자 엄마의 역할을 검증했었다. 그 메달이 아이에게 포승줄이 되리라고는 상상하지도 못했었다.

'엄마라는 것은 얼마나 위험한 오만과 편견에 빠지기 쉬운 웅덩이인가.'

래미가 지석을 좋아했던 이유를 새롭게 되새겼다. 지석은 래미를 사랑하고 있다는 것을 눈빛으로, 몸짓으로, 입에서 나오는 사탕 같은 언어로 보여 주었다는 것. 한 번도 래미에게 무엇을 하라고, 무엇이 되라고, 강요한 것이 없었다는 것.

미소를 짓고 있는 사진 속의 지석은 어린 아이 같이 눈물 흘

274

리는 딸을 향해 말해주고 있었다.

'울지마, 내 딸아. 네 잘못이 아냐. 인생길은 끊임없는 선택의 징검다리로 만들어져. 밟아서는 안 되는 징검다리를 수없이 선택하고, 좌절할 수밖에 없어. 우리는 길을 모르는 장님이니까. 너가 가다 쓰러져도, 막다른 절벽에 세워져도 너를 응원해. 아빠는 내 딸을 사랑하니까.'

래미는 다시 무릎에 힘이 들어가는 것 같았다. 래미는 사진 속 지석에게 입을 맞추었다. 유리의 차가움만 느껴졌다. 지석은 차가운 유리 저편의 세계에 있었다.

지석이 있는 유리 저편에 보석을 보낼 수는 없었다. 지금은 아니었다. 보석에게 흰머리가 나고 그의 가족의 따뜻한 배웅을 받으면서 떠나야 했다. 그래야 했다.

'아빠, 새로운 징검다리를 선택할래요. 진짜 사랑을 배울게요.'

Ciao Bella

당신은 기억하고 싶은 것을 잊고, 잊고 싶은 것을 기억한다.

- 코맥 매카시

안드레아는 새벽에 잠이 깼다. 이태리와의 시차 때문이기도 했고 허기가 느껴졌다. 늦은 오후에 호텔 룸에 들어와서 곧장 잠이 들었고 새벽에 눈이 떠진 거였다. 식사 룸 서비스를 받을 수 있는 시간도 아니어서 룸에 비치된 스낵과 냉장고 안에 있는 음료수를 마셨다. 안드레아는 창가 테이블에 앉아 서울 밤거리를 내려다 보았다. 그러다 텔레비전을 틀어 보았다. 수십 개의 채널 대부분이 오락과 음식, 쇼핑 프로그램이었다. 영어로 듣는 한국 프로그램이 있어 잠시 고정시켜 들어 보았다. 세계적으로 성공한 한국인 인터뷰하는 내용이었다. 코웃음이 났고 텔레비전을 껐다. 호텔 룸은 물 속처럼 다시 조용해졌다. 낯선 도시의 낯선 고요함이 외로웠다.

호텔 조식은 훌륭했고 안드레아는 지난 밤 허기를 참았던 터라 많이 먹었다. 커피로 아침을 마치며 오늘 무엇을 할까, 생각했다. 호텔 프런트 데스크에서 서울 시티 투어 안내 책자를 본 게 기억이 났다.

시티 투어 버스 의자에 앉아 안드레아는 창밖의 서울 풍경을 바라보았다. 유럽의 고풍스러운 풍경에서 자란 안드레아는 밋밋한 현대적인 도시에 매력이 느껴지지 않았다. 많은 대도시가 그렇듯 사람들은 거대한 공장 안에서 움직이는 거 같았다. 제대로 한국을 느낄 수 있는 곳들을 다녀보고 싶어졌다.

■ 차오벨라 □

점심은 한정식 식당을 찾아갔다. 외국인들이 인터넷에 올린 서울 맛집 소개를 보고 안드레아도 찾아 온 것이다. 사진에서 본 대로 많은 접시들이 음식 퍼포먼스처럼 식탁에 놓여졌다. 안드레아는 휴대폰으로 사진을 찍어 쥴리아에게 전송했다. 쥴리아가 맘마미아,하며 감탄했다. 다음에는 자기와 함께 한국에 가자고 했다. 그런 날이 있을까, 싶어 안드레아는 대답하지 않았다.

안드레아는 스테인리스 젓가락 대신 포크를 달라고 해서 접시들 하나하나 조금씩 맛을 보았다. 한국 음식은 처음이었다. 밀라노에 한국 식당이 있지만 찾아가지 않았다. 처음 맛보는 한식은 새로운 맛이어서 어떤 맛이라고 묘사하기 어려웠다.

점심을 먹은 후 안드레아는 관광 책자를 보며 한국 전통 문화를 볼 수 있는 장소들을 찾아 다녔다. 인사동에서 한 외국인이 안드레아를 한국 사람으로 생각하고 길을 물어 보았다. 안드레아는 자신도 한국이 처음이라고 말하려다 말았다. 경복궁에서는 오백년 전부터 무슨 일이 벌어졌는지 궁금했다. 아는 것이 없었다. 한국에 대해. 자신의 뿌리에 대해. 경복궁 사진을 쥴리아에게 전송하고 있는데 휴대폰이 울렸다. 래미였다. 어제 래미가 자신의 전화번호를 물어보았었다. 도망이라도 갔을까봐 겁이 나서 전화를 건 것 같았다. 그런 생각이 거북해 벨이 울리도록 내버려두었다. 그러다 끊어졌고 다시 울

■ 차오벨라 □

렸다. 골수이식 수술이 내일 모레라 혹 병원과 관계된 소식일 수도 있을 것 같아 받았다.

"오늘 내 집에 와서 저녁 먹지 않을래?"

병원 소식이 아니었다.

"호텔에서 먹으려고 해요."

"내가 밥해 주고 싶어서 그래. 부탁이니 집으로 와 줘."

밥만 먹어달라는 부탁은 거절하기 어려웠다. 안드레아는 래미가 알려 준 주소로 택시를 타고 갔다. 택시는 고층 아파트 단지로 접어들었다. 서울 사람들은 고층 빌딩숲에서 일하고 고층 아파트 숲에서 잠을 자는 구조로 살고 있는 것 같았다.

비슷하게 생긴 아파트에서 비슷한 음식을 먹으며 비슷한 오락을 즐기며, 비슷한 공동체를 이루는 안도감으로 살고 있을 것 같았다.

안드레아를 기다리는 래미는 마치 애인을 기다리듯 가슴이 뛰었다. 래미는 안드레아가 저녁 초대를 거절할 거라 짐작하며 전화를 해 본 거였다. 래미는 아파트 단지 슈퍼에 달려가서 저녁거리를 샀다. 아들에게 차려주는 첫 번째 상이 될 것이었다. 정신이 반쯤 나간 채 부엌에서 음식을 만들고 있을 때 초인종이 울렸다.

문을 여니 안드레아가 와인 한 병을 들고 있었다. 안드레아

279

가 현관문에서 거실로 신발을 신은 채 걸어가는 걸 보고 래미가 부드럽게 말했다.

"한국은 신발을 벗어야 해."

안드레아가 당황하며 거실에서 신발을 급히 벗었다. 래미가 그 벗은 신발을 받아 현관문 앞에 놓았다. 안드레아는 거실 소파에 어색하게 앉았다. 소파 위에 걸려 있는 래미의 가족 사진을 불편한 듯 쳐다보면서. 자신의 골수를 줄 이복동생이 래미 부부 사이에서 미소짓고 있었다. 래미가 녹차 두 잔을 거실 앉은뱅이 테이블 위에 올려 놓았다. 래미가 보석에게 한국 사람처럼 바닥에 앉아 차를 마셔보지 않겠냐고 물었다. 안드레아가 의자 아닌 바닥에 앉으려니 다리를 어떻게 놔야 할지 몰라 이리저리 허둥댔다. 래미가 할 수 없다는 듯 부엌 식탁으로 가자고 말했다.

"그라찌에."

습관처럼 안드레아가 고맙다고 말해놓고 래미에게 고맙다는 말을 한 것을 순간 후회했다. 고마워할 수 없는 대상이었기 때문이었다. 부엌 프라이팬에서는 불고기가 익어가며 구수한 냄새를 풍겼다. 음식점에서는 맡을 수 없었던 음식 만들어 지는 냄새였다. 또 다른 팬에서는 잡채가 만들어지고 있었다. 고기와 야채가 간장과 볶아지며 달콤함에 가까운 냄새가 났다.

안드레아는 엘리사가 부엌에서 음식을 만들 때 방에서 무슨 음식인지를 알아 맞추면서 식탁으로 오라고 불러줄 때까지 즐겁게 기다렸었다. 엘리사는 요리를 즐기고 잘 했다. 요리가 다양하고 맛있지만 백 퍼센트 이태리 요리였다. 안드레아는 늘 궁금했었다. 친엄마가 만들어주는 음식은 어떤 것일까? 무슨 냄새고 어떤 맛일까?

'이런 냄새였구나… 내가 이태리 가정에 입양되지 않고 한국에서 이 여자하고 살았다면 매일 집에서 내가 맡게 될 냄새가…'

래미는 안드레아가 한국 요리를, 아니 래미가 만든 요리라서, 안 좋아할까봐 걱정하며 시험 치르는 학생처럼 긴장했다. 불고기와 잡채를 커다란 접시에 함께 담아 야채 샐러드를 곁들여 안드레아 앞에 놓았다. 접시 옆에 놓여진 젓가락을 보기만 하는 안드레아를 보고 아차, 싶어하며 포크를 대신 놓아 주었다. 안드레아는 가져온 와인을 따서 두 와인 잔에 담았다. 프랑스 와인이었다. 이태리 와인 가격을 잘 알고 있으니 한국 와인 가게에서 파는 이태리 와인 가격대로 사고 싶지 않았을 거 같았다.

안드레아는 불고기와 잡채를 잘 먹어 주었다. 잡채는 스파게티 먹듯 포크로 돌돌 말아서 먹었다. 맛있다는 표정도 짓지 않았기 때문에 예의를 지키려 먹는 것처럼도 보였다. 살바토레 가정에서 교양을 철저히 배웠을 안드레아의 식사 태도는 살바

281

토레 부부의 품위가 그대로 베어 있었다. 그의 품격이 래미는 슬펐다. 어떤 아들도 자기 엄마 앞에서 그렇게 예의를 갖추며 먹지 않기 때문이었다.

래미는 안드레아가 가져 온 보르도 와인을 마셨다. 좋은 와인맛이었다. 안드레아가 와인을 고를 줄 아는 이태리 사람 맞는 것 같았다. 래미는 안드레아와 나누고 싶은 얘기가 너무나 많아 어떤 대화부터 해야 될지 망설이며 다시 와인을 따랐다. 어색한 분위기에서 식사를 끝낸 안드레아가 화장실에 가고 싶다고 했다.

안드레아는 손을 씻기 위해 세면대 물을 틀다가 세면대에 놓여진 칫솔통에 눈이 갔다. 욕실의 칫솔들은 가족의 또 다른 이미지였다. 안드레아는 작게 한숨을 쉬고 욕실 거울을 보았다. 친엄마가 만들어준 음식을 처음 먹어본 얼굴은 행복하지 않았다. 눈물이 고이려해서 찬물로 얼굴을 씻었다. 긴장한 탓인지 아니면 점심도 저녁도 평상시 먹지 않았던 한국 음식을 먹었던 탓인지 배가 아파지는 것 같았다.

래미가 설거지를 하는 동안 안드레아에게 보석의 방을 구경하라고 했다. 책꽂이에 많은 책들이 있지만 거의 학교 교재들 같았다. 책상에 하루 계획표가 붙여져 있었다. 영어로 써 있어서 안드레아가 이해할 수 있었다. 아침 6시 기상, 밤 1시 취침인 계획표는 경악할만 했다. 안드레아는 도저히 이해할 수 없어 고개를 저었다. 책상 서랍들도 호기심으로 열어 보았다. 맨 아랫 서랍에는 미성년일 것 같은 여자 누드 일본 잡지가 둘둘 말려 있었다. 안드레아가 피식, 미소를 지었다.

방문 노크 소리가 들렸다. 안드레아는 마치 자신이 보다가 들킨 양 재빨리 누드 잡지를 제자리에 놓고 서랍을 닫았다. 래미가 따뜻한 차를 가지고 들어왔다.

"꿀인삼차야. 목에 좋아."

건강에 좋다고 해야 되는데 래미가 자신도 모르게 목에 좋다고 했다.

"알아요. 아빠가 좋아하셨어요."

살바토레는 가끔 커피에도 인삼 가루와 꿀을 타서 마셨었다.

"궁금한게 있는데, 마에스트로 살바토레가 너에게 노래를 가르쳐 주었니?"

"저, 음악 대학교에 다니고 있고, 오페라 극장에서 바리톤으로 일하고 있어요."

"그렇구나…"

살바토레가 입양아를 음악가로 키우고 싶다고 했던 말이 떠올라 슬픈 웃음이 지어졌다.

"너의 친아빠도 성악가야."

래미는 이제 거침없이 다 알려 주고 싶어졌다. 안드레아는 친아빠도 성악가였다는 말에 놀라는 표정을 지었다.

"열여섯 살인 내가 임신하자 도망갔어. 성공에 방해되니까. 나는 오페라 피아노 반주자 공부를 하고 있었고 유학비로 고민하던 때였는데, 마에스트로 살바토레가 도와주겠다고 해서… 너를, 버렸어."

래미는 긴장으로 침을 삼켰고, 안드레아는 화가 나 순식간에 얼굴이 붉어졌다.

"한국 사람들 다 이렇게 미친 사람들 인가요? 당신 아들은 아침 6시에 일어나서 밤 1시까지 공부만 하는 미친 아들이고? … 한국을 이해할 수 없어. 미쳤어!"

안드레아는 거칠게 내뱉고 나서 찻잔을 쟁반에 쨍,소리가 나게 내려 놓았다. 안드레아는 더 이상 래미와 대화를 나누고 싶지 않아 자리에서 일어났다. 호텔로 돌아가고 싶었다.

"너의 미친 친아빠… 만나볼래?"

래미는 문밖으로 나가려는 안드레아의 등 뒤로 얘기했다. 안드레아는 미간을 모으며 래미를 돌아봤다. 래미는 체념인지 결단인지 모를 표정으로 안드레아를 바라보았다.

다음 날 오후, 래미는 안드레아가 묵고 있는 호텔로 갔다. 파티에 가도 좋을 검은색 원피스 정장으로 멋을 내었다. 긴머리에 웨이브를 넣고 목에는 얇은 진주 목걸이를 걸었다. 특급호텔 로비에 있는 몇몇 중년 남자들의 시선까지도 끌었다 놓았다.

래미는 자신이 아름다운 여인이라는 것을 인정하지도 즐기지도 않았다. 여자가 행복할 때는 사랑에 빠져 있을 때 뿐인거 같았다. 래미는 거울 속의 낯익은 중년 여자를 사랑하지도, 누군가와 사랑에 빠져있지도 않았다.

안드레아가 시간에 맞추어 로비에 나타났다. 래미의 부탁대로 정장 분위기로 입었다. 큰 키에 군살없는 안드레아가 세련된 센스로 옷을 입은 모습이 좋았다. 안드레아는 래미를 보는 순간, 아름답다고 생각했다. 자신을 버린 여자가 아니라, 자신을 그녀의 품에서 자라게 해준 여인이었더라면… 생각이 스쳤다. 래미와 안드레아는 서로의 생각을 숨기며 어색하게 눈인사를 했다. 래미가 가까이 다가온 안드레아의 셔츠 칼라 모양을 잡아 주었다.

"밥은 먹었니?"

한국 엄마들의 일상적 질문이 자동으로 먼저 나왔다.

"내일 수술이라 금식해야 되잖아요."

안드레아는 음식을 먹지 말아야 하기도 했기만 친아빠를 만난다는 생각에 안절부절 못해 아무런 식욕을 느낄 수 없었다. 래미는 그녀의 차에 안드레아를 태우고 시내 한 오페라 공연장으로 갔다. 장기 공연 중인 오페라의 주인공 역이 민수였기 때문이었다.

285

극장 입구에 오페라 〈리골레토〉 포스터가 걸려 있었다. 래미가 손가락으로 포스터의 한 배역 사진을 가리켰다.

"너의 미친 친아빠야."

안드레아의 얼굴이 상기되었다. 래미가 가리킨 남자는 얼굴에 살이 많이 쪄 있어 다른 배역 사진들보다 얼굴이 더 커보였다. 곱슬 파마로 어깨까지 내려진 머리와 코밑 수염이 그에겐 어울리지 않았다. 수염이든 머리 모양이든 한 곳만 포인트로 하라고 조언해주는 센스있는 코디네이터가 없는가 보았다.

"유명한가요?"

안드레아가 그의 사진을 뚫어져라 쳐다보며 물었다.

"나도 몰라. 관심없으니까."

"그의 배역이 뭔가요?"

"리골레토."

래미와 안드레아는 무대가 잘 보이는 A석 객석에 나란히 앉았다. 래미가 민수의 공연을 보러 오기는 처음이었다. 민수가 활발히 공연 한다는 것은 잡지에서 우연히 보았었다. 그 기사에 민수가 지방대 음대 교수로서도 일하고 있다고 써 있었다. 그의 아내와 두 아이와 찍은 가족 사진도 잡지에 실려 있었다.

그 뒤, 잡지에서 어쩌다 민수의 소식을 접하게 되면 래미는 잡지가 벌레라도 된듯 던져 버리곤 했었다. 민수는 누군가 오랫동안, 아주 오랫동안 더러운 벌레처럼 여기고 있다는 것을

286

알까?

더러운 벌레의 공연을 보러 래미가 찾아 온 것이다. 그를 보고 싶어서가 아니라 그의 친아들에게 그를 보여주기 위해서였다. 래미가 안드레아에게 해야 될 속죄에 속하는 거였기에.

오늘 공연이 〈리골레토〉이고 민수가 리골레토 역이라는 것이 아이러니가 아닐 수 없었다. 리골레토에게는 아름다운 딸 질다가 있고, 질다가 강간을 당하게 되어 아버지의 괴로운 심정을 노래해야 했다.

그런 노래를 할 자격이 있나?

리골레토는 광대이고 꼽추이다. 16세기 이태리 북부 만토바 공작의 궁정에서 바람둥이 공작에게 여자를 붙여주며 비열하게 살고 있다. 1막은 궁정의 타락한 파티 장면으로 시작한다. 민수는 꼽추 분장을 한 광대가 되어 익살의 노래를 불렀다. 공작의 힘만 믿고 귀족들을 빈정댔다. 보통 오페라의 남자 주인공은 테너인데 리골레토 역은 바리톤이어서 민수에게는 귀하게 주어진 기회일 것이다.

래미는 민수의 목소리가 변했다는 것을 알 수 있었다. 이십 년 전의 힘이 넘치는 목소리가 아니었다. 터질 듯한 풍선같았던 목소리였었는데. 만토바 공작역의 테너가 그래서 오히려 더 돋보였다. 매력적인 테너가 파티장의 한 백작 부인을 꼬시는 장면에서 관객들조차 꼬셔지는 것 같았다.

래미는 민수가 노래할 때 시선이 자꾸만 다른 곳으로 피해졌다. 얼마만에 그를 보는 것인가. 안드레아의 나이만큼인 것이다. 그는 래미가 그의 아이를 지웠을 거라고 짐작할 것이다. 한국에서는 중절수술이 몸에 불필요한 혹을 떼어 내듯 도덕적 상저없이 이루어신나는 것을 알고 있있기 때문이었을 깃이다. 래미가 그의 아이를 낳았을 것이라 생각도 못할 것이고 그 아이가 살바토레의 손에서 성악가로 키워졌으리라곤 상상도 못할 것이다.

중년의 민수는 살이 많이 쪄 있었다. 부잣집 도련님 같았던 젊은 민수는 없었다. 그의 얼굴은 늙어가는 평범한 중년 남자일 뿐이었다. 잡지에서 본 그의 가족 사진은 행복해 보였다. 그의 아내가 성희가 아닌 것은 물론이었다. 무대 의상 디자이너인 아내가 민수의 팔짱을 끼고 있고, 두 아이들도 아빠에게 기대어 활짝 웃고 있었다.

래미는 자신의 삶을 망가트린 민수를 원망하면서 살았던 긴 세월이 갑자기 너무나 허망하다는 생각이 들었다. 원망은 기쁨과 행복의 감각을 마비시킨 독가시였다.

지금 그의 아들 그리고 나의 아들이 이십이 년 걸렸던 먼길을 찾아왔다. 먼 인생 길을 혼자 친부모없이 달려온, 래미가 민수를 원망하는 것과 비교 할 수 없는 버림받음의 원망을 가

■ 차오벨라 □

졌을 아들에게, 이제라도 용서를 구해야 할 때였다.

래미가 무대의 민수를 쳐다보지 못하고 시선을 피하는 것을 안드레아도 느낄 수 있었다. 그러나 안드레아는 민수를 분노와 슬픔이 엉킨 눈빛으로 노려보았다. 그의 모습만을 보는 게 아니었다. 그의 노래를 진지하게 들어보고 있었다. 음악에 훈련된 그의 귀신경을 최대 집중시키고 있어 그의 눈빛은 날카롭게 번뜩이고 있었다. 이내 뭔가 실망스러운지 소리내지 않는 한숨을 쉬었다.

무대의 리골레토는 궁정에서 자신의 집으로 돌아 온다. 그의 딸 질다가 기다리고 있다. 리골레토는 질다를 자신의 생명보다 더 지키고 싶어하며 위험하고 타락한 집 밖의 세상에 나가지 말라고 한다. 하지만 질다는 교회에서 알게 된 공작과 이미 사랑에 빠져 있었다. 사랑에 빠진 질다의 감미로운 노래가 마쳐지면 궁정의 귀족들에 의해 납치되어 공작의 침실로 끌려간다. 딸이 없어진 것을 안 리골레토는 놀라 절규한다. '너도 아버지의 분노를 알게 될 날이 있으리라' 저주를 퍼부었던 몬테로네 백작이 떠올랐다. 그 백작의 딸이 공작에게 강간당했을 때 리골레토는 오히려 백작을 조롱했기 때문이었다.

래미는 민수가 딸을 지키고 싶어하는 아버지의 심정을 정말

289

이해할까 싶었다. 잡지에서 본 민수의 두 아이들은 모두 아들이었다. 민수 자신이 한때 공작 같은 죄를 저질렀다는 것을 기억하고 있을까.

1막이 끝나자 관객들이 힘찬 박수를 쳤다. 관객들이 박수칠 때 안드레아는 팔짱 낀 손을 여전히 풀지 않고 있었다. 안드레아는 한국의 관객들이 마치 박수를 크게 쳐야 오페라 감상을 제대로 하고 있다는 자기 도취에 빠져있는 건 아닐까하는 생각이 들었다. 살바토레가 그렇듯 안드레아도 무대를 향한 박수에 인색했다.

래미 역시 박수를 쳐줄 수 없었다. 민수가 서 있는 무대이기에 박수를 보낼 수 없었다. 막 사이 휴식 시간이라 사람들이 객석을 나갔다. 안드레아도 일어났다. 래미는 안드레아가 화장실을 간다고 짐작했다.

래미는 객석에 남은 채 무대와 관객 사이 내려진 빨간 벨벳 커튼을 바라보았다. 그녀의 꿈도 저런 커튼이 내려져 있었다. 피아니스트 래미로 살지 않은 지 너무 오래 되었다. 오페라 공연을 볼 때마다 래미는 자신 안에 무언가 들썩거려지는 게 느껴졌지만, 손으로 가슴을 쓸어내리며 꿈아, 가거라, 너가 머물 자리가 이제 내게 없구나,하며 꿈을 떠나 보냈다.

세상에 꿈을 버리지 않고 살아가는 모든 이들이 부럽기도 했다. 사막 같은 인생에 오아이스가 있을 거라는 희망을 붙들고 사는 게 꿈인거 같았다.

안드레아는 화장실에 가지 않았다. 배우들이 대기하고 있는 분장실을 찾았다. 무대 뒤의 분위기를 잘 알고 있는 안드레아는 외부인으로서 분장실을 찾는 움추림이 없었다. 분장실은 소란함으로도 쉽게 찾을 수 있었다. 안드레아가 분장실에 들어가니 배우들은 분장과 의상을 점검하거나 발성 연습을 하느라 분주했다. 안드레아에게 익숙한 풍경이었다. 안드레아는 분주하게 엉켜있는 배우들 틈에서 민수를 찾을 수 있었다. 살찐 배 때문에 다리를 벌리고 앉아 있는 민수가 땀으로 번졌던 분장을 고치고 있었다. 안드레아는 그에게 다가가 예의를 갖추며 말했다.

"안녕하십니까, 선생님. 저는 안드레아라고 하고 이태리 밀라노 극장에서 성악가로 일하고 있습니다."

분장을 고치던 민수는 이태리 말이 들리자 놀라 고개를 돌려보았다. 뜻밖에 한국 청년이라 더 놀랐다.

"밀라노?"

민수는 순간 뭔가 느낌이 이상했다. 교통사고가 일어나기 전에 이상한 불길함이 본능적으로 느껴지는 것 같은 설명할 수 없는 두려움이 등골을 차갑게 덮치는거 같았다.

민수의 분장한 얼굴 때문에 그가 창백해지고 있다는 것을 눈

291

치채지 못한 동료 배우들이 이태리 말을 하는 안드레아에게 시선을 모았다. 이태리 말을 알아듣는 배우들을 의식해서 민수는 목소리를 꾸며 말했다.

"용건이 있으면 공연이 끝난 다음에 오게. 지금 바로 2막 들어가야 되니까."

"2막이 시작되기 전에 선생님께 하고 싶은 얘기가 있습니다. 선생님의 이태리어 발음이 정확하지 않고 리골레토의 느낌이 충분히 전달되지도 않습니다. 그리고 목소리가 객석 전체에 울리지 않고 목에 힘이 들어갈 때는 그냥 소리 지르는 것처럼 들립니다."

독한 눈빛으로 독한 말을 내뱉으니 그의 말을 알아듣는 배우들이 입을 벌리며 놀랐다. 민수는 무례한 청년의 모욕적인 평가에 기분이 상했다. 교만한 교수이기도 한 민수가 그런 모욕에 아무런 반응을 하지 못하고 있었다. 낯선 청년 앞에서 갑자기 덫에 걸린듯 움츠러드는 게 이상했다. 그 청년의 눈이 자신의 눈과 닮아 있다는 것을 순간적으로 느꼈기 때문이었는지도 몰랐다.

다른 배우들은 이 돌발적 상황이 재미있어 맹랑한 조언을 하는 안드레아와 당황해서 말도 잇지 못하는 민수를 번갈아 쳐다보았다. 그중 만토바 공작 역을 맡았던 테너가 이태리어로 물었다.

"나도 밀라노에서 공부했었는데 너의 스승이 누구였니?"

안드레아는 민수를 바라보며 대답했다. 그에게 말하고 싶다는 듯이.

"살바토레 데 산티스. 제 아버지이기도 합니다."

민수는 앉아 있다 뒤로 쓰러질 듯 의자가 들썩했다. 리골레토 분장을 한 그의 얼굴이 괴롭게 일그러졌고 아,하는 숨이 찬 소리를 내었다. 그러더니 민수가 심장을 붙잡듯 가슴에 손을 올려 놓았다. 민수가 숨쉬기가 힘겨운 듯한 목소리로 간신히 물었다.

"너의 어머니 이름이…?"

"엘리사 아마토."

민수가 기어이 의자 바닥으로 쓰러졌다. 민수는 심장을 움켜 쥐고 고통의 신음을 했다. 분장실 안에 있던 배우들이 민수에게 몰려 들었다. 한 배우가 급히 무대 감독을 부르러 나갔다. 곧이어 무대 감독이 분장실 안으로 뛰어 들어 왔다.

"민수형, 심장 약하잖아요. 앰뷸런스를 부를까요?."

놀라 씩씩거리는 무대 감독에게 한 배우가 급히 말했다.

"공연 끝나고 아파."

무대 감독이 민수를 향해 명령하듯 소리 질렀다.

"지금 무리하면 위험할 거 같은데요."

또 다른 배우가 민수의 다리를 의자 위로 올려 놓으며 말했다.

"공연 끝나고 죽어!"

무대 감독이 잔인하게 다시 소리 질렀다.

민수는 무대 감독의 채찍 같이 화내는 소리에 몸을 추스려 일어나 보려 했다. 그러나 심장의 고통으로 다시 바닥에 눕고 말았다.

"안되겠어. 빨리 119 불러!"

만토바 공작이 외쳤다. 그 옆의 배우가 당황하며 휴대폰 번호를 눌렀다. 무대 감독은 얼굴이 하얗게 질려 속이 타는 듯 민수에게 다시 소리질렀다.

"오늘 공연 망치면 니가 아니라 내가 죽어!"

안드레아는 한순간 아수라장이 된 분장실에서 어찌해야할지 몰랐다. 쓰러져 있는 민수에게 다가갈 수도 없었다. 다른 배우들은 2막 들어가야 되는 상황에서 벌어진 이 혼란스러움 때문에 서로 갈팡질팡했다.

"민수야, 너 때문에 대형사고 나게 생겼으니 너가 어떻게 좀 해결해봐."

무대감독이 민수에게 이번에는 애걸했다.

민수는 한 손을 심장에 대고 한 손을 들어 올려 손가락으로 누군가를 가리켰다. 그 손가락 끝을 따라 가보면 서 있는 안드레아.

민수가 간신히 안드레아에게 말을 했다.

"너… 리골레토 역 노래 다 알지?'

안드레아가 작게 고개를 끄덕였다. 이태리 말을 알아듣는 배우가 무대 감독에게 서둘러 말했다.

"저 청년 밀라노 오페라 극장에서 일하는데 리골레토 역 할 수 있대요."

무대 감독은 안드레아의 대타를 주저하지 않았다. 밀라노 오페라 극장 성악가라면 믿어볼 수 있었다.

"공연을 취소하는 것보다 망치더라도 끝내는 게 중요해. 저 친구, 얼른 분장시켜. 공연하다 틀리면 다른 배우들이 알아서 넘어가고!'

분장사들이 안드레아에게 달려들어 앉히고 리골레토 분장을 시켰다. 안드레아는 이 갑작스러운 상황이 싫었지만 쓰러져 고통스러워하는 민수를 쳐다보고 참았다.

2막 무대가 시작되었다. 리골레토는 질다를 납치해 간 귀족들을 찾기 위해 궁정으로 간다. 귀족들은 광대 리골레토를 여전히 조롱하고, 리골레토는 딸을 돌려달라고 애원한다.

관객은 리골레토의 목소리가 달라서 어리둥절하며 쳐다봤다. 노인역인데 감미로운 과일 같은 목소리로 슬프게 애원하니 신비로운 분위기까지 느껴졌다. 어리석은 익살을 부렸던 광대에서 딸을 사랑하는 아버지의 슬픈 분위기로 객석을 새롭게 휘어잡았다.

래미가 옆좌석을 보지만 아직 안드레아가 돌아오지 않았다. 조금 걱정되기 시작했다. 그러다 리골레토의 노래 발음이 한국인 발음으로 나올 수 없는 완벽한 이태리어 발음이라는 것을 알았다. 민수가 아닌 다른 배우가 리골레토 대역을 하고 있었다. 그 대역 리골레토는 늙은 광대 분장을 했지만 목소리가 푸르고 부드러우면서 농익어 있었다. 그러던 순간 아,하고 래미는 놀랐다. 온 몸이 굳어지는 것 같았다.

'어떻게 이런 일이…'

2막이 끝나고 3막이 이어졌다. 리골레토는 살인청부업자 스파라푸칠래의 집을 찾아간다. 공작을 암살할 계획이었다. 스파라푸칠래에게는 요녀 같은 여동생 막달레나가 있었고 그녀는 만토바 공작을 사랑한다고 노래한다. 질다는 문 밖에서 그녀의 노래를 듣고 괴로워한다.

스파라푸칠래와 그의 여동생, 리골레토와 질다의 폭풍 같은 4중창 노래가 불려진다. 무대는 모든 객석을 숨도 못 쉬도록 뒤흔들었다.

관객들은 놀라운 매력의 목소리를 가진 리골레토 역의 배우가 누구인지 궁금증을 풀고 싶어 팜플렛을 뒤져 보기도 했다. 동작조차 여늬 배우와 달랐다. 자연스러우면서 무대를 휘어잡는 신비한 카리스마가 넘쳤다. 무대에서의 배우들도 서로 눈빛을 주고 받으며 안드레아의 노래에 감탄했다. 그의 목소리는 테너 안드레아 보첼리가 바리톤으로 부르는 것 같았다.

래미는 어렸을 때부터 철저하게 음악 교육을 받았을 안드레아가 상상이 되는 것 같았다. 내가 저 아이를 버리지 않았다면 나와 저 아이는 어떻게 되었을까? 저 아이를 저렇게 훌륭한 성악가로 만들 수 있었을까?

그런 생각 끝에는 어쩔 수 없는 그림자가 덮쳤다. 생명을 버리고, 생명을 버림 받았다는 두 사람만의 깊은 상처는 주홍글씨처럼 지워지지 않을 것 같았다.

민수는 젖혀진 무대 커튼에 몸을 숨기며 주저앉아 무대를 지켜보고 있었다. 한 손을 심장에 댄 채 피곤한 숨쉬기를 하며 민수는 안드레아가 노래하는 것을 보고 있었다.

한 번의 실수로 래미가 임신하고 예고없는 족쇄가 민수를 옭아매었을 때 민수는 래미가 겪을 고통을 생각하지 않았다. 민수는 그의 성공을 묶을 족쇄를 그의 양심에 묶었다. 그의 목표인 커다란 열매를 위해 방해되는 잔가지는 쳐야 했다.

도망가면 래미가 아기를 포기할 줄 알았다. 그래야 나중에라도 고통스런 일이 없을 거라고 생각했기에. 살면서 문득문득 래미가 떠오르면 화상을 입은 듯 부끄러웠지만 아무에게도 들

297

키지 않고 지금까지 잘 지내왔다. 그런데 오늘 모든게 무너졌다…

생명을 버리고 도망간 후 달려온 이십여 년. 무대에서 주인공이 되고 박수받는 세상의 꿈을 이루었다. 그 모든 걸 조롱하듯 저 아이가 무대에 있었다. 나무랄 곳 없이 훌륭히 조각된 목소리였다. 연습과 훈련으로 재능을 극대화 시켜주는 마에스트로 살바토레의 마술이었다.

민수가 여전히 오르지 못한 산이기도 했다. 민수가 마에스트로 살바토레를 통해 이르고 싶었던 곳에 그가 아닌 안드레아가 서 있는 것이었다.

주저앉아 있는 민수의 눈에서 눈물이 흘렀다. 회환의 눈물인 것 같기도 하고 질투의 눈물인 것 같기도 한. 그의 좌절하는 얼굴에서 다시 무대에 오를 용기가 무너지는 것이 보여졌다. 그는 울며 속으로 말했다.

'민수, 너의 인생이 리골레토처럼 곱추이고 광대였구나…'

3막이 끝나가는 클라이맥스에 이르렀다. 리골레토의 암살 하수인인 스파라푸칠레가 공작을 죽이려 하는데, 여동생 막달레나가 공작을 죽이지 말아달라고 호소한다. 공작을 사랑하기 때문이었다. 집 밖은 폭우가 쏟아지고 있었다. 스파라푸칠레가 이런 험한 날씨에도 자신의 집을 찾아오는 사람이 있다면 공작의 목숨 대신 죽이겠다고 한다. 밖에서 엿들은 질다는 공작을 살리기 위해 자신의 목숨을 내놓기로 결심한다.

리골레토는 공작의 시신을 넘겨 받기 위해 살인청부업자를 다시 찾아왔다. 리골레토는 넝마에 덮인 시신을 넘겨 받고 흡족해 했다. 그런데 공작의 노래가 들리는 것이었다. 놀라 시신을 확인하니 자신의 딸이었다. 리골레토는 스파라푸칠레가 찌른 칼에 죽어가는 질다를 끌어안고 울부짖는다. 조롱하는 듯한 공작의 노래소리가 계속 들린다. 유명한 아리아 〈여자의 마음은〉이다.

리골레토가 된 안드레아는 죽은 딸 질다를 안고 부르짖듯 애절하게 노래했다. 관객은 딸을 잃은 아버지의 슬픔에 완전히 이입되었다. 가엾은 질다는 순백의 사랑을 하다 강간당하고 끝내 아버지의 음모에 연루되어 목숨을 잃게 되는 비극이었다.

안드레아는 리골레토의 노래를 헤아릴 수없이 많이 불렀지만 처음으로 딸을 떠나보낸 아버지의 고통이 심장으로 느껴지는 것 같았다. 부모에게 버림 받은 그의 고통보다 어쩌면 아이를 잃은 부모의 고통이 더 클지 모른다는 생각을 처음 해보게 되었다. 그리고 섬광 같은 생각이 스쳤다. 래미가 민수에게 질다처럼 강간당했을지 모른다는 생각이. 래미는 질다처럼 세상을 모르고 성에 갇혀 있었던 소녀였을 것이라는 생각이. 강간의 폭력은 래미의 모든 꿈과 희망을 쓰나미처럼 쓸어가 버렸을지 모른다는 생각이. 원치 않았지만 생겨진 생명마저 그 쓰나미에 휩쓸려 죽지 않기 위해 남의 손으로 넘겨 줄 수밖에 없는 선택을 했을 것이라는 생각이.

그럼에도 불구하고.

설사 그렇다해도, 그것으로 인드레이의 뽑쳐진 뿌리가 달라지지는 않을 것 같았다. 그것으로 용서가 될 것 같지는 않았다. 용서할 수 없는 고통은 죽음 같은 병이었다.

발라드풍의 기타 반주가 병원 수술실에서 울렸다. 잔잔한 칸소네가 흐른다. 안드레아가 수술 할 때 자신의 음악 시디를 틀어 달라고 병원에 부탁했기 때문이었다.

기타연주는 안드레아의 취미였다. 기타는 잠이 오지 않는 밤, 방에서 혼자 조용히 연주하기 좋아서 곡을 만들어 연주했다. 그의 잔잔한 기타 소리와 노래는 수술실의 두려움과 긴장을 부드럽게 감싸주는 듯 했다. 보석이 옆 침대에 누워 있었다. 둘 사이에 커튼이 쳐져 있어 서로 보이지 않았다.

"저한테 골수를 주시는 분을 보고 싶어요."

보석이 수술 준비를 하는 간호사에게 부탁했다.

"골수 기증은 비밀로 하게 되어 있어."

간호사가 부드럽게 대답했다.

보석은 두 손을 가슴 앞으로 모으며 부탁하듯 말했다.

"누나, 그럼 남자인지 여자인지 그리고 몇 살인지만 알려 주세요."

간호사는 부탁하는 보석의 눈빛에 마음이 약해졌다. 아무도 없는 주위를 잠시 살피더니 보석의 귓가에 속삭이듯 말해 주었다.

"너보다 다섯 살 많은 형이야. 가수래. 지금 나오는 칸쏘네, 그 형이 부르는 거야. 수술하는 동안 틀어 달라고 부탁해서."

보석이 간호사 누나에게 고맙다는 윙크를 했다. 간호사가 보석과 안드레아와의 시간을 잠시 주기 위해 나갔다.

"노래 참 좋아요."

보석은 커튼 건너편에 있는 이태리에서 온 형에게 말을 걸었다. 안드레아는 보석이 자신에게 하는 말이라는 것을 알지 못했다.

"이 노래 부르는 사람은 참 좋은 사람일거 같아요…"

안드레아는 자신의 친엄마에게서 태어난 동생의 목소리를 처음 들었다. 형제이지만 그의 말을 이해할 수 없는 게 답답했다.

"건강해지면 형이 사는 이태리에 가보고 싶어요."

안드레아는 이태리라는 단어를 듣고 보석이 자신에게 말을 하고 있다는 것을 알았다. 보석은 자신의 말에 대답이 없자 그제서야 래미가 이태리에서 데려 온 이가 이태리에 살고 있는 한국 사람이 아니라는 것을 생각했다. 보석은 왜 골수기증자가 외국에 살고 있는 한국 사람일 거라고 생각했는지 알 수 없었다.

"You are not a Korean? Are you an Itaian?"

안드레아는 보석이 영어로 얘기해줘서 이해하기 시작했다. 안드레아는 보석에게 자신이 이태리 말만 하는 한국 사람이라는 것을 얘기하지 못하는 게 슬펐다.

안드레아는 동시에 잔인한 생각이 스쳤다. 만약 자신이 래미의 아들이라는 것을 보석에게 얘기한다면 보석도 자신 만큼이나 앞으로 고통스러운 감옥에 갇히게 될 거라는 것이었다. 그의 마음 안의 악마는 잔인한 미소를 지으며 그렇게 하면 통쾌한 복수가 될 거라고 안드레아의 마음을 찔렀다.

"형.."

보석이 안드레아를 형이라 불러 보았다. 그리고 영어로 말했다.

"한국에서는 나이 많은 형제에게 형이라고 불러. 그러니까 그냥 형이라고 부를게. 골수기증자의 이름을 물어보면 안된다고 해서."

보석의 영어는 성적 우수생답게 유창했다. 안드레아가 혼자말로 작게 형,이라고 따라 해보았다.

"형, 나는 항상 나한테 형이 있었으면 좋겠다고 생각했어. 형 같이 동생의 생명을 구해주는 형이 내 진짜 형이었으면 정말 좋겠어."

그리고 보석은 이태리어로 감사하다는 말이 그라찌에,라는 것을 떠올렸다.

"그라찌에, 그라찌에, 그라찌에……"

보석은 진심을 담아 고맙다고 몇 번이고 얘기했고 그라찌에 라는 말이 수술실에 에코처럼 울리는 거 같았다. 안드레아는 코끝이 시큰해지며 눈물이 고였다. 목소리가 들리는 곳을 향해 고개를 돌렸다. 커튼만 보일 뿐이었다.

골수이식 수술이 진행되는 동안 래미는 수술실 밖에서 입술이 마른 채 앉아 있었다. 그 옆으로 인철과 수진도 초조하게 앉아 있었다. 수진은 아직 안드레아의 얼굴을 보지 못했다. 그를 볼 자신이 없어서 안드레아가 수술 전 대기하고 있는 시간에도 그에게 갈 수 없었다.

수술이 끝나자 래미와 인철이 담당 의사를 만났다. 수술은 순조롭게 진행되었고, 지켜봐야 하지만 보석이 회복 될 가능성을 낙관했다. 희망을 전해주는 의사의 모습은 날개만 없는 천사처럼 보였다.

보석은 골수 이식 수술 후에 있어야 되는 격리 회복실로 옮

303

겨졌다. 래미는 수진에게 수술 후 회복실에 있는 안드레아를 만나 달라고 부탁했다. 안드레아가 떠나기 전에 수진의 또 다른 손주 얼굴을 보게 해주고 싶었다.

안드레아의 회복실로 들어서는 수진은 떨고 있었다. 수진은 안드레아의 친아빠가 누구인지 모르고 있고, 바로 어제 안드레아가 친부를 만났다는 것도 알지 못했다.

수진은 환자 침대에서 잠들어있는 안드레아의 얼굴을 바라보았다. 자는 모습이 놀라울 정도로 래미의 얼굴과 닮아 보였다. 보석은 인철의 얼굴을 더 닮았기 때문에 조금 아쉬운 속마음이 있었다. 안드레아의 머리를 손주 쓰다듬듯 만져보고 싶어졌다. 손을 들어 머리를 만지려하다 머리카락 한 올이 느껴지는 거리에서 손가락을 오므렸다. 만질 용기가 나지 않았다. 그의 손만이라도 잡아보려 그녀의 손이 이번엔 안드레아의 손 가까이 다가갔지만 다시 내려놓고 말았다.

수진은 보석이 아기였을 때 머리를 쓰다 들어 주며 재우곤 했다. 그러면 보석은 기분 좋은 얼굴로 쌔근쌔근 잠에 빠졌었다. 또다른 손주인 안드레아는 한 번도 수진의 쓰다듬음을 받아 본 적이 없었다.

'내가 이 아이를 포기하라고, 버리라고 했었다.'

수진은 속으로 자신의 죄를 선고하듯이 말했다. 수진은 래미가 아이를 다시 찾고 싶어 몸부림칠 때, 서둘러 한국으로 데리고 왔다. 안드레아를 래미에게서 멀리 떨구어낸 건 결정적으로 수진이었다.

수진은 안드레아가 이태리 오페라 무대에서 일하는 성악가라는 것을 래미로부터 들었다. 안드레아를 버리지 않고 그를 이태리에서 잘 키웠다면 이태리에서 성악가로 일하고 싶었던 수진의 꿈이 손주 안드레아를 통해 이루어질 수 있었다는 말 같았다.

생각해보면 수진은 자신의 인생 길을 얄팍한 계산으로만 선택하려 했다. 수진의 꿈을 이루게 하려고 래미를 유학 보낸 것이, 이태리에서 미혼모가 된 딸에게 아기를 잊으라고 한 것이, 래미의 선택을 무시하고 서둘러 결혼 시킨 것이,… 모든 것들이 수진을 위한 선택이었다.

너무나 미안해서 눈물도 나오지 않았다. 안드레아가 눈을 뜨기 전에 다시 도망가고 싶었다. 그녀는 세상의 물살에 얄팍한 방어만 하는 자신이, 연기처럼 사라지면 좋겠다는 생각이 처음 들었다.

■ 차오벨라 □

눈은
살아 있다
떨어진 눈은
살아 있다
마당 위에 떨어진 눈은
살아 있다

기침을 하라
젊은 시인이여
기침을 하라
눈 위에 대고 기침을 하라
눈더러 보라고
마음 놓고
기침을 하자

눈은
살아 있다
죽음을 잊어버린
영혼과 육체를 위하여
눈은 새벽이 지나도록
살아 있다

기침을 하라

젊은 시인이여

기침을 하자

눈을 바라보며

밤새도록 고인 가슴의

가래라도 마음껏 뱉자

래미는 보석에게 김수영의 시 〈눈〉을 읽어 주었다. 지석이 즐겨보던 손때 묻은 시집이었다. 격리 병동에서 일반 병동으로 옮겨진 보석의 얼굴은 예전과 달리 평온해 보였다.

"엄마, 나에게 골수를 준 형, 이태리로 돌아가야 해?"

시집의 페이지를 넘기던 래미의 시선이 갑자기 놀라 커졌다. 보석이 어떻게 골수기증자를 알고 형이라고 부르고 있는 거지?

"그 형을 만나고 싶어. 병원에서는 골수기증자가 비밀로 되어 있지만, 엄마가 그 형을 데리고 왔으니 엄마가 나를 그 형과 만나게 해줄 수 있지 않아?"

래미가 미처 생각해보지 못한 상황이었다. 래미는 보석을 똑바로 볼 수가 없어서 다시 시집 위로 시선을 옮겼다. 그녀의 눈동자는 당황스러워 떨렸다. 래미는 시집으로 그녀의 얼굴

■ 차오벨라 □

을 가리려 올렸다. 보석이 말했다.

"내가 엄마의 혈액형인 A형에서 그 형의 혈액형인 O형으로 바뀌어진거 엄마 알지?"

래미는 시집을 덮고 일어났다. 그랬다. 골수를 받는 사람은 골수를 이식해 준 사람의 혈액형을 갖게 되었다. 숨구멍이 옥죄이는 듯 괴로웠다.

"미안, 엄마 잠깐만 나갔다 올게."

래미는 급히 등을 보이며 도망치듯 병실을 나왔다.

래미가 병실 문을 나왔을 때 한 여학생이 문 앞에 서 있었다. 여학생은 문 앞에서 망설이며 기다리고 있었던 것 같았다. 어디선가 보았던 여학생이었다. 긴 생머리에 체크무늬 셔츠와 레깅스 같이 몸에 붙는 청바지를 입었을 뿐인데 몸의 선이 모델처럼 아름다웠다. 얼마 전 보석의 학원 계단에서 보석과 입을 맞추던 여학생이었다. 보석의 뒷모습에 여학생의 얼굴이 가려져 있었지만 긴 생머리와 보석과 맞먹는 큰 키가 살짝 보였다. 학원 앞에서 보석이 멀어지는 여학생을 아쉬운 듯 바라보던 장면도 떠올랐다.

여학생은 래미에게 안녕하세요, 인사 할 상황이 아니라 그저 고개를 숙이는 예의를 보였다. 여학생이 걱정하는 얼굴로 고개를 떨구었다. 래미는 여학생에게 보석의 수술이 잘 되었으니 걱정하지 말라고 말해주는 대신, 여학생의 얼굴을 찬찬히 보았다.

본 듯한 얼굴이었다. 래미도 저 여학생 나이 때 가지고 있었던 얼굴이었다. 맑은 샘물 같기도 하고 막 피어나려는 꽃망울 같기도 한 얼굴. 래미는 왜 그때 자신의 얼굴을 보지 못했을까 싶었다. 그때 마음을 뛰게 하던 누군가도 있었는데…

'아, 이렇게 아름다운 나이였구나, 그때가'

슬픈 표정의 래미는 부드럽게 여학생을 바라보며 들어가라고 병실문을 열어 주었다. 여학생이 다시 고개를 숙이며 인사한 후 병실 문 안으로 들어갔다. 래미가 병실 문을 다시 닫아 주었다. 잠시 후 병실 안에서 여학생이 작게 웃는 소리가 들렸다. 보석이 어떤 표정으로 그 여학생을 보고 있을지 그려졌다. 한 번도 엄마에게는 보이지 않았을 모습. 이제 엄마라는 여자에서 벗어나 그 만의 여자를 찾아가는 나이라는 것을 보여주는 모습일 것이다.

래미는 엄마라는 이름으로 보석을 묶은 밧줄을 풀어주기로 했다. 커진 새를 둥지 밖으로 날려 보내는 어미새가 되어야겠다는 생각을 했다. 자신의 보호의 날개가 감옥이었다고 외치는 아들에게 무릎 꿇는 마음으로.

그런 래미의 마음을 병실 안에서 읽기라도 했듯 보석의 웃음

소리가 엷게 밖으로 흘러 나왔다.

'보석의 웃음소리를 얼마만에 들어 보는 건지…'

래미가 울듯 웃을 듯 묘한 표정을 지었다. 보석의 병실 밖 복도 벽에 등을 기대고 래미는 한참을 서 있었다. 잠시 병원 1층에 있는 제과점에 가서 커피를 한 잔 마시고 싶다는 생각이 들었지만 눈은 보석의 병실 문을 계속 바라보았다. 그 단혀진 문만큼이나 래미와 보석 사이에는 벽과 닫혀진 문이 있었던 걸 생각했다.

얼마쯤 지났을까, 복도 저 쪽에서 인철이 걸어오는 게 보였다. 복도를 걸어 오는 그가 낯설게 보였다. 그는 보석이 입원한 후 한 달도 안 되는 사이에 나이 들어 보였다. 볼의 살이 빠지며 주름이 졌고, 피부는 커피와 담배에 찌든 색이었다. 눈은 잠자고 싶은 불면증 환자 같았다.

인철은 복도에 서 있는 래미를 보고도 반가운 표정을 짓지 못하고 보석의 상태부터 물었다.

"보석 아빠, 우리 얘기 좀 해요."

래미는 인철에게 보석의 병실에 여자친구가 있다는 얘기를 하지 않았다. 행여 인철이 보석에게 여자친구는 대학교에 가서 사귀라는 말이라도 할까봐 미리 막고 싶기도 했다. 그보다 래미는 골수 이식 수술이 마쳐지면 인철에게 하려던 말이 있었다.

"보석이 먼저 보고, 얘기는 나중에 하지."

인철이 보석의 병실 문을 열려고 하자 래미는 말했다.

"보석이 막 잠들었어요. 그냥 쉬게하고 우리 잠깐 얘기해요."

인철은 몸을 돌리며 그럼 커피 한 잔 마시자고 했다. 래미는 바람을 쐬고 싶으니 병원 옥상으로 올라가자고 했다.

"그러지 뭐. 담배도 필겸."

인철은 래미와 결혼하고 피던 담배를 거의 끊었었고 보석을 낳은 후에는 완전히 끊었었다. 그런데 보석이 생사를 오고가는 상황이 되면서 다시 담배를 피우기 시작한 것이다. 보석이 건강해지면 다시 담배를 끊을 거라는 걸 래미는 알고 있었다.

병원 옥상에 오르자 인철은 담배를 서둘러 꺼냈다. 래미는 바람을 들여마시려 심호흡을 하며 뿌연 도시 풍경을 내려다보았다. 병원 실내의 갇힌 공기는 환자의 보호자들 마저도 환자가 되는 것 같은 답답한 바이러스가 있었다. 래미가 주머니에서 종이 한 장을 꺼내 담배 연기를 내뿜는 인철에게 내밀었다. 인철은 안 봐도 알겠다는듯 말했다.

"벌써 병원비 청구서 나왔어? 아무래도 우리 아파트 팔아야 될 거 같아. 지금까지 들어간 병원비는 어떻게 막긴 했지만 이번 골수 이식 수술비는 은행에서 빌릴려고. 앞으로 완치 될 때까지 치료비도 생각해야 하니까 지금 아파트를 팔고 작고 싼 월세로 가야 할 거 같아. 나중에 퇴직금 받으면 다시 괜찮은 아파트로 이사하자구."

인철이 병원비가 얼마나 나왔는지 보려고 양복 안주머니에서 안경을 꺼냈다.

"이태리 다녀오느라 쓴 카드 요금도 많이 나올 거예요."

래미는 돈을 많이 써서 미안하다는 말은 하지 않았다. 미안하지 않았다.

"우리 보석이 살려 줄 사람 데려오느라 쓴 돈이니 괜찮아. 내가 알아서 할게. 걱정하지마."

인철이 돋보기 안경을 쓰고 래미가 준 종이를 펼쳐 들여다보았다. 곧 휘둥그레진 눈으로 래미를 쳐다보았다.

"이혼청구서? 당신, 지금 장난 할 기분이야?"

"장난, 아니에요. 이혼하고 싶은 건 아닌데 이혼하게 될 거니까 미리 청구하는 거예요."

인철이 한숨을 쉬며 래미를 안았다.

"당신이 이 정도로 제 정신이 아니구나… 이해해. 나도 정신 줄 안 놓으려고 애쓰고 있어."

래미가 인철에게 안긴 채 말했다.

"이제부터 나하고 같이 살지 못할거야. 내가 너무 더럽고 무서울테니까."

"제발 정신 나간 소리 좀 하지마, 보석 엄마. 정신 차려!"

312

"나 이태리 간 거, 아는 이태리 의사 만나러 간 거 아니야. 내 아들 찾으러 갔어."

인철이 미치겠는지 안고 있던 래미의 몸을 떼어 내 정신 차리라는 듯 흔들었다.

"우리 아들 병원에 있는데 이태리에 아들을 찾으러 갔다니? 안 되겠어. 지금 내려가서 영양 주사 먼저 맞자. 당신 지금 완전히 제 정신이 아니야. 알아?"

"보석이 아빠, 나 안 미쳤어. 차라리 미치고 싶은데 안 미쳐서 괴로워 미치겠어. 나⋯ 아들 있었어. 이태리에. 열여섯 살 때⋯ 아기 가졌었어⋯ 그리고 버렸어⋯ 우리 보석이 한테 골수 준 이태리 청년이⋯ 내 아들이야. 우리 보석이 살릴려고 또 다른 내 아들 찾아 온거야. 버렸던 아들 만나 골수 달라고 구걸했어⋯ 나도 나를 용서할 수 없고 버렸던 아들도 나를 용서하지 않아. 여보, 당신은 날 용서할 수 있겠어?"

래미는 심장이 찢어지는 고통 때문에 입술에 경련이 일며 울음을 토하듯 말했다. 인철은 몸이 경직되어 래미를 무섭게 쏘아 보았다.

"나한테, 모든 걸 감추고 결혼한 거야?"

"때리고 싶을테니, 때려."

일초의 간격도 없이 인철은 정말 래미의 뺨을 세게 내리쳤다. 결혼 후 단 한 번도 힘으로 래미에게 폭력을 쓴 적이 없었다. 인철 자신도 놀라, 때린 손을 쳐다보았다.

래미는 뺨의 실핏줄이 터진 듯 붉어진 채 자조적인 미소를 지었다.

"맞으니까 좋다. 더 때려 줄테야?"

인철은 래미의 일그러진 미소에 더 분노가 치솟았다. 이미 인철도 보석이 백혈병과 사투를 벌이기 시작하면서 제정신이 아닌 채 지쳐가고 있었다. 그나마 가정이라는 버팀목에 의지하려고 발버둥치고 있었는데 어떻게 래미가 이렇게 악마 같은 선포를 가장 안 좋은 순간에 해야만 했나. 인철은 참을 수 없는 분노로 남자에게 한 방 먹이듯 래미의 뺨을 다시 갈겼다.

감춰진 폭력성이 한 번 드러나자 두 번 폭력은 더 난폭하게 나왔다. 래미가 학생처럼 무릎을 꿇고 용서를 구하지 않는 것도 화가 났다. 지금까지 행복한 결혼, 행복한 가족이라고 만족했던 것들을 한 순간에 배신의 상처로 먹칠하는 이 여자의 입에 자갈이라도 물리고 싶어졌다.

래미는 짧은 비명을 지르며 바닥에 쓰러졌다. 코피가 흘러 뺨에 붉은 줄을 그었다. 래미는 신음을 삼켰다. 눈물만 주르르 흘렀다. 그녀의 얼굴에 눈물과 핏물이 함께 번졌다.

인철은 자신의 짐승 같은 폭력이 더 나오기 전에, 짐승 같은 소리를 아아,지르면서 래미를 남겨두고 옥상 문으로 사라졌다.

래미는 옥상 차가운 시멘트 바닥에 누운 채 하늘을 보았다. 쓰러져 있는 래미 옆에 이혼청구서 종이가 떨어져 있었다. 어둠이 오기 전의 하늘은 슬프게 아름다웠다.

인철은 거칠게 엑셀을 밟았다. 바닥에 쓰러진 채 움직이지 않았던 래미가 떠올랐다. 신경질적으로 담배를 찾아 물었다. 죽을지 모르는 아들을 병원에 두고 교사 업무를 하는 게 너무 힘들었다. 병원 치료에 들어가는 비용을 감당하는 것도 무거운 바위에 목이 눌리는 것 같았다. 그런 벼랑끝 인철에게 래미는 폭탄을 던졌다.

인철이 어린 신부와 결혼 할 때 인철의 친구들은 모두 부러워했었다. 아무도 밟지 않은 첫 눈 온 길 같은 신부를 맞는 인철을 도둑놈이라고 놀렸다. 대학 동창들은 인철의 과거의 여자들을 알고 있었기 때문이었다. 인철의 오랜 친구들은 인철의 여자들을 다 알고 있다고 생각하지만 인철에겐 아무도 모르는 그의 비밀의 여자가 있었었다. 래미를 만나기 전의 마지막 여자이기도 했다.

인철은 서울 남자 고등학교로 발령이 나기 전에 지방의 한 여자 고등학교에서 근무했었다. 여학교에서 총각 선생은 몇몇 여학생의 흠모의 대상이 되는 게 당연했다. 그 여학생 중

한 명이 나이보다 조숙하고 예뻤다. 가슴이 크고 다리가 늘씬해서 남자 교사들은 그 여학생을 쳐다보는 것도 불편해 했다.

어느 날 밤, 그 여학생이 화장까지 하고 인철의 작은 아파트에 찾아 왔다. 손에 든 검은 비닐 봉투 안에는 소주와 안주거리가 있었다. 인철은 혼을 내고 그 여학생을 돌려보냈어야 했었다. 하지만 인철은 그 여학생을 집 안으로 들어오게 했다. 수컷의 욕망에 휘둘러 한 짓이었다.

술에 취한 혹은 취한 척한 여학생은 레드와인처럼 붉어진 얼굴로 자신이 이미 처녀가 아니니까 걱정하지 말라고 인철을 안심시키기 조차 했다. 그리고는 눈물을 그렁거리며 말했다. 친척 오빠에게 빼앗긴 순결의 상처를 인철이라면 낫게 해줄 것 같다고 했다. 예쁜 여학생의 눈물은 인철의 이성을 결정적으로 무너지게 했다. 학교에서 알면 인철의 교사직도 끝장이라는 걸 알면서도 갈 때까지 가보고 싶은 질주의 짜릿한 쾌감을 제어할 수 없었다.

인철은 그 날 밤, 지금까지 대학교 시절부터 알게 된 모든 여자들과 비교할 수 없는 황홀을 느꼈다. 연배의 여자들로부터는 느껴보지 못했던 종류의 황홀이었다. 십 대 소녀만 가지고 있는 미의 극치가 있었다. 피부에서는 우유 냄새가 나고 서양 화가들의 누드 그림에서나 보는 선홍빛 젖꼭지를 가지고 있었다. 아직 남자를 모르는 사타구니는 부드럽게 모아져 있다가

316

인철의 손끝이 열쇠가 되어 열려질 때 인철은, 이 순간 죽어도 좋아,하고 외칠뻔 했다. 인철은 수닭처럼 하늘을 향해 짖듯이 신음했었다.

여학생은 몸만 성숙한게 아니라 입도 성숙하게 아무에게도 인철과의 관계를 얘기하지 않았다. 여학생은 인철의 모든 것을 사랑했고 인철은 그 여학생의 몸을 숭배했다. 인철은 끊을 수 없는 마약처럼 그 여학생을 수시로 탐닉했고 석 달쯤 지나서 기어이 일이 터지고 말았다.

여학생은 행복한 미소를 지으며 임신을 알렸다. 당황한쪽은 인철이었다. 피임약을 먹으니 인철에게 걱정하지 말라고 하지 않았냐고 윽박 지르고 싶었다. 여학생은 당당하게 결혼을 요구했다. 인철이 그 여학생을 사랑했었다면 결혼을 의무로 받아들였을지도 몰랐다. 하지만 인철은 그 여학생을 사랑하지 않았다. 결혼은 현실이고 현실적인 동반자가 필요했다. 이를테면 적어도 미성년자는 아니어야 했다.

인철은 여학생에게 아기를 지우라고도 낳으라고도 하지 못했다. 결혼을 하겠다고도 못하겠다고도 하지 못했다. 인철이 생각해 낸 방어법은 무관심이었다.

인철은 여학생의 임신이 알려져 교사직을 박탈당할까봐 전전긍긍했다. 재수 없으면 미성년자 강간으로 감옥행이 될지도 몰랐다. 하지만 여고생은 '성적 자기 결정권'을 가지는 나

317

이라 한국법은 인철의 편이 되어 줄 확률은 높았다.

되도록 빨리 서울로 근무지를 바꾸기 위해 할 수 있는 모든 노력을 다 쏟았다. 인철은 여학생이 전화하면 끊었고, 찾아와도 문을 열어주지 않았다. 여학생이 얼마나 고통스러워 했는지는 염두하지 않았다. 여학생은 끝까지 교사인 인철을 보호하며 아무 소문도 내지 않은 채 학교를 중퇴했다. 불러오는 배 때문에 집에서도 쫓겨나듯 미혼모 기관으로 들어갔다. 여학생은 인철의 아기를 기어이 낳았다.

인철은 도망치듯 서울로 학교를 옮겼다. 무서워 마음으로 벌벌 떨면서. 여학생이 뒤늦은 보복이라도 할까 봐.

여학생은 일본으로 갔다. 한국에는 미혼모가 설 땅이 없었다. 여학생은 아기와 살아남기 위해 일자리를 구했다. 술집이었다. 남자한테 버림받은 여자가 숨은 부지해도 죽는 것과 다름없이 선택하는 것 중 하나가 술집 여자가 되는 것이다. 술집 여자가 되어 다른 남자의 품에 안겨서라도 상처를 핥으며 버티는 것이다. 그 어리석음을 복수라고도 여긴다.

인철은 그 여학생이 딸을 낳고 일본으로 갔다는 소식을 우연히 들었다. 그리고 또 얼마 후에는 술집에서 일하다 야쿠자의 애인으로 살고 있다는 소문도 들렸다 인철은 자신과 여학생 사이에서 태어난 그 딸을 한 번 보고 싶은 마음도 있었지만 인

318

철은 한 번도 그 여학생에게 연락하지 않았고 그 여학생도 인철에게 연락하지 않았다.

인철은 그 여학생과의 뒤틀린 연애 이후 정신을 차렸다. 모범적인 교사로서의 이미지를 새로 만들었다. 유리식과 무리식, 방정식과 부등식, 지수와 로그만 생각했고 집과 학교만 오고갔다. 생각이 문학처럼 다양하게 갈려질 때, 정답은 단 하나뿐이라는 수학적 사고로 맞서 다시는 흐트러지고 망가지지 않으려 애썼다. 그리고 되도록 빨리 결혼을 해서 가정을 갖고 안정적인 울타리를 갖고 싶었다. 더 이상 위험한 유희 따위를 하고 싶지 않았다.

배우자를 찾기 위해 결혼 중개소도 찾아가 보고 몇 번의 맞선을 보았지만 마음에 드는 상대가 없었다. 그러던 중 인철의 동료 교사이자 같은 동네에 사는 이가 자신이 다니는 교회에 같이 가자고 해서 다니기 시작했다. 교회에 참한 아가씨들이 많다고 꼬셨기 때문이었다. 교회에서 세 명의 아가씨가 인철의 마음에 들었지만 알고보니 두 명은 남자가 있었고, 한 명은 인철에게 관심이 없었다. 인철은 어리고 순수하고 예쁜 여자를 원하는데 그런 어리고 순수하고 예쁜 아가씨가 인철같은 아저씨 나이를 좋아할 리가 없었다. 뜻밖의 수확이라면 교회 권사이면서 마담뚜로 소문난 여사를 통해 선을 보기 시작했다는 거였다.

■ 차오벨라 □

인철은 여러 번 선을 본 후에 래미를 만났다. 래미를 보았을 때 자신같은 위선자가 어떻게 저런 어리고 예쁜 신부를 맞이 할 수 있을까 싶었다. 자신의 과거의 잘못을 만회하듯 평생 래미만을 사랑하겠노라 결심하고 또 결심하고 결혼을 한 것 이었다.

인철은 건실하게 살았다. 래미를 만난 이후의 인철만 따로 생각한다면 그는 아내를 아껴주는 남편이었고 자식에게 헌신 적인 아빠였다. 교직 생활도 안정적으로 성실히 임했다. 인철 도 자기 자신에게 좋은 점수를 주면서 숨기고 싶은 과거로부 터 분리된 자신의 모습만 바라보려 애썼다.

그런데 오늘, 래미가 미혼모였다는 것을 알게 되었다. 자기 가 옛날 한 여학생을 미혼모로 만들고 도망갔던 남자였다는 것을 래미가 들추는 것 같았다. 감추었던 죄책감이 폭발하며 뿜어내는 불길로 온 몸이 타는 듯 고통스러웠다.

그 여학생이 낳은 딸이 어느 날 나타날지 모른다는 불안감을 감추면서 살았었다. 그런데 오늘 래미가 망치로 내려치고 도 끼로 찍는 것 같은 말을 한 것이었다.

인철은 자신이 줄담배를 세 대나 피웠다는 것을 목이 아파 더 이상 담배 연기를 들이킬 수 없을 때 알았다. 무작정 차를 몰고 달리다보니 병원에서는 한참이나 멀어져 있었다.

바닥에 쓰러져 울고 있던 래미의 모습이 아른거렸다. 인철이 문을 열어주지 않아 문밖에서 주저앉아 있었던 여학생도 떠올랐다. 비가 오는 밤이었는데 인철은 잔인했다. 래미를 때릴 자격이 없었던 자신이 주먹을 휘둘렀다. 어느 날, 일본말만 하는 자신의 딸이 자신과 래미 앞에 나타난다면 래미는 인철에게 어떻게 할까, 생각했다.

비밀은 감춰져 있을 때 터지기를 원하는 폭탄처럼 기다리고 있는 어떤 것인가 보았다. 아무리 다른 얼굴로 살고 싶어도 자신의 옛얼굴이 덧칠한 분장 밑에 남아 있는 것인가 보았다.

'죄없는 자가 돌을 들어 창녀에게 던져라.'

예수가 인철에게 던지는 질문 같았다.

인철이 갑자기 불법 유턴을 했다. 그 바람에 반대 방향에서 달려 오던 차가 날카롭게 클랙슨을 울렸다.

안드레아는 수술 후 며칠 동안 회복 시간을 가졌다. 장시간 비행을 하기 전에 충분히 컨디션이 회복 되어야 한다는 의사의 권유 때문이었다. 의사는 입원을 권했지만 안드레아는 호텔에서 쉬었다. 컨디션이 좋아지자 이태리로 돌아가기 위해 가방을 쌌다. 래미는 안드레아를 떠나보내고 싶지 않았지만 한국에 있어 달라고 할 수도 없었다.

공항으로 가는 차 안에서 래미와 안드레아는 아무런 대화도 나누지 못했다. 서로 무슨 말을 해야 될지 몰라 아쉬운 침묵만

지켰다. 래미는 운전하면서도 자꾸 눈을 비벼야 했다. 눈물이 고여 앞이 잘 보이지 않으려 했기 때문이었다.

안드레아는 침착하게 출국 수속을 밟았다. 보딩패스를 받은 후 출국 게이트 쪽으로 걷는 안드레아 뒤를 래미가 뒤따랐다. 게이트 안으로 들어가기 전 안드레아가 걸음을 멈추어 뒤돌아 래미를 바라보았다. 여전히 두 사람은 아무 말도 못하고 있었다.

"한국에 다시 와 주겠니?"

래미가 떨리는 목소리로 간신히 물었다.

"……"

안드레아는 대답하지 못했다.

"내가 이태리로 만나러 가도 될까?"

"……"

"미안해.. 미안해.. 미안해 …."

래미의 눈에 고인 눈물이 끝내 흘러 내렸다. 터져 나오는 울음 소리를 참으려 몇 번이고 침을 삼켰다. 이뿌리가 아프도록 어금니를 맞물려 눌렀다.

안드레아가 래미에게 다가왔다. 그녀를 잠시 내려다보다 가볍게 안았다. 이 가벼운 포옹이 래미에게는 처음이자 마지막이 될 거 같은 생각에 슬픔이 파도처럼 출렁댔다. 그녀는 떨리는 손으로 안드레아의 등을 감싸며 안았다. 부드럽게, 그러나

322

손을 풀고 싶지 않은 듯이.

- 태어나 친엄마를 처음 안아 보는구나.

안드레아는 생각했다. 얼마나 안겨 보고 싶었던 품이었나. 얼마나 많은 밤을 홀로 울면서 그리워했던 품이었나.

"친엄마를 만나 안아보고 싶었어요. 친엄마가 만들어주는 밥을 먹어보고 싶었구요. 다 해봤으니 이제 더 울지 않을 거 같아요."

안드레아는 안았던 손을 풀었다. 그러나 래미는 안드레아의 등을 감싸고 있던 손을 더욱 꼬옥 움켜 쥐었다. 안드레아가 그녀를 품에서 천천히 떼어낼 때 래미는 아쉬운 떨림으로 안드레아의 등을 쓸어 내렸다.

"나한테 엄마라고 불러 줄래?"

래미가 애원하듯 안드레아를 바라보았다. 안드레아는 조용히 천천히 등을 돌렸다.

안드레아는 래미에게 돌아서서 등을 보일 때 참았던 눈물이 주르르 흘렀다. 돌아보고 싶었다. '엄마'라고 불러보고 싶었다. 엄마라는 단어를 한국어로 알기 위해 인터넷 검색을 했었던 순간이 떠올랐다. 컴퓨터 앞에서 엄마라는 한국어 단어를 바라보며 눈물을 흘렸었다. 그 엄마가 지금 바로 등 뒤에 있으나 안드레아는 눈물을 흘리며 그냥 걸었다.

뒤돌아보지 않은 안드레아가 출국 게이트 안으로 들어갔다. 그러나 래미는 그 자리에 계속 서 있었다. 안드레아가 다시 돌아올 때까지 움직이지 않을 것처럼. 용서받을 때까지 서 있겠다는 듯이…

래미는 차가운 피가 흐르는 것 같은 외로움을 느꼈다. 비오는 날 엄마 잃은 갓 태어난 고양이처럼 떨고 있었다. 로마에서 가장 외로웠던 날 스페인 광장에서 집시 소년이 불렀던 벨라 차오 노래가 어디선가 들려오기를 기다렸다. 파시즘에 저항하며 불려졌던 노래 벨라 차오. 래미의 삶에 몰아쳤던 모든 파시즘에 저항하는 마음으로 벨라 차오를 부르고 싶어졌다.

안녕, 아름다웠던 청춘이여.
안녕, 나의 슬픈 사랑이여.
그리고 모든 슬픈 시간이여, 안녕 …

끝

차오벨라

초판 1쇄 발행일 2019년 4월 30일

지은이 김미화
펴낸이 박영희
편집 박은지
디자인 원채현
마케팅 김유미
인쇄·제본 태광 인쇄
펴낸곳 도서출판 어문학사
　　　　서울특별시 도봉구 해등로 357 나너울카운티 1층
　　　　대표전화: 02-998-0094 / 편집부1: 02-998-2267, 편집부2: 02-998-2269
　　　　홈페이지: www.amhbook.com
　　　　트위터: @with_amhbook
　　　　페이스북: https://www.facebook.com/amhbook
　　　　블로그: 네이버 http://blog.naver.com/amhbook
　　　　　　　다음 http://blog.daum.net/amhbook
　　　　e-mail: am@amhbook.com
　　　　등록: 2004년 7월 26일 제2009-2호

ISBN 978-89-6184-902-9 03810

정가 15,000원

이 도서의 국립중앙도서관 출판예정도서목록(CIP)은 서지정보유통지원시스템 홈페이지(http://seoji.nl.go.kr)
와 국가자료공동목록시스템(http://www.nl.go.kr/kolisnet)에서 이용하실 수 있습니다.
(CIP제어번호: CIP2019013319)